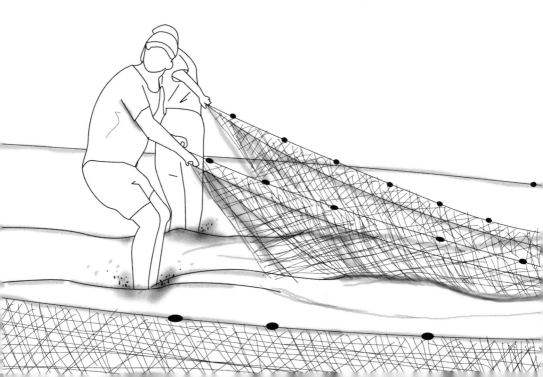

후리질 인생

2011년 4월 25일 초판 인쇄
2011년 4월 30일 초판 발행

지은이 | 인경석
펴낸이 | 이찬규
펴낸곳 | 북코리아
등록번호 | 제03-01240호
주소 | 462-807 경기도 성남시 중원구 상대원동 146-8
     우림2차 A동 1007호
전화 | 02-704-7840
팩스 | 02-704-7848
이메일 | sunhaksa@korea.com
홈페이지 | www.북코리아.com
ISBN | 978-89-6324-123-4(03800)

값 12,500원

인경석 에세이

북코리아

서문
새로운 출발을 하면서

'후리질'은 내가 난생 처음으로 중학교 3학년 때 쓴 수필의 제목
이다. 방학숙제로 써 낸 글이 학교 교지에 실렸던 것이다. 그 후로 나
는 글을 쓰고 싶어 했다. 그러나 몸과 마음에 여유가 없어 별로 쓰지
못하였다.

공직을 은퇴한 후 다소 여유가 생겨 우선 나의 전공 분야인 사회
복지 분야의 전문서 두 권을 냈다. 이번에는 그동안 내가 살아오면서
보고, 느끼고, 생각한 것을 묶어 나의 인생론이라 할 수 있는 에세이
집을 낸다. 책은 내가 이 세상에 남기는 나의 분신(分身)이다. 그러니
이 책은 나의 세 번째 분신인 셈이다.

나는 어릴 때 방학이 되면 고향 섬마을 바닷가에서 후리질로 고
기를 잡고는 했다. 한쪽에 두 사람씩 편을 짜서 물 속으로 걸어 들어
가 가슴 깊이에서 두 편으로 갈리어 그물을 편 후 모래밭으로 끌고
나오면서 물고기를 훑어내는 고기잡이 방식이다.

나는 인생이라는 바다를 건너면서 여기저기서 후리질을 하면서
살아온 셈이다. 깊고 험한 큰 바다에서 고래잡이는 하지 못하고 얕은

바다에서 잔챙이만 잡았던 게 아닌가 하는 생각이 든다. 그중에서 좀 굵은 것들을 골라 이번에 책으로 묶은 것이다.

인생은 여행이다. 참으로 긴 여행길이다. 나는 금년에 정부 공인 노인이 되었다. 무료 교통카드가 나왔으니 말이다. 그러니 그동안 걸어온 나의 '인생 제1막'을 마무리하고, 이제 새로운 출발을 하고자 한다.

어찌 보면 덤으로 사는 인생길이니 이제 아무런 부담 없이 그저 훨훨 날 것 같은 홀가분한 기분으로 길을 나선다. 앞으로 가는 인생 길이 어떻게 전개될지, 얼마나 갈지 알 수 없으나, 바라기는 지금까지 살아왔던 길과는 아주 다른 색다른 길을 걷고 싶다. 그리고 먼 훗날 또 하나의 분신이 나오기를 기대해 본다.

2011년 새봄에
인경석

CONTENTS

CONTENTS

1

삶과 인생

무언가 남기는 삶

　미켈란젤로가 바티칸의 시스티나 성당 천장에 그린 천장화는 가로 40.23미터, 세로 13.41미터 크기의 천장을 가득 메운 장대한 걸작이다. 그는 이 그림을 12년에 걸쳐 그렸는데, 이것 이외에도 수많은 그림, 조각, 건축물 등을 후세에 남겨 놓았다. 시스티나 성당은 이 걸작품을 보기 위해 세계 도처에서 모여든 관광객으로 항시 만원을 이루고 있고, 모두가 목이 아프도록 천장을 쳐다보면서 찬탄을 금치 못하고 있다.

　나는 이 천장화를 보면서 삶의 의미를 다시 생각해 보았다. 미켈란젤로는 이미 죽은지 400여 년이 지났건만 그는 아직도 우리 사이에 살아 있고, 앞으로도 영원히 살아남을 것이 아닌가. 사람은 기껏 오래 살아야 100년을 사는 존재이고 무(無)에서 왔다가 무로 다시 돌아가는 것. 그러기에 인생에 있어서 진정으로 의미 있는 것은 후세에 무엇인가를 남기는 것이 아니겠는가. 그래서 고대의 왕들은 거대한 무덤이라도 남기고 싶어 했던 것이 아닐까.

'인생은 짧고 예술은 길다.'라고 하듯이 무엇인가 남기는 데 유리한 분야는 미술 · 음악 등 예술 분야와 시 · 소설 등 문학 분야일 것이다. 그리고 자연과학 · 사회과학 등 학문 분야도 역사에 남을 발견, 발명과 저술을 통해 인류의 앞길을 밝혀 줄 수 있다. 저술 등에 있어서도 다작(多作)만이 중요한 것이 아니라 하나라도 필생의 사고와 혼이 담겨 있는 역작을 남기는 것이 중요하다.

이러한 예술가, 학자, 저술가 이외에도 우리는 각자가 자기의 분야에서 무엇인가 남길 수가 있다. 공직자의 경우 반드시 벼슬이 높아야만 무엇인가 남길 수 있는 것은 아니다. 세속적인 의미로 출세를 하여 그 당시에는 권세를 부리고 세인의 부러움을 살지 모르나 그 자리를 떠나고 나면 아무 것도 남지 않는다. 때로는 헛된 욕심 때문에 자기의 이름에 불명예만 남기는 경우를 우리는 수도 없이 보아 왔다.

그러기에 공직자에게 보람 있는 것은 비록 벼슬은 낮더라도 진정으로 국리민복을 위하고 국가의 장래를 위하여 후세에 남을 훌륭한 정책과 제도를 남기는 것이라고 생각한다. 이렇게 노력한 공직자의 이름을 남기는 방법으로 영 · 미 등 서양 사람들이 하는 것처럼 주요 정책입안자의 이름을 따서 〈○○○법〉 또는 〈○○○ 계획〉 등의 별칭을 붙이는 방법도 고려해 봄직하다.

이야기는 조금 빗나가지만 조선시대 공직자이며 실학자였던 다산 정약용(茶山 丁若鏞) 선생은 벼슬은 형조참의(刑曹參議 : 오늘날의 중앙부처 국장급)에 그쳤지만 당파싸움의 와중에서 반대파의 모함에 몰려 18년간의 유배생활을 하는 동안《목민심서(牧民心書)》등 500여 권에 달하는 저술을 남겨 우리 역사 속에 선각자로 뚜렷이 남아 있다.

한편 제품을 생산하는 사업가들은 견실한 제품을 만들어 우리의 생활을 편리하게 하고 풍족하게 해주고 있다. 그러나 이분들도 잡다하게 많은 제품을 만드는 것만이 능사는 아니라고 본다. 한 제품이라도 회사의 사운을 걸고 심혈을 기울여 좋은 제품을 내 놓아야 회사도 살고 그 제품의 명성도 남길 수 있는 것이다.

서비스업에 종사하는 사람들도 마찬가지다. 예컨대 곰탕집 등 조그마한 식당을 하는 경우에도 같은 장소에서 한두 가지 음식을 가지고 대대로 대를 이어 영업을 하는 경우를 본다. 이분들은 그 집에만 독특한 비전(秘傳)을 계승하면서 정성을 다해 손님을 대함으로써 우리에게 항상 그곳에 가면 그 음식을 먹을 수 있다는 기대감과 함께 그 집 주인의 따뜻한 인정을 남겨주고 있는 것이다.

이렇듯이 우리 모두는 자기가 맡은 분야에서 최선을 다하고 정성을 기울임으로써 무엇인가 남길 수 있는 것이다. 우리 개개인의 입장에서 볼 때, 남에게 피해를 주더라도 부동산 투기 등으로 떼돈을 벌어 한평생 편하게 살면 된다고 생각하는 사람들이 있겠지만, 돈이라는 것은 일상생활에 필요한 정도만 있으면 되는 것이다. 돈의 노예가 되는 것보다는 사회에 도움이 되는 일을 하여 남에게 존경 받고 좋은 인상을 남기고 가는 것이 더 중요한 것이 아닐까.

그리고 우리 사회 전체로 볼 때, 후대에게 물질적으로 어느 정도 풍요롭게 살 수 있는 기반을 남기는 것도 중요하겠으나, 그보다는 건전한 정신과 기풍을 남기고 여운 있는 문화적 전통을 남기는 것이 보다 중요하지 않을까. 긴 눈으로 보아 무엇을 남기고 갈 것인가를 생각하면서 오늘 하루하루를 살아간다면 우리 사회는 좀 더 살맛나는 사회가 될 것이 분명하다.

(신동아, 1993. 5)

잊을 수 없는 미국인 할머니

나는 1979년부터 2년간 우리 정부에서 파견되어 미국 대학에서 공부할 기회가 있었다. 내가 가 있던 곳은 뉴욕 주의 시라큐스(Syracuse)라고 하는 인구 25만 명 정도의 소도시였다. 이곳에 와서 나의 목표는 물론 정부에서 파견한 목적에 맞게 학위를 따는 것이었으나 그것 못지않게 미국 온 기회에 영어라도 좀 제대로 배워가야겠다는 것이었다.

누구나 쉽게 생각하기에는 미국에서 몇 년 지내면 영어는 저절로 잘하게 되겠지 하지만 사실은 달랐다. 매일매일 바쁜 학교생활 속에서 수업시간에 교수님의 강의는 잘 들리지 않지, 용기를 내어 질문을 하려고 머릿속에 문장을 만들어 말을 꺼내려는 순간 이미 화제는 바뀌어 뒷북만 치기 일쑤고, 이러다간 영어 한마디 제대로 배우지 못하고 돌아갈 것 같았다. 그래서 나의 초미의 관심은 어떻게 영어로 말할 기회를 잡느냐하는 것이었다.

그러던 중 하루는 우연히 학교 게시판에 보니 '문화교류사업

(Cultural Exchange Program)'이라는 생소한 안내광고가 있었다. 내용인즉슨, 그곳 미국 가정에서 개별적으로 외국학생을 초대하여 저녁을 내면서 담소함으로써 상호 간의 문화를 이해시키고자 하는 사업이었다.

나는 여기에서 아이디어가 떠올라 즉시 이 사업을 주관하는 기관으로 편지를 띄웠다. '남녀노소를 불문하고 나하고 영어를 말할 시간을 내줄 수 있는 사람을 구해 달라.'는 내용으로. 이렇게 해서 이 기관이 특별히 수소문해서 소개받게 된 분이 바로 '라모나 비스코(Ramona Bishko)' 여사였다.

그녀는 원래 이곳 고등학교에서 영어를 가르치다 은퇴한 교사로, 나에게는 정말로 적절한 분이었다. 옛 소련의 백러시아계 이민 2세로 평생 동안 미혼으로 지냈으며, 특히 동양의 문화와 역사에 깊은 관심을 가지고 있었다. 그녀가 나에게 관심을 가진 것도 나를 통하여 동양인의 생각을 알고자 하는 점도 있었다.

여하튼 나는 이렇게 그녀를 알게 되었고 매주 주말인 금요일 밤에는 비가 오나 눈이 오나 그 집을 방문하여 두세 시간씩 대화를 나누고 돌아오기를 1년 6개월여나 계속하였다. 우리는 여러 가지 주제에 관하여 토론하였다. 정치, 경제, 사회, 문화 등 무엇이든 우리의 토론주제로 등장하였다.

마침 1979년은 한국의 박 대통령이 서거하고 미국 신문에 한국에 관한 기사가 자주 게재되던 정치적 격변기였다. 이분은 뉴욕타임스, 워싱턴 포스트 등 미국 유수의 신문에 난 기사를 오려 놓았다가 내가 도착하면 우선 읽기부터 시켰다. 발음이나 억양에 잘못이 있으면 즉각 고쳐 주었다. 그러다 보면 그 기사 내용 중에서 토론 주제가 떠오르곤 하였다. 그러니 나는 돈 한 푼 안 들이고 과외공부를 톡톡히 한 셈이었다.

그 후 나는 다시 보건사회부의 과장으로 업무에 복귀하여 바쁜 나날을 보내게 되었다. 그러던 중 1983년 국회의원 다섯 분을 모시고 영국, 스웨덴 등 유럽 여러 나라를 도는 공무 출장을 가게 되었다. 이들 나라의 정부관리나 국회의원과의 회의나 면담에서는 물론 의사소통을 영어로 해야 했다.

공식방문이었으므로 우리 대사관의 외교관이 통역을 하는 것이 원칙이겠으나, 때로는 통역할 적당한 사람이 없는 경우도 있었고 또한 우리가 협의할 분야가 전문분야(사회복지 분야)이어서 일반 외교관이 통역하기 어려운 전문용어를 써야 할 경우도 있었다. 이런 경우 궁여지책으로 내가 나서지 않을 수 없었다. 처음에는 해보지 않던 일이라 두려움도 좀 있었으나 몇 번 해보니 그런대로 요령도 생기고 어느 정도 자신도 생겨 무난히 통역을 해낼 수 있었다.

나는 내가 발견한 새로운 사실을 알리고 진심으로 감사의 뜻을 표현하기 위해 여행 중에 급히 여사에게 편지를 띄웠다. 여행을 마치고 귀국해 보니 어느새 여사로부터 답신이 와 있었다. "당신의 새로운 발견을 진심으로 축하하며 내가 당신에게 조금이라도 도움이 되었다니 정말로 기쁘다."는 겸양의 말로 나를 격려하고 있었다.

이렇게 이어진 우리의 우정(?)은 그 후에도 계속되었다. 그러나 그것은 오직 1년에 한 번씩 크리스마스 때에 보내는 카드에 깨알같이 적어 보내는 안부편지로 할 수밖에 없었다. 그렇지만 한 해도 소식을 듣지 못하고 넘어간 적은 없었다.

세월은 다시 흘러 나는 1990년 영국 런던대학에 1년간 나가 있게 되었다. 그해 연말에도 잊지 않고 카드를 보냈으나 해가 바뀌어도 답신이 없었다. 나는 혹시나 했지만 전에도 답신이 늦었던 적이 있었으므로 곧 잊고 지냈다. 다음 해 1월 하순 나는 기다리던 답신을 받았으나 편지봉투를 받아 쥔 순간 놀라지 않을 수 없었다. 그 답신은 여사가 늘 보내던 카드가 아니라 얇은 편지였으며 겉봉의 발신인은 '찰스 비스코'로 되어 있었다. 나는 이분이 여사의 남동생임을 직감할 수 있었다.

그 편지에는 "나의 누이 '라모나 비스코'가 지난해 10월 작고하였다는 소식을 전하게 되어 유감으로 생각한다. 나의 누이는 평소에 끔찍이도 친구를 아끼는 성격으로, 당신의 소식을 들었더라면 매우 기뻐하였을 것이다."라고 아쉬움을 전하고 있었다. 여사는 동양적인 정서를 지닌 친절한 미국 분이었다.

(월간조선, 1992. 10)

무면허 운전

나는 한때 면허증 없이 자동차를 운전하고 다닌 적이 있다. 때는 1970년대 말 그것도 법이 엄하기로 유명한 미국에서였다. 그 시절만 해도 우리나라에서 자동차 운전이 일반화되기 전이라 나는 운전면허가 없었다. 미국 유학을 가기로 결정된 후 나는 운전면허를 따야 했으나 직장에서 일도 바쁘고 또 미국에 가면 운전면허를 쉽게 딸 수 있다는 얘기도 있고 하여 그냥 미국으로 건너갔다.

가족과 함께 갔으니 미국에 도착하자마자 자동차가 필요하였다. 당장 필요한 식료품의 구입 등 일상적인 활동을 위해 자동차를 운전하지 않으면 안 되었다.

미국에서는 운전면허를 따기 위해 필기시험에 합격하면 우선 운전연습허가증(permit)을 준다. 이 허가증으로는 운전연습을 할 수는 있으나 반드시 운전면허를 가진 사람이 동승(同乘)하여 운전지도를 해주어야 한다. 그러니 이는 정식면허증이 아니고 운전연습이나 열심히 하라고 권하는 서류인 것이다.

내가 있었던 곳은 뉴욕 주였는데 그곳은 운전면허 받기가 까다로워 실기시험에 몇 번씩 떨어지는 게 보통이었다. 한국에서 듣던 것과는 딴판이었다. 나는 연습허가증을 받은 후 처음 몇 번은 면허 있는 친구에게 부탁하여 신세를 졌다. 그러나 모두들 바쁜 유학생활에 계속 부탁을 할 수는 없는 노릇이고, 눈치껏 차를 몰고 나가지 않으면 안 될 형편이었다. 그러니 부득이 무면허 운전을 감행할 수밖에 없었던 것이다. 그 시절에 있었던 에피소드 두 가지를 소개하고자 한다.

연습허가증을 받은 후 보름쯤 지났을 햇병아리 시절, 나는 친구와 함께 처음으로 복잡한 시내를 가 보기로 했다. 시내에 들어서니 사방에서 차는 밀려오고 또한 길도 생소하여 긴장하지 않을 수 없었다. 아나나 다를까 너무 긴장한 탓인지 사고를 내고 말았다. 네거리에서 황급히 우회전을 하다가 길가에 주차해 놓은 차의 옆구리를 치면서 긁고 지나간 것이다.

시간은 저녁 무렵 어둑어둑해지고 있었으며 그 차 안에는 아무도 없고 주위를 둘러보니 인적이 드물었다. 나는 순간적으로 우선 튀고 보자는 생각이 들어 뺑소니를 쳐 버렸다. 한참 달리다 정신을 가다듬어 생각해 보니 도망칠 이유가 없는 게 아닌가. 내 차에는 면허 있는 친구가 타고 있었고 자동차보험에도 들어 있어 문제될 것이 없었다. 막연한 피해의식에 젖어 도망친 것이 후회되었다.

이 일이 있은 후 얼마 동안 다소 불안한 마음으로 지내고 있는데 어느 날 저녁 한 미국인으로부터 전화가 왔다. 그는 대뜸 "내 차가 당신 차한테 받힌 희생물(victim)인데 당신이 가입한 자동차보험을 알려달라."는 것이었다. 나는 가슴이 덜컹 내려앉는 것 같았다. 정신을 차려 자동차보험을 알려주고 나니 앞으로 처벌 받을 일이 걱정되었다.

며칠 후 경찰서에서 출두하라는 통지서가 날아왔다. 뺑소니에 대한 처벌이 무겁지 않을까? 벌금을 내는 것은 좋은데 면허를 못 따게 되면 미국 생활에 불편이 클 것이 걱정되었다. 이렇게 불안하게 며칠을 지낸 후 긴장된 마음으로 경찰서에 출두하였다. 경찰서에 들어서니 창구에 있는 아가씨가 일건 서류를 내놓으면서 사고경위를 자세히 작성하란다.

나는 서류를 작성하면서도 처벌이 어느 정도일지 궁금하여, 그 아가씨에게 "처벌받게 되느냐?"고 넌지시 물었다. 그 아가씨는 무표정하게 "이 건이 미결로 되어 있어 서류정리상 필요해서 그러니 작성하고 가라."고 하면서, "당신이 친 차의 앞 유리창에 당신 차의 번호를 적은 쪽지가 끼어 있었다."고 알려 주었다. 나는 순간 가슴을 쓸어내리면서도 미국인의 신고 정신에 놀라지 않을 수 없었다. 우리 같으면 남의 일에 무관심한 것이 보통인데, 이게 바로 성숙한 시민의식이로구나 하는 생각이 들었다.

두 번째 에피소드는 그로부터 한 달쯤 후에 일어났다. 추운 겨울밤 외지에서 온 친구를 고속터미널에 데려다 주고 혼자서 집으로 돌아오는 길이었다. 나는 네거리의 신호등이 적색으로 바뀌는 순간, '에라, 모르겠다.' 하고 그냥 통과해 버렸다. 지나가는 차도 거의 없고 이렇게 깜깜한 밤중에 별일이야 있겠느냐 하는 심정으로 밟아 버렸던 것이다.

바로 그 순간 멀리 뒤쪽에서 '번쩍'하고 경찰 순찰차가 경보등을 켜고 쫓아오는 것이 보였다. 나는 덜컹 '재수 없게 걸렸구나.' 생각하며 달리기 시작했다. 나는 계속 달려 나의 거처(학교 아파트)가 있는 마을로 접어들어 차를 세웠다. 집 앞에까지 가서 수선을 피우면 동네에서 창피를 당하게 되니 그게 싫었던 것이다.

　차가 멈춰서니 어느새 경찰차가 한 대 더 나타나 두 대가 내 차의 앞과 뒤에 딱 붙여 세우더니, 경찰관이 다가와서 "신호위반을 했으니 운전면허를 달라."는 것이다. 나는 "노란 불에 들어갔으니 위반이 아니다."라고 우겼다. 몇 차례 옥신각신을 해도 별로 진전은 없었고 계속 운전면허를 내놓으라는 것이다.

　나는 무면허 운전이니 이렇게 계속 버티다가는 나중에 문제가 더 커질 것이 우려되었다. 그래서 이제는 사정을 하는 도리밖에 없구나 하고 작전을 바꾸었다. 나는 "외국 학생인데 온지 얼마 안 돼 이곳 사정을 잘 몰라서 그랬으니 한 번만 봐달라."고 매달렸다. 그랬더니 경찰관은 "너 무슨 약 먹었냐?"고 묻는 것이다. 하도 새파랗게 질려 사정을 하니 혹시 환각제라도 먹었는지 의심하는 듯 했다.

　사정하는 내 모양이 하도 딱했던지, 두 경찰관은 서로 상의하는 듯하더니, 내 차의 보닛과 트렁크를 열게 하여 각 부위를 샅샅이 점검하고 이상이 없음을 확인한 후, "이번 한 번은 용서하니 앞으로 이런 일이 없도록 하라."고 경고한 후 돌아갔다.

　나는 이 일을 당하면서 '아하, 미국 경찰관은 검문을 하더라도 만일의 사태에 대비하여 반드시 두 명 이상이 합동으로 하며, 범법자를 봐주더라도 반드시 봐주는 명분을 세우고 봐준다.'는 것을 알게 되었다. 이것이 바로 법 집행의 융통성이구나 하는 생각이 들었다.

　그 후 오늘날까지 나는 운전을 하면서 이런저런 사소한 실수를 계속하고 있다. 요즈음 지방 대학에 강의를 나가는 관계로 운전을 많이 하게 되어 속도위반으로 범칙금 고지서가 날아오기 일쑤였다. 보다 못해 아내가 지피에스(GPS)를 사주어 달고 다닌 후로는 이 고지서가 거의 없어졌다. 사람은 누구나 달리고 싶은 욕망이 있는가 보다. 나는 요즈음 이 충동을 억제하는 수단으로, '차는 빨리 달릴수록 그만큼 기름 소모가 많아지니, 제한속도를 지키는 게 상책.'이라고 짠돌이 전략으로 달리고 싶은 마음을 달래고 있다.

신호위반도 안 하려고 노력하나 가끔 실수를 할 때가 있다. 지난번에 친구들과 강화도 고려산으로 진달래 꽃구경을 가는데 일행이 많아 두 차에 분승하였다. 나는 뒤차를 운전하며 앞차를 따라가다가 신호가 바뀌는 것을 알면서도 앞차를 놓칠까 봐 설마 괜찮겠지 하고 그대로 통과해 버렸다. 아니나 다를까, 신호위반을 노리고 있는 강화 경찰에게 현행범으로 걸려 거액(?)의 범칙금을 물고 벌점까지 받고 말았으니, 누구를 탓하랴. 앞차(?)를 탓하랴.

그러니 자동차는 나를 본의 아니게 범법자로 만드는 괴물임이 틀림없다. 아마도 나는 아직 운전수양이 부족한가 보다.

(jego.net, 2009. 4. 30)

강의실 풍경

영어가 모국어가 아닌 한국인이 영어로 강의를 듣는다는 것은 쉬운 일이 아니다. 나는 1970년대 말 미국 유학 초기에 영어강의가 잘 들리지 않아 꽤나 고생을 했다. 고심 끝에 교수의 허가를 얻어 강의내용을 녹음해 보기도 하였으나 육성(肉聲)으로 듣는 것도 잘 안 들리는데 녹음된 것을 듣는 것은 더욱 어려웠다. 그래서 한두 번 시도해 보다가 포기해 버렸다.

그러니 강의 중에 궁금한 것을 질문한다는 것은 엄두가 나지 않는 일이었다. 어쩌다 질문내용을 머릿속에 문장으로 만들어 질문을 해보려고 하면 어느새 화제는 바뀌어 타이밍(timing)을 놓치기 일쑤였다. 그러니 나는 반쯤은 귀머거리에 벙어리 노릇을 하지 않을 수 없었다.

그 시절 구석 자리에 앉아 있던 아프리카에서 온 흑인 학생이 유창한 영어로 질문하는 것이 어찌나 부러웠던지. 질문내용은 내가 보기엔 별것 아닌 것 같아 '뭘 저런 걸 다 질문하지.' 하고 대수롭지 않게 생각했는데, 막상 그 문제를 가지고 토론이 붙으면 장시간 토론을 벌이는 경우가 왕왕 있었다. 학생들은 각자 자기의 주장을 가지고 갑론을박을 하고 마지막에 교수가 요점을 정리해 주는 토론식 교육을 하는 것이다.

강의내용이 어느 정도 들리기 시작한 것은 둘째 학기부터였다. 미국의 대학강의는 수업시간에 들어가기 전에 미리 읽고 가야 할 논문들의 목록(syllabus)이 많기로 유명하다. 이 논문들 중 중요한 것은 반드시 읽고 가야 그날의 강의내용을 어느 정도 이해할 수 있다. 미국에서 제대로 학위를 따려면 미국 학생들도 불철주야(不撤晝夜) 열심히 공부를 해야 하거늘, 영어가 모국어가 아닌 외국 학생은 그야말로 피나는 노력을 해야 한다.

미국의 대학 강의실에는 시각장애 학생이 인도견(引導犬)을 데리고 들어와 강의를 듣는 경우가 종종 있다. 주로 여학생이 그러한데, 그 인도견은 어찌나 훈련이 잘되어 있던지 3시간 내내 꼼짝 않고 교수의 강의를 경청(?)하고 있다. 시각장애 학생에게는 학교도서관에서도 독방을 마련해 주어 수업시간에 녹음한 내용을 혼자서 복습할 수 있게 해 주고 있다. 그러니 장애인도 수학능력만 있으면 학업에 지장이 없도록 특별한 배려를 해 주고 있는 것이다.

나는 미국에서 귀국한 후 틈틈이, 주로 야간에 대학에서 강의를 계속 해 왔으며 공직에서 은퇴한 후에는 전업으로 강의를 하고 있다. 그러니 어언 30년 가까이 대학에서 학생들을 가르치고 있는 셈이다. 우리의 대학 강의실 풍경은 미국과는 사뭇 다른 편이다.

우리 학생들은 참으로 질문을 안 하는 편이다. '질문 좀 하라.'고 교수가 요구를 해도 묵묵부답인 경우가 보통이다. 그러니 토론식 교육은 매우 드물고 그저 교수가 강의내용을 일방적으로 전수(傳授)하고 있을 뿐이다. 혹시 질문이 있는 경우에도 강의가 끝난 후 개별적으로 살짝 찾아와서 묻고 가는 편이다. 나는 이게 그동안의 일방적인 주입식 교육의 결과라고 본다. 그러니 스스로 사고(思考)할 수 있는 창의력을 길러 주지 못하는 '죽은 교육'이나 다름없는 것이다.

요즈음 신세대 학생들은 한자를 잘 읽지 못한다. 무리한 한글전용 교육의 결과인 것이다. 그러나 대부분의 학문용어는 원래 한자로 되어 있으니 한글만으로는 그 뜻이 정확히 전달되지 않는 것이다. 그래서 나는 수업 중에 칠판에 한자를 많이 판서(板書)하여 그 뜻을 정확히 전달하려고 애쓰는 편이나 학생들은 별로 좋아하지 않는 눈치이다. 이것이 학생들의 사고력 발달에 한계가 오게 하는 이유의 하나가 된다고 본다.

미국의 대학생들과 비교해 보면 우리 대학생들은 공부를 열심히 하지 않는 편이다. 대학에 들어올 때까지의 피나는 경쟁에 지쳐, 일단 대학에 들어오면 좀 쉬고 보자는 심리가 작용하는 것 같다. 그러나 진정으로 중요한 공부는 이때부터 본격적으로 해야 되는데, 이래서 어떻게 다른 선진국과 경쟁을 하겠다는 것인지 걱정이 되는 대목이다.

아직은 우리 대학에서 수업시간에 인도견을 데리고 들어오는 시각장애 학생은 거의 보지 못하였다. 그리고 모두 그런 것은 아니겠지만, 대부분의 대학에서 장애학생에 대한 배려가 부족한 것 같다.

이런저런 면에서 흡족하지 않은 점이 있지만, 나는 요즈음 대학에서 학생들을 가르치는 데 보람과 즐거움을 느끼고 있다. 요즈음 신세대 학생들은, 우리 때와는 달리, 키도 훨씬 커졌고 영양상태도 좋고 전반적으로 잘생긴 편이어서 그야말로 생기발랄한 젊은이들인 것이다. 나는 학교에서 학생들을 쳐다보며 호흡을 같이하는 것만으로도 마음속에 신선한 느낌이 전해지는 것을 느낄 수 있다. 학생 한 사람 한 사람이 사랑스럽게 느껴지는 것이다.

그러니 그들을 대하는 데 있어 차별이 있을 수 없다. 공부를 잘하거나 잘못하거나, 예쁘거나 덜 예쁘거나, 남학생이거나 여학생이거나 나의 지식과 경험을 전해주는 데에 차별이 있을 수 없다. 오히려 조금 부족한 듯한 학생에게 더욱 친절하게 성의껏 지도하고 싶어진다. 이게 바로 공자가 말한 '유교무류(有教無類)'의 정신이라고 생각한다. 이는 '오직 가르침이 있을 뿐이지 대상의 구분에 따른 차별이 있을 수 없다.'는 교육평등 사상을 의미한다.

여기에서 더 나아가 진정한 '유교무류'는 배울 능력과 소질이 있는 학생이 돈이 없어 제대로 공부를 할 수 없게 되지 않도록 교육기회를 평등하게 해 주는 것이라고 생각한다. 우리는 이 점에서 아직 매우 미흡한 것이다.

나는 우리의 대학 강의실에서 학생들에게 창의력을 길러 주는 '산 교육'이 이루어지고 누구나 소질에 따라 능력껏 공부할 수 있게 해 주는 '교육평등' 사회가 이룩되기를 꿈꾸어 본다. 이게 바로 진정한 복지국가이며, 국가발전의 원동력은 바로 여기에서 나오는 것이다.

(jego.net, 2009. 6. 11)

소풍길

    어릴 적에 학교에서 봄 · 가을 소풍 가는 날이 미리 정해지면 왜 그리도 날짜가 안 가는지, 그날이 손꼽아 기다려지곤 했다. 그러다 정작 소풍 가는 날이 되면 왠지 들뜬 마음으로 밤잠을 설치기 일쑤였다.

    평소에는 좀처럼 먹기 어려운 어머니가 싸 주시는 맛있는 김밥과 과일, 과자, 사탕 등을 담은 배낭을 메고 집을 나설 때의 기분은 정말 하늘로 날아오를 것 같았다.

    소풍은 주로 걸어서 갔다. 좀 먼 곳은 버스나 기차를 타고 가 내려서 걷기도 했다. 거의 매일 쳇바퀴 돌 듯 지루한 학교생활에 얽매여 있다가 야외로 소풍을 나가는 것 자체만으로도 큰 즐거움이었다.

    오가는 동안 친구들과의 조잘거림, 둘러앉아 서로 나누어 먹는 점심, 그 후에 벌어지는 공차기, 등말타기, 술래잡기, 보물찾기 등 재미있는 게임, 그렇게 하루 종일 뛰놀다 돌아오는 길에는 때로는 지쳐서 피곤하기도 했다. 그러나 어린 날의 소풍의 추억은 항상 아름답고 즐거운 것으로 남아 있다.

우리네 인생길도 소풍길과 같은 것이다. 이 길은 본인의 의지와는 상관없이 정말로 우연히, 어쩌면 조물주의 섭리로 시작되는 길이다. 미지(未知)의 영원한 침묵의 세계에서 밝고 햇볕 가득한 이 세상으로 잠시 소풍을 나온 것이다. 인생 70~80년, 어찌 보면 긴 세월이나 영겁(永劫)의 눈으로 보면 그야말로 짧은 소풍길인 것이다.

누구나 나올 때는 혼자 나와서 평생을 같이 할 좋은 반려자를 만나고, 가족과 수많은 친구 · 동료들을 만나고 스쳐가며, 마지막에는 역시 혼자서 돌아가는 소풍길. 모처럼 나선 길이기에 이 길은 힘들고 짜증나는 어려운 길이 되기보다는 즐겁고 아름다운 보람 있는 길이 되어야 한다.

맑은 하늘에 흰 구름 둥실둥실 떠 있고 저 멀리 호수 건너로 산줄기가 겹겹으로 아련히 보이는 길. 가을바람에 코스모스 산들산들 피어 있는 걷기 좋은 상쾌한 길. 내가 기억하는 어릴 적 소풍길은 늘 그런 길이었다.

우리가 회구하는 복지선진국은 바로 이런 길인 것이다. 산림을 푸르게 가꾸고 길도 평탄하게 닦고 길가에 아름다운 꽃과 가로수도 심어 주변 풍경을 다듬어 걷기 좋은 환경을 만드는 것. 서로 도우며 손잡고 같이 걷다가 도중에 비바람을 만나면 잠시 쉬어 갈 곳을 만들고, 돌아오는 길 막바지에 피곤하여 걷기 힘들어질 때 편히 타고 갈 것도 만들어 놓는 것. 이것이 복지사회가 아니겠는가.

인생길이 이처럼 편안하고 아름다운 소풍길이라면, 모두 다 여유로운 마음으로 다투지도 않고 욕심내지도 무리하지도 않고, 서로 도우면서 오순도순 즐기면서 살 수 있지 않을까. 우리 모두 이런 사회를 하루 속히 만들어 나가야 한다. 그리하여 이 소풍길 끝나는 날,

어느 시인의 말처럼 '나 하늘로 돌아가리라. 아름다운 이 세상 소풍
끝나는 날, 가서, 아름다웠다고 말하리라….'

(사회복지신문, 2001. 9. 3)

인생의 속도

어느덧 중년고개를 넘어서고 있는 것 같다. 마음은 아직 동심이고 지난 일들이 바로 엊그제 같은데 체력은 떨어지고 몸은 어느새 게임의 후반에 와 있는 것 같다. 세월이 너무도 빠르게 흐른다는 것을 실감하게 된다.

50대 초반 한참 일할 나이인데 친구들은 어느덧 하나 둘씩 다니던 직장을 떠나고 있다. 고시동기 55명 중에 대부분은 이미 공직을 떠나고 지금 공직에 남아 있는 사람은 겨우 10명 정도에 불과하다. 그러니 우리 사회의 인생의 속도가 너무도 빠르다는 느낌이 들 수밖에 없다.

우리 사회가 지난 시절 개발 연대에 너 나 할 것 없이 모두가 너무 빨리 뛰었던 탓이기도 하나, 사회가 이제 어느 정도 안정되어 가는데도 이런 현상은 조금도 누그러지지 않고 여전한 것 같다. 이렇게 빨리 가서 도대체 어디로 가겠다는 것인지 모르겠다.

인생 50대는 원숙의 시기이다. 젊은 시절의 패기는 다소 줄었을

지 몰라도 많은 경륜과 지식을 가진 백전노장이 되어 있는 것이다. 오히려 균형 잡힌 판단력을 갖춘 인생의 황금기를 맞이하고 있는 것이다.

이 시기는 진정으로 국가를 위하여 큰 봉사를 하고 남을 위하여 작은 봉사라도 하며 개인적으로 여유를 가지고 관조(觀照)하면서 살 수 있는 시기이다. 그리고 이 시기는 조용히 노후를 준비하는 시기이다. 인생이 성공하려면 이 원숙의 황금기가 오래 가도록 해야 한다. 그러므로 너무 서두르거나 경박하게 굴어서는 안 되며 이 시기를 아끼고 소중하게 관리해야 한다.

인생은 길어 봤자 겨우 80년을 사는 존재. 쉬지 않고 뛰는 가슴의 고동으로 보면 무척 긴 세월인 듯하나, 지내놓고 보면 쏜살같다는 말이 실감나게 된다. 지나간 세월보다는 남은 세월이 훨씬 짧다는 것은 분명하다. 그리고 그냥 지나가 버리면 아무 것도 남지 않는 것. 그러기에 능력이 있을 때 무엇인가 보람 있는 일을 하도록 노력하자. 그리고 심신이 건강하게 지내도록 하는 지혜를 가지고 오늘을 살자. 이것이 우리네 짧은 인생을 길게 사는 길인 것이다.

(국도일보, 1998. 10. 10)

가방과 메모노트

어느 해인가 나는 공무로 일본 후생성(우리나라의 보건복지부에 해당)에 들른 적이 있다. 오전 10시에 면담약속이 되어 있었으나 예정보다 약 20분 일찍 도착하게 되어 그 건물 로비에 앉아 잠시 시간을 보내기로 했다. 마침 출근시간이라 많은 공무원들이 줄지어 현관으로 들어서고 있었다.

나는 무심코 그들을 바라보다가 이상한 사실을 발견하고 문득 놀라지 않을 수 없었다. 들어서는 공무원들이 거의 예외 없이 가방을 하나씩 들거나 메고 있는 것이 아닌가.

새파란 젊은이는 물론 나이 지긋한 중년들까지 약속이나 한 듯이 모두 가방을 가지고 있었다. 더러는 학생용 가방을 묵직하게 든 경우도 있었으나 대부분은 여성용 핸드백보다는 조금 큰 정도의 소형 가방이었다.

나는 이 사실을 보면서 잠시 생각에 잠겼다. 일본인들이 집단주의가 강하다는 이야기는 들었어도 이렇게 모두가 똑같을 수가 있단 말인가. 왜 모두 가방을 가지고 다니는 것일까. 저 가방 속에 무엇을 넣어 가지고 다니는 것일까. 아마도 책이나 도시락 종류가 아닐까. 도쿄에 근무하는 사람들은 출퇴근 거리가 멀기 때문에 지하철에서 읽을 책을 가지고 다니는 것이 아닐까. 이러한 나의 의문은 그날 내 내 내 머리를 떠나지 않았다.

이 의문은 그날 저녁 만나기로 되어 있는 일본인 친구 고지마(小島)를 만나면서 풀 수 있었다. 그도 역시 조그마한 가방을 메고 있었다. 나는 그를 만나자마자 대뜸 내가 오늘 발견한 특이한 사실과 의문점을 그에게 이야기하고 그 가방 속에 무엇을 가지고 다니느냐고 물었다.

그는 웃으면서 가방을 열어 내용물을 보여 주었다. 그 안에는 책과 조그만 노트 그리고 담배, 부채 등 일용품이 들어 있었다. 그는 조금이라도 여유시간이 생기면 틈틈이 책을 읽고 사소한 것이라도 잊어버리기 전에 메모하는 습관이 있다고 말했다.

또 하나의 에피소드는 내가 영국에 유학하고 있을 때의 일이다. 마침 여름방학이 되어 보름 동안 유럽 여행을 하게 되었다. 스위스와 이탈리아를 도는 투어 여행단의 일원으로 참여하게 되었다. 여행단은 대부분 은퇴 후 노년을 즐기는 부부 등 쌍쌍이었으나 나는 그 당시 가족을 한국에 둔 채 혼자서 유학 중이었으므로 부득이 외톨이로 참가하였다. 우리 여행단에는 중년의 일본인 부인이 중학생 딸과 함께 같이 참여하고 있었다.

그런데 이 일본인 부인은 가는 곳마다 조그만 노트를 꺼내 무언가 열심히 메모를 하는 것이었다. 아마도 가이드의 설명과 그곳에서 느낀 소감 등을 적는 듯했다. 나는 거기서도 일본인이 무언가 기록을 남기는 것을 좋아하고 치밀하다는 것을 느낄 수 있었다.

여행 마지막 날에 가이드는 이번 여행에서 보고 들은 것에 대해 20개 문항의 퀴즈를 내고 우승자에게 이탈리아산 와인을 한 병 선사하는 특혜(?)를 베풀었다. 나는 메모는 하지 않았지만 고급 와인을 상으로 타는 행운을 누릴 수 있었다. 그러나 나에게는 그 여행의 기억과 감회가 사라진지 이미 오래다. 아마도 그 일본인 부인은 지금도 그 메모집을 꺼내 보며 그날의 감회에 젖을 것이 아닌가 생각해 본다.

인간의 기억력은 며칠을 가지 않는다. 인간의 두뇌세포는 수명이 제한되어 있기 때문에 일정한 기간이 지나면 자연스럽게 잊어버리게 되어 있다. 내 경우 대학에서 강의를 하기 위해 사전에 준비를 하더라도 3일 이전에 준비하는 것은 별로 효과가 없는 듯하다.

일본인들은 대체로 독서와 메모 습관이 일상화되어 있다. 최근에는 독서를 장려하는 운동을 국민운동처럼 전개하고 있다는 이야기도 들린다. 오늘날 컴퓨터가 잘 발달되어 무슨 지식이든 컴퓨터로 찾아볼 수 있으니 독서가 무슨 필요가 있느냐고 할 수도 있고 또한 무슨 정보든지 컴퓨터에 저장만 하면 되는데 메모노트가 무슨 필요가 있느냐고 할 수도 있다.

그러나 디지털(digital)로는 지식은 있지만 지혜는 없는 것이며, 아날로그(analogue)가 가지고 있는 감성과 창의력은 없는 것이 아닌가. 인간에게 필요한 것은 지혜와 창의력인 것이다. 오늘날 컴퓨터 만능의 세상이라 하지만 이 문제를 해결할 수 있는 컴퓨터는 아직 없지 않은가. 그러기에 독서와 메모의 생활화가 우리에게도 필요한 것이다.

우리나라 사람들은 대체로 기록을 남기지 않는 편이다. 예를 들면, 공직자 등 어떤 자리에 있던 사람도 재임 중에 자기의 업적이 될 만한 것은 기록을 남기려 하지만 재임 중에 경험했던 어려웠던 점,

실수한 점, 잘못된 부분 등에 대하여는 기록을 남기려 하지 않는 게 보통이다.

아마도 나중에 무언가 성가신 일이라도 생기지 않을까 하는 염려 때문일 것이다. 그러니 후임자는 항상 원점에서 다시 시작해야 하고 시행착오를 다시 겪게 된다. 그러기에 전임자들의 지식과 경험을 축적해 나갈 필요가 있다. 기록이 축적되면 소중한 자산이 되는 것이니, 잘한 것이든지 잘못한 것이든지 기록을 남기는 전통을 세워 나가야 한다.

오늘날 일본이 선진국이 된 것은 이와 같은 국민적인 독서열과 기록을 남기는 전통도 한 요인이 되었으리라고 본다. 책을 읽지 않고서는 경쟁에서 뒤떨어지게 되고 또한 진정으로 실력 있는 사람이 우대받는 사회가 될 수 없는 것이다.

오늘날 치열한 국제경쟁에서 살아남기 위해 작지만 강한 선진국들은 어떻게 하면 국민 개개인을 능력 있는 국민이 되게 할 것인가 하는 지식기반 사회(knowledge-based society)를 만드는 데 주력하고 있다. 우리도 진정한 선진국이 되려면 이 길을 가야 한다. 그 수단의 하나로 우리도 가방을 하나씩 들고 다니자.

(jego.net, 2010. 4. 26)

기억력의 유효기간

인간의 기억력이 비교적 정확하게 유지되는 기간은 어느 정도일까. 사람마다 조금씩 다르겠지만, 나의 경우는 3일을 넘기지 못하는 것 같다. 3일이 지나면 기억된 내용이 분명치 않고 점차 희미해진다. 시간이 오래되면 아예 그런 일이 있었던 사실조차 기억하지 못하는 경우가 많다. 이는 인간의 뇌세포가 소멸됨에 따라 세포에 저장된 정보들이 함께 소멸되기 때문인 것으로 본다.

나는 요즈음 대학에서 학생들에게 강의를 하기 위해 사전에 준비를 하는데, 준비한지 3일이 지난 경우에는 기억이 희미해져 수업시간에 헤매는 경우가 종종 있다. 그래서 강의준비는 그 전날 하는게 제일 좋다.

근육의 기억력도, 내 경우에는 3일을 넘기지 못하는 것 같다. 예를 들어, 어쩌다 골프 치러 갈 일이 생겨 미리 연습이라도 한 번 하고 가야지 하고 연습장에 가는 경우가 있는데, 3일이 지난 것은 별 효과가 없는 듯하다.

인간의 기억이 소멸하지 않고 머릿속에 그대로 쌓인다면 아마도 머릿속에 정보의 홍수가 날 것이고 그 스트레스 때문에 살지 못할 것이다. 그러기에 적절히 기억력을 소멸시켜 주는 것은 우리를 행복하게 살도록 해주려는 하느님의 섭리라고 생각한다.

이 기억력의 유효기간을 어떻게 하면 잘 활용할 것인가 하는 데에 공부의 비법이 있다고 본다. 공부의 방법은 사람마다 다르므로 나의 공부법을 소개하는 데 망설여지는 면이 없지 않으나, 나는 이 기억력의 유효기간이 매우 중요한 요소라고 생각한다. 아무리 열심히 암기를 하더라도 암기된 내용은 3일을 넘기지 못하고 잊어버리게 되니 암기는 좋은 방법이 아닌 것이다.

예전에 고시공부 하던 때를 돌이켜 보면, 시험과목 여덟과목에, 읽어야 할 책이 약 30권. 열심히 읽더라도 한 번 읽는 데에만 3개월이 걸린다. 3개월이 지난 후에 먼저 읽었던 책을 다시 읽으면 완전히 새로 읽는 기분이 든다. 그러니 암기는 별 의미가 없고, 평소에는 책의 내용을 충분히 이해하는 데 중점을 두고 정독을 해야 한다. 문제는 시험에 임박하여 짧은 기간 동안에 이 많은 분량의 내용을 어떻게 되살려 내느냐 하는 데에 비법이 있는 것이다.

그러니 평소에 이를 위한 준비를 해 놓아야 한다. 책을 읽을 때 밑줄을 잘 긋는 것이 매우 중요하다. 기분나는 대로 아무 데나 밑줄을 그어서는 안 된다. 대개 한 단원에는 핵심이 되는 부분이 있게 마련인데, 그 부분을 잘 찾아서 밑줄을 그어 주어야 한다.

한 단원을 서술하는 방법은 보통 두 가지이다. 하나는, 먼저 결론을 쓰고 그에 관한 내용을 상세히 부연하여 설명하는 방법이 있고, 다른 하나는, 먼저 내용을 상세히 설명한 후 마지막에 결론을 쓰는 방법이 있다. 이 결론 부분에 밑줄을 그으면 된다. 밑줄은 보통 연필로 긋는다. 그래야 책도 지저분해지지 않고 잘못 그었을 때 고치기도 쉽다.

밑줄 그을 부분을 찾으려고 하면 자연히 내용을 정독하게 된다. 밑줄을 잘 그어 놓으면 별도로 요약 노트 같은 것을 만들지 않아도 된다. 밑줄 그은 책 자체가 요약 노트가 되는 셈이다. 만일 다른 책에서 읽은 것 중에 참고할 만한 것이 있으면 이 책의 여백에 간단히 메모를 해 놓거나 분량이 많은 경우에는 그 책의 몇 페이지에 있는지 적어 놓으면 나중에 참고할 수가 있다. 그러면 시험에 대비한 준비는 끝난 것이다.

고등고시의 경우처럼 내용을 암기해서 답안을 써야 하는 과목의 경우, 시험에 임박해서, 즉 길게 잡아 3일 전에, 가능하면 시험 전날 책장을 넘기며 각 장별로 소제목만이라도 눈으로 훑어보고 가야한다. 시간이 있어 밑줄 친 부분까지 볼 수 있으면 더욱 좋고. 이것은 암기를 하는 행위가 아니라 머릿속에 순간적으로 사진을 찍는 행위이다. 시험 범위에 속하는 부분은 구석구석 다 보고 가야 한다. 시험문제를 맞추려는 요행을 바라서는 아니 된다.

시험 당일 시험장에 앉아 어떤 문제가 출제되면 그 문제와 관련된 부분에 대해 사진 찍은 소제목들이 하나씩 생각나게 된다. 왜냐하면 그 기억은 3일 정도는 가기 때문이다. 소제목이 생각나면 평소에 이해 위주로 공부한 내용을 기초로 본인 자신의 문장으로 답을 써 나갈 수 있다. 그러니 평소에 논술 실력을 잘 길러 놓는 것도 필요하다. 이것이 기억의 유효기간을 활용한 나의 주관식 문제에 대한 공부 방법이다.

객관식 문제의 경우도 암기 위주로 공부해서는 안 된다. 예를 들면, 다섯 개의 항목 가운데 정답 하나를 고르는 오지선다(伍枝選多) 문제의 경우 수험생 간의 실력 차에 대한 변별력을 높이기 위해 문제를 평이하게 내지 않고 반드시 함정을 두게 마련이다. 이 함정에 빠지지 않으려면 내용을 충분히 이해하고 있어야 한다. 따라서 객관식 시험도 이해 위주의 공부가 중요하다. 그러니 모든 공부는 암기보다는 이해에 중점을 두어야 한다. 그래야 이해를 바탕으로 창의력도 생길 수가 있는 것이다.

나는 이러한 독서법이 버릇이 되어 전문서는 물론 웬만한 교양서의 경우에도 밑줄을 그으며 읽는 경우가 많다. 물론 소설 등 가벼운 글을 읽는 데는 그렇지 않지만. 밑줄을 긋게 되면 내용을 정독하게 되고 나중에 다른 데서 글을 쓰다가 생각이 나서 참고할 일이 생기면 쉽게 찾을 수 있는 장점도 있다.

책을 한 권 읽는 데 보통 일주일이 걸린다고 가정하면, 밑줄을 그으면서 읽으면 10일 정도면 된다고 본다. 이것이 나의 독서법이고 기억력의 유효기간을 활용한 공부법이다.

(jego.net, 2011. 2. 1)

두 주인 모시기

　　이제 나이 60을 넘어서니 삶을 사는 지혜가 생기는 듯하다. 나의 주인 격인 '진정한 나' 이외에 또 다른 두 주인을 모시고 살게 된 것이다.

　　그동안에는 모든 일을 나 혼자 결정하고 실행하였는데, 이제는 이 두 주인에게 물어보고 상의하여 결정하게 된 것이다. 물론 최종적인 결심은 여전히 '진정한 나'의 몫이고 내 책임이기는 하지만. 그 첫 번째 주인은 '주님(하느님)'이고, 두 번째 주인은 '나의 몸'인 것이다.

　　첫 번째 주인인 '주님'은 바로 나의 곁에 있다. 사람들은 보통 하느님이 하늘나라 먼 곳에서 우리를 내려다보며 인간사를 감독하고 지배하고 있는 것으로 생각하는 듯하다. 따라서 하느님을 우리가 범접할 수 없는 어려운 존재로 보고, 그의 뜻을 거스르지 않는 데에만 신경을 쓰는 것 같다.

　　그러나 주님은 우리와 아주 가까운 곳에 있는 친근한 존재인 것이다. 유태인들은 하느님이 바로 머리 위에 있다고 생각하여 소위 '빵

떡모자'를 항시 쓰고 다닌다. 빵떡모자 위는 하느님의 영역이고, 그 밑은 바로 자기의 영역이라는 것이다. 하느님이 머리 위에 있다고 생각하면 역시 우리를 지배하고 있다고 보게 되지 않을까.

그러기에 나는 주님을 바로 내 옆에 항시 고문으로 모시고 필요할 때 수시로 상담을 하고 있다. 물론 사소한 일, 일상적인 일은 주님에게 물어볼 필요도 없고, 주님에게 수고를 끼칠 필요가 없다. 그러나 매우 복잡하게 얽힌 일, 인간적인 욕심에서 고민하는 일, 나 혼자 해결하기는 어렵고 지혜가 필요한 일, 누군가에게 자문을 받고 싶은 일 등에 대하여는 주님에게 털어 놓고 진지하게 상의를 한다. 그러면 주님도 좋아하시며 반드시 적합한 답을 주시는 것이다.

주님과 상의하는 과정은 이러하다. 먼저, 나 스스로 문제되는 사안에 대하여 깊은 성찰을 한다. 이것을 묵상(默想)이라고 한다. 이러한 묵상은 언제 어디서나 할 수 있지만, 혼자 걷는 산책길에서 하는 것이 가장 좋다. 그 사안에 대하여 곰곰이 생각해 보는 것이다. 묵상은 1회로 끝날 수도 있으나 여러 날에 걸쳐서 하는 경우도 많다. 이 묵상이 바로 주님과 상의하는 과정이며, 이 묵상 중에 주님의 소리를 듣게 되는 것이다.

이렇게 깊은 성찰을 거쳐 나 스스로의 결심이 서면, 그 결심이 다시는 흔들리지 않도록 확정하는 과정이 필요하다. 주님이 계시는 성전(교회)에 가서 그 결심 내용에 대하여 기도하면서 정식으로 주님에게 보고하면 그것은 주님과의 약속이 되고, 모든 것을 주님에게 맡겨 드렸으니 나는 이제 인간적인 고뇌로부터 벗어날 수 있게 되는 것이다. 그러기에 주님은 나의 가장 소중한 친구인 것이다. 그렇다고, 주님을 모시는 이유가 여기에만 국한되는 것은 결코 아니며, 그 주된 목적은 내세의 영적 구원을 얻기 위한 것임은 물론이다.

두 번째 주인인 '나의 몸'은 바로 내 안에 있다. 첫 번째 주인인 주님이 나의 몸 밖에 있는 점과 다르다. 나의 몸은 나와 함께 이 세상에 와서 지난 60여 년을 같이 살아 왔고 나와 함께 이 세상을 떠날 존재이다. 이 몸은 육신의 부모를 통하여 이 세상에 와서 내가, 즉 나의 정신(마음)이 거주하고 있는 나의 집인 것이다. 그런고로, 나의 정신과 나의 몸은 별개의 존재이다.

그동안은 나와 나의 몸이 별개라는 사실을 모르고 살아 왔다. 내가 가는 곳이면 어느 곳이든지 나의 몸이 항상 따라왔고, 나의 몸은 내가 시키는 대로 아무런 불평 없이 실행해 왔기 때문이다. 그러니 나와 나의 몸은 일체(一體)인 줄 착각하고 살아왔던 것이다.

그러나 오늘에 와서는 나의 몸은 이제 내가 시키는 대로 그대로 실행하지 못하는 경우가 생기고 있다. 앞으로는, 그 빈도가 더욱 많아질 것이며 심지어는 나에게 저항하는 경우까지 생길 것이다. 아하! 그러니 이제 보니 나의 몸은 나와는 독립된 별개의 독자적인 존재인 것이다.

이제 나의 몸을 주인으로 모실 시기가 온 것이다. 왜냐하면, 나의 몸이 무너지면 내가 존재할 수 없게 된다는 것을 비로소 깨닫게 된 것이다.

이제는 내가 무슨 일이나 행동을 할 때 몸에게 물어 보아야 한다. 예컨대, 등산을 하려 할 때 다리에게 산에 오를 수 있는지, 술을 마시고자 할 때 위(胃)에게 받아 줄 수 있는지 물어보아야 한다. 몸에게 어떤 지장이 있을지 없을지 하나하나 물어볼 시기가 된 것이다.

더 나아가서 몸을 아끼고 위해주며 살살 달래기까지 해야 한다.

그동안 무리하게 혹사한 결과로 생긴 취약한 부분이 더 이상 나빠지지 않도록 돌보아주어야 한다. 또한, 귀찮더라도 매일매일 적절한 운동을 시켜주어야 한다. 이제 나의 몸이 진짜 나의 주인이 된 것이다.

아직도 이 점을 깨닫지 못하고 몸을 혹사하는 사람이 있다면 각성해야 할 것이다. 나의 몸이 무너지면 더 이상 내가 지상에서 머물 곳이 사라지고 하늘나라에 오를 수밖에 없다는 평범한 진리를 이제야 깨닫게 된 것이다.

나는 이제부터 두 주인을 모시고 살 것이다. 그것이 나의 정신과 육체를 평안히 하는 길이며, 바로 '진정한 나'를 되찾는 길인 것이다.

(jego.net, 2007. 7. 29)

과연 신은 있는가

　나는 원래 결혼 전에는 종교를 가지고 있지 않았다. 아내 될 사람이 독실한 가톨릭 신자여서 기왕이면 결혼식을 신부(神父) 앞에서 혼배(婚配)미사로 하는 게 좋겠다고 하여 나도 가톨릭 신자가 되었다. 신자가 된 후 초기에는 제법 열심히 교회에 나갔다. 그러나 세월이 가면서 점차 믿음도 희미해지고 또 세상살이에 바쁘다는 핑계로 교회에서 멀어지게 되었다. 이것을 이른바 냉담(冷淡)이라 한다. 이런 냉담현상은 10년 넘게 계속되었다.

　그러다가 어느 날 교회로 다시 돌아오는 계기가 되는 사건이 발생한 것이다. 음주운전으로 나의 귀중한 생명을 잃을 뻔한 교통사고를 낸 것이다. 원래 나는 운전을 배운 후 음주운전은 절대로 안 한다는 철칙을 지켜왔다. 그러던 중 40대 초반에 1년간 국방대학원을 다니게 되었다. 방과 후 저녁에는 군 장교들과 회식자리가 많았는데, 회식 후 그들이 아무 일 없다는 듯이 차를 몰고 가는 것을 보고 나도 그대로 따라하게 되었다. 그러니 음주운전이 일상화된 것이다. 그러다가 마침내 사고를 내고 말았다.

찌는 듯이 무더운 어느 여름날 밤, 친구와 함께 양주 한 병을 나눠 먹고 차를 몰고 귀가하다가 집 근처에 다와서 네거리 교통신호에 대기 중 졸아 버린 것이다. '탕!' 하고 부딪히는 소리에 놀라 눈을 번쩍 떠 보니 차는 중앙선을 넘어 네거리 한가운데에 멈춰 서 있었다. 그 순간 이마에서는 붉은 피가 뚝뚝 떨어지고 있었다. 황급히 병원으로 옮겨 정밀검사를 해 보니 다행히 머리에는 큰 이상은 없었고, 상대방도 큰 상처를 입지는 않았다.

나는 이 사고를 당하고 나서 '누군가 보이지 않는 손이 나를 살려 줬구나.' 하는 생각이 들었다. 중앙선을 침범하여 반대편 차도로 넘어 들어갔으니 순간 달려오는 차에 받혀 죽을 수도 있었던 것이다. 그때 어렴풋이나마 신(神)의 손길을 느낄 수 있었다. 내가 살아난 것은 신이 나를 붙잡아 주셨기 때문이고 신이 나에게 새 삶을 주셨다는 생각이 들었다. 나는 이 일이 있은 후 오늘날까지 근 20여 년을 열심히 교회에 나가고 있다.

종교는 어려운 시기에 나에게 버팀목이 되어 주었다. 이 일이 있은 후 얼마 되지 않아 나는 보건복지부의 의료보험국장을 맡게 되었다. 그 당시 이 자리는 부내에서 핵심 요직으로 하루도 바람 잘 날 없는 어려운 자리였다. 의료보험의 통합 문제와 의료보험의 확대 과제는 뜨거운 감자로서 정치적으로 비화되어 나 개인 혼자의 힘으로는 도저히 풀 수 없는 난제(難題)였다. 업무 중에는 물론 퇴근 후에도 스트레스를 감당할 수 없었다. 나는 이때 내가 버티어 낼 수 있는 방법은 종교에 의존하는 길밖에 없다고 생각했다. 그래서 일요일에 교회에 가서 기도할 때에, 우선 나의 영혼을 구하기 위한 기도를 한 후, 내가 처한 업무상의 어려움을 하느님께 고(告)하고 그 해결을 하느님께 의탁(依託)하는 기도를 드렸다. 그러고 나면 '하느님께 맡겼는데 알아서 해 주시겠지.' 하고 다음 일주일간 스트레스에서 벗어나 마음의 평안을 얻을 수 있었다. 그러니 하느님은 나에게 든든한 '백(back)'이 되었던 것이다.

나는 이렇게 어렴풋이나마 신의 존재를 믿고 신에게 의존하였지만, 정말로 '신이 있느냐' 하는 문제는 그리스도교에서도 종교가 생긴 이래로 신학논쟁의 대상이 되어온 것으로 알고 있다. 오늘날도 신의 실존을 의심하지 않고 그대로 믿고 있는 사람들이 많은 것은 사실이다.

그러나 오늘날 인간의 이성과 과학의 발달에 따라 '신이 모든 일을 주관한다.'는 것을 그대로 믿기 어렵게 되고 성서의 문자적 표현을 그대로 받아들이기 어렵게 하고 있다. 성서의 표현은 상징적인 것이므로 그 문자적 의미에 집착해서는 안 된다는 것이다. 그리하여 니체는 "신은 죽었다."고 선언하기까지 한 것이다. 더욱이 1940년대에 나치가 600만 명에 달하는 유대인 대학살을 감행하자 '신이 있다면 어떻게 이런 일이 있을 수 있겠느냐?'며, '성서적 개념의 신은 아우슈비츠에서 죽었다.'고 선언하며 신의 존재를 부인하기에 이른 것이다.

그러나 이와는 반대로 다른 한편에서는 인간의 사고에 근거한 전통적인 신앙보다는 신비적으로 경험되는 주관적인 신에 대한 체험에 근거한 신비주의적인 신앙이 오늘날에도 힘을 잃지 않고 있다. 이는 고도로 집중된 명상, 수도 등 내적 성찰과, 요가 등 집중수련을 통해 나타나는 상징으로 느껴지는 신앙을 의미한다.

이처럼 '신의 존재'와 '신이 모든 일을 주관한다.'는 전통적인 신개념은 오늘날 종교를 가지고 있는 사람들 중에서도 그대로 받아들이지 않는 사람들이 많은 것 같다. 그러나 인간은 본질적으로 벗어날 수 없는 불안한 상황에 처해 있는 존재이며 고독과 공허를 견딜 수 없는 존재이기에 이러한 삶의 공백을 채우기 위해 어떤 형태로든 신앙이 필요한 것이다. 인간은 영적인 동물이기에 이 영(靈)의 세계를 충족시키기 위해 종교는 인간에게 아주 자연스러운 것이다.

신은 우리가 세상을 살아가는 동안에 직접 체험할 수 없는 불가촉(不可觸)의 존재인 듯하다. 그러나 신은 우리가 살아가는 동안에 극도의 고난과 불안 속에서 희망을 갖기 위해서, 그리고 사후 세계의 두려움에서 벗어나 편안히 죽을 수 있기 위해서 필요한 존재인 듯하다.

나는 요즈음, 신의 존재 유무를 떠나, 일요일이면 어김없이 교회에 나가 '주님'을 찬양하고 하루에 30분씩 '주님'께 기도하는 것을 일상으로 하고 있다. 그것이 나에게 주어진 의무를 다하는 길이요, 내 마음의 평안을 얻는 길인 것이다. 이제 어느 정도 시간적인 여유가 생겨 그리 바삐 살 필요가 없어진 요즈음 육체적 건강을 위해 '하루 1시간 걷기'와 정신적 건강을 위해 '하루 30분 기도하기'가 나의 주요 일과의 하나가 되고 있다.

(jego.net, 2009. 7. 5)

자연의 섭리

지금 지구의 나이는 약 46억 년이며 지구의 수명 중 절반쯤에 와 있는 것으로 과학자들은 보고 있다. 약 27억 년 전부터 지구에 산소가 생기고 나서 원시 박테리아 형태의 생물이 나타났다. 그 후 원(遠)생대, 고(古)생대, 중(中)생대의 장구한 세월을 지나 약 6,500만 년 전부터 신(新)생대에 들어와 포유류, 어류 등이 나타났다.

인류의 조상은 약 500만 년 전쯤 침팬지, 고릴라 등 유인원(類人猿)과 갈라졌으며, 오늘날의 우리 인간과 같은 현세 인류가 나타난 것은 약 30만 년 전으로 보고 있다. 현세 인류는 아프리카 대륙에서 먼저 살기 시작하여 점차 다른 대륙으로 확산되어, 지금처럼 흑인, 유럽인, 아시아인 등으로 인종이 분류된 것은 약 1만 5,000년 전쯤이라고 한다. 이 지구는 지금이 인간이 살기에 가장 적합한 환경과 조건을 갖춘 시기이며, 지금 인간이 지구상에서 전성기를 맞고 있는 것이다.

그러니 인간의 역사는 이 엄청난 지구의 역사에 비하면 정말 보잘것없는 미미한 것이다. 오늘날 인간이 마치 지구를 지배하는 전지

전능한 존재인 것처럼 여기지만, 사실은 지금이 바로 지구가 인간에게 살기에 적합한 여건을 허용하고 있는 시기일 뿐이라는 것을 알아야 한다. 여기에 인간이 지구에게 고맙게 생각하고 자연을 경외하는 겸허한 자세를 가져야 한다. 장구한 지구의 역사로 보면 지구는 변하게 되어 있고, 지금도 우리 눈에는 보이지 않지만 조금씩 변하고 있는 것이다.

이 지구상에 살고 있는 인간의 역사를 돌아보더라도, 인류가 문명사회에 들어선 것은 약 6,000년 전부터이니 인류 30만 년의 역사에서 양(陽)의 세계에 들어선 것은 마지막 2%에 불과한 것이다. 그러나 문명사회에 있어서도 진정한 문명사회는 오랜 암흑시대(AD 675~1075)와 중세(AD 1075~1475)를 지나고 산업화(1760년경)가 시작된 이후부터 라고 할 수 있다.

그러니 인간이 개명(開明)된 세상에 살게 된 것은 서구에서 자본주의가 시작된 250여 년에 불과한 것이다. 그중에서도 선진국에서조차 모든 국민에게 사회복지를 확대하여 복지국가를 이룬 것은 제2차 세계대전이 끝난 후이니 인류가 진정으로 인간답게 살게 된 것은 50~60년에 불과한 것이다.

문명사회로의 발전에 있어 동양은 서양에 비하여 뒤처지는 결과가 되었다. 이는 동양인과 서양인의 우주관·자연관의 차이에서 비롯된 것으로 본다. 동양인(중국인)은 사물을 기(氣)의 관점으로 바라보아 모든 것을 음양오행(陰陽伍行)의 흐름으로 보았다. 사물을 더 이상 분할할 수 없는 유기적 전체로 파악하여 정체(正體)를 떠난 부분은 정체 속에 지녔던 속성을 더 이상 지닐 수 없다고 보았다. 예를 들면, 인체해부를 통해 얻은 지식은 인체의 본질에 관한 지식이 아니며, 심지어 해부를 하면 신기(神氣)가 훼손된다고 보아 분석적 해부와 실험을 거부하였다.

반면에 서양인은 사물을 실체(實體)의 관점에서 바라보았다. 구체적 사물을 전체와 분리시켜 독립적으로 연구해도 그 본질이 훼손되지 않는다고 보아 분석적 해부와 실험과학이 발달하게 되었다. 이러한 분석적 사고에 기초하여 과학문명의 발달을 이루어 세계(지구)를 지배하게 된 것이다. 근세에 들어와 나타났던 자본주의와 사회주의의 이념 대립도 서양인들의 머리에서 나온 것이며, 이를 바탕으로 서양인들이 세계 질서를 지배해 왔던 것이다.

최근세에 와서 동양인들이 각성하여 서양인들의 분석적 사고와 과학문명을 받아들임으로써 서양을 뒤쫓고 있으나, 서양인들과 대등한 위치에 오르는 데에는 상당한 시간과 노력이 필요하고 또한 그것도 어느 정도 한계가 있을 것으로 본다.

오늘날 과학의 발달은 시간이 갈수록 진전 속도가 더욱 빨라지고 있어 과연 앞으로 어디까지 갈지 알 수 없다. 조물주가 숨겨 놓은 우주와 지구의 비밀을 인간들이 밝혀내는 보물찾기를 하고 있는 것 같다. 그러나 조물주의 신비는 무궁무진한 것으로 인간들이 밝혀내는 데에는 한계가 있을 것이다. 인간이 우주의 비밀을 캐겠다고 우주여행에 나서고 있지만 인간은 태생적으로 지구환경에 적합하도록 자연발생적으로 진화된 존재이므로 결코 지구를 떠나서는 살 수 없는 존재라고 본다. 우주에 대한 관심은 그저 인간의 지적 호기심에 불과한 것이 되지 않을까.

이 우주와 지구는 인간들이 결코 정복할 수 없는 거대한 것이다. 그러기에 인간의 일도 자연의 섭리에 따라야 한다. 자연의 섭리는 철저한 적자생존(適者生存)의 원리이다. 자연의 변화에 적응할 수 없는 생물은 지구상에 살아남을 수 없는 것이다.

개개 인간들은 결코 평등하게 창조된 것이 아니다. 개인별로 능력의 차이가 존재한다. 인간에게 적용되는 자연의 법칙도 적자생존의 원리이다. 다만, 인간은 다른 동물과는 달리 인간의 존엄성에 관한 의식(자비심)이 있기 때문에 능력의 차이에서 생기는 문제를 보완하여 함께 살고자 할 뿐이다. 이것이 바로 자본주의 사회에서 제도화된 사회복지 정책이다. 자본주의 사회에서의 사회복지 정책은 능력을 바탕으로 하여 평등을 추구함으로써 능력과 평등 간의 조화를 이루고자 하고 있다.

그러기에 처음부터 평등, 즉 결과의 평등을 전제로 한 정책은 성공하기 어렵다. 인간은 원래 평등하게 창조되지 않았는데 인위적(人爲的)으로 평등을 가장하려면 이를 강제할 수밖에 없고 이러한 방식은 결코 오래 지속할 수 없는 것이다. 지구상에서 사회주의 체제가 오래 갈 수 없었던 것은 바로 이러한 인위성 때문이었다. 그러기에 북(北)의 체제는 이러한 자연과 인간의 섭리에 어긋나는 체제이므로 결국은 무너지게 되어 있고, 다만 시간의 문제일 것으로 본다.

우리 인간의 일도 우주(자연)의 섭리에 따라야 한다. 자연의 섭리에 따르는 길이 바로 대도(大道)로 가는 길이며 이에 어긋나는 일은 결코 성공할 수 없다. 그러기에 자연의 흐름에 어긋나게 지나치게 인위적인 정책은 성공하기 어렵다. 정치인들도 국가의 대사(大事)를 결정하는데 있어 개인적인 헛된 욕심을 버리고 대도로 가야 한다. 대도에서 벗어난 길은 그 당시에는 성공한 것처럼 보이지만 길게 보면 역사에 오점(汚點)만 남기게 된다는 것을 알아야 한다.

인생이란 이 지구(자연)의 거대한 역사의 흐름 속에서 정말로 찰나(刹那)에 불과한 것이다. 거기에서 한 인간이 과연 무엇을 이룰 수 있단 말인가. 그저 자그마한 벽돌 하나라도 올려놓을 수 있다면 다행인 것이다. 우리가 이 세상에 태어나서 한 세상 살다가 홀연히 떠나가는 것, 이 모든 것이 그저 자연의 섭리의 미세한 한 부분일 뿐이다. 그러니 오늘 하루가 소중한 것이다.

(jego.net, 2010. 7. 24)

탄천을 걸으며

　영하 10도 내외의 강추위가 닷새째 계속되고 있다. 엘니뇨의 영향이라고 하니 지구도 이제 온난화 때문에 제 정신이 아닌가 보다. 나는 오늘도 탄천을 걷는다. 분당으로 이사 온 후 7·8년째 가능하면 하루에 1시간 정도씩 무작정 걷는다. 우리 집 북쪽 300미터 거리에 나지막한 산 중앙공원이 있고 서쪽 1킬로미터 거리에 탄천이 있어 걷기에 좋다.

　오늘은 탄천으로 나섰다. 걷는 것은 건강에도 좋지만 사색하기에도 좋다. 아내와 같이 걸을 때도 있지만 사색하기에는 혼자서 호젓하게 걷는 게 낫다. 나는 길을 걸으며 글을 쓴다. 이 글도 산책길에서 구상한 것이다.

　탄천(炭川)은 용인시 기흥구에서 발원하여 분당, 성남을 거쳐 한강으로 들어가는 남북으로 흐르는 내이다. 탄천이 된 경위는 이러하다. 예로부터 이 일대는 숲이 무성하였고 백제 초기에 이곳은 군사훈련장으로 쓰였다고 한다. 그 당시 장작으로 병사들의 취사를 하였고 여기서 나온 숯으로 병사들이 먹을 냇물을 정화하기 위해 숯을 냇물에 버려 숯이 내를 이루었다 하여 '숯내(炭川)'라고 불리게 된 것이다.

천변 양쪽으로는 보도(步道)와 자전거도로가 나 있으며 이 길들은 한강까지 이어지고 있다. 보도는 우레탄으로 포장되어 있어 걷기에는 좋을지 모르겠으나, 나는 그보다는 자연의 맛이 살아 있는 흙길이면 더 좋으련만 해 본다.

탄천에는 낮이나 밤이나 걷는 사람들이 많다. 날씨 더운 여름밤에는 어깨를 스칠 정도로 사람들이 많다. 저녁식사 후 너도 나도 시원한 천변으로 산책을 나오는 것이다. 나이든 이나 젊은이, 뚱뚱이와 홀쭉이, 키 큰 이와 키 작은 이 그리고 애완견을 데리고 나온 이 등 각양각색이다. 요즈음은 복면 마스크를 한 여자들이 많은데 아무리 미용을 위해서라지만 밤중에도 그걸 쓰는 사람이 있으니 그건 좀 심하지 않은가. 오늘은 날씨가 추워서 그런지 한낮인데도 사람들이 드물다.

천변에는 어린이를 위한 노천 풀장이 있어 한여름에만 운영하는데 피서철에는 아이들이 바글바글한다. 또 나인(9)홀 짜리 파크골프장도 있다. 짧은 골프채 한 개로 드라이빙(driving)부터 퍼팅(putting)까지 하는 미니 골프장이다. 노인들끼리 또는 가족단위로 한가롭게 골프를 즐기고 있는 걸 보면 '우리나라가 어느새 선진국에 와 있구나' 하는 생각을 하게 된다.

냇물이 맑았으면 좋으련만 좀 뿌연 편이다. 상류에 아파트가 많이 들어서 있으니 맑기를 기대하는 건 희망사항일 뿐이다. 그래도 잉어가 많다. 처음 이사 왔을 때는 잔챙이들이었는데 요즈음은 어른 팔뚝만한 놈들이 우글우글한다. 가끔씩 물 위로 펄쩍펄쩍 뛰어오르기도 하는데 자세히 보면 잉어들은 모두 머리를 상류 쪽으로 두고 있다. 냇물이 하류로 흐르니 이게 제자리걸음이라도 하기 위한 작전인가 보다. 오늘은 날씨가 너무 추워 물이 차고 먹을 것이 없어서 그런지 잉어들이 거의 보이지 않아 좀 섭섭하다. 아마도 물 깊은 한강으로 모두 내려갔나 보다.

탄천을 걸으면 물오리의 일생(一生)을 볼 수 있다. 지난 여름 장마철에 갓 깨어난 새끼오리들이 다리 밑 교각 옆 후미진 곳에서 어미와 함께 어렵사리 홍수를 피하고 있는 것을 보았는데, 이제는 어느덧 어른이 되어 오늘은 물놀이를 즐기고 있다. 떼를 지어 날다가 수면에 슬라이딩을 하는가 하면 머리를 물속에 처박고 곤두박질을 하기도 한다.

오리는 꼬리에 있는 미선(尾腺)에서 기름이 분비되는데 이를 부리에 묻혀 깃털에 발라 깃고르기도 하고 깃이 젖지 않도록 한다고 한다. 그래서 그런지 이놈들은 이 강추위가 오히려 더 신나는 모양이다. 그러고 보니 오리의 일생도 때로는 난관도 있고 좋은 때도 있는 것이구나.

나는 물오리를 보면서 사람의 한 평생을 생각해 본다. 생(生)의 흐름은 사람마다 다르겠지만 나의 지난날을 되돌아보면 몇 단계로 구분 지을 수 있다. 우선 25세까지는 준비기였다. 부모에게 의존하여 앞으로 사회에 나가 독립적으로 생을 영위하기 위해 필요한 지식을 배우고 몸과 마음을 닦는 수련기였다. 그 다음부터는 대체로 약 15년 단위로 생의 고비가 바뀌었던 것 같다.

25세부터 40세까지는 성장기였다. 사회생활 초년병 시절 직장에서 일도 열심히 배우고 사회친구도 많이 사귀며 인간관계의 폭을 넓혀가는 시기였다. 그야말로 의욕과 희망이 넘쳐 저 하늘의 별이라도 딸 수 있을 것 같은 혈기 왕성한 시기였다. 가정을 이루어 대를 이을 2세를 두는 것도 이 시기이다.

내 경우에는 그 다음 40세부터 55세까지가 황금기였던 것 같다. 직장에서 한 부서의 책임을 맡아 국리민복을 위한 정책을 직접 결정·추진하여 그 혜택이 국민들에게 직접 돌아가는 것을 보면서 보람을 느꼈다. 나아가 정책을 직접 집행하는 기관의 책임자가 되어 제도의 성과가 밑바닥에서 국민들에게 실제로 펼쳐지는 것을 보면서 희열을 맛보기도 하였다.

때로는 정책집행에 따르는 고난과 장애로 심각한 어려움을 겪기도 하였으나 그럴수록 그 열매는 더욱 값진 것이었다. 가정생활 면에 있어서도 이제야 어느 정도 생활안정을 이룰 수 있었고, 개인적으로도 다소 여유로운 삶을 맛볼 수 있었다.

그러나 이 황금기는 그리 길지 못했다. 우리 사회에서 삶의 속도가 너무 빨라 50대 중반이면 벌써 직장을 떠나도록 밀어내고 있다. 그러기에 이 시기에 미리미리 나머지 삶을 위한 준비를 하지 않으면 나중에 낭패를 보기 쉽다.

그 다음 55세부터 70세까지는 소위 황혼기이다. 이 시기는 규칙적이고 타이트한 직장생활의 부담에서 벗어나 자유로운 삶을 즐길 수 있는 시기이다. 체력적으로도 40·50대와 큰 차이가 나지 않으므로 운동·여행 등 여가활동을 하거나 독서·취미활동·사회봉사 등 마음 내키는 대로 여유로운 삶을 살 수 있다. 나는 요즈음 일주일에 두세 번 학교에 나가 젊은이들을 지도하며 그들과 호흡을 같이하는 데에서 새로운 보람을 느끼고 있다. 그러나 아쉬운 것은 이 행복도 이제 얼마 남지 않았다는 점이다.

이 시기는 지난 세월을 돌아보면서 조용히 생각을 정리할 수 있는 시기이기도 하다. 인생이란 영겁(永劫)의 세월 속에서 보면 '하루살이' 같은 허무한 존재이다. 우리는 어디서 왔다가 어디로 가는 것일까. 떠나고 나면 아무 것도 남는 게 없는 것이 아닌가. 그러기에 나는 흔적이라도 남기고 싶어 글을 쓰기 시작했다.

나는 요즈음 아침에 일어나면 먼저 '버티컬 커튼'을 열어젖힌다. 우리 아파트는 동남향의 맨 위층이어서 커튼을 열면 새빨간 아침 햇살이 거실 깊이까지 쏟아져 들어온다. 오늘 하루가 새롭게 주어진 데 대해 감사하며 오늘은 어떤 좋은 일이 있을까 즐거운 마음으로 기대해 본다. 떠오르는 아침 햇살이 눈부신 날은 한낮의 청명함도 찬란하지만 황혼 무렵의 지는 해와 노을이 더욱 아름답기 마련이다.

다음시기 70세부터 85세(?)까지는 생의 마무리기이다. 이 시기는 체력이 쇠퇴되어 정신적 · 육체적 활동을 제대로 할 수 없다. 그저 생존하는 시기인 것이다. 더욱이 75세부터는 '후기노령'이라 하여 독립적인 활동이 어렵고 삶을 남에게 의존해야 하는 바로 '제2의 의존기'가 되는 것이다. 우리나라에도 작년(2008)부터 '노인장기요양보험'이 실시되어 치매 · 중풍노인 등에 대한 수발서비스가 제공되고 있는데, 바로 이 서비스의 대상이 되기 쉬운 것이다.

이런 의존상태가 되면 '살아도 산 것이 아니므로', 지금 60대의 황혼기에 적당한 운동도 하고 정신적 활동도 계속하여 심각한 의존상태에 빠지지 않도록 대비하여야 한다. 이러한 의존적인 삶의 기간이, 예컨대 85세보다 길어지면 플러스 알파요, 짧아지면 마이너스 알파일 뿐이니, 그 삶의 길이에 집착할 필요는 없을 것으로 본다.

나는 이런 생각을 하다가 어느덧 서현역 부근 '교보문고'에 다다랐다. 이 책 저 책 뒤적거리다가 수필집 두 권, 《아름다운 우리 고전수필》과 《세계의 명수필》을 샀다. 동서양 선인(先人)들의 지혜와 삶의 자세를 들여다보고 싶어진 것이다.

(jego.net, 2009. 1. 20)

인생, 이 정도면 족하다

인생! 과연 어떻게 살아야 할 것인가? 이제 이순(耳順)에 들어서서 인생에 대해 생각해 본다. 지난 세월 정말로 치열하게 뛰었지만, 과연 무엇을 위해 뛰었으며 그 결과 얻은 것은 무엇이고 잃은 것은 무엇인지, 되돌아보게 된다. 앞으로 남은 인생을 내다보면서, 과연 어떻게 살아야 잘 사는 것인지 인생의 의미를 되새겨 본다. 한마디로, '인생은 건강하고 즐겁게 편안한 마음으로 살면 족하다.'는 생각이 든다.

인생은 약 80년은 날아가는 미사일(missile)과 같은 존재이다. 한번 쏘아 올리면 쉬지 않고 목적지를 향하여 꾸준히 날아가야 한다. 이렇게 장구한 세월을 날아가기 위해서는 무엇보다도 건강해야 한다. 건강은 부모로부터 타고난 것이 중요하지만, 본인의 후천적 노력(식생활 및 운동)으로 상당 부분 개선할 수 있다.

예컨대, 한반도에서 미사일을 쏘아 미(美) 본토에 도달하는 것이 목표라고 할 때 중도에 태평양에 떨어지지 않도록 노력해야 한다. 그러나 인생은 마음대로 되지 않는 것. 설사 태평양에 떨어지더라도 너무 애석해 할 필요는 없다. 어차피 우리 인생은 거저 얻은 것이 아닌가. 우리가 침묵의 세계에서 나와 이 세상의 아름다운 빛을 볼 수 있었다는 것은 참으로 큰 행운이었고, 그것만으로도 큰 은총인 것이다.

이 인생이라는 미사일은 오래 날아가는 것도 중요하지만, 그보다도 날아가는 동안 이 세상 산천경개(山川景槪)를 두루두루 구경하고 즐기면서 지나가는 게 더욱 중요하다. 이 세상은 그야말로 물질적으로나 정신적으로 보고 즐길게 너무도 많은 아름다운 존재인 것이다. 우리가 지금 이 시기에 한국에 태어난 것은 참으로 행운이라 할 수 있다.

지구는 생긴지 약 46억 년이 되어 지금 그 수명의 중간쯤에 와 있고 지금이 인간이 살기에 가장 좋은 시기라고 본다. 앞으로 지구의 온도가 지금보다 좀 더 식어지면 인간이 살기에는 부적합할 것이다.

최근 인류문명의 급속한 발전속도로 볼 때 앞으로 고도의 기술문명사회에서 인간은 마치 기계처럼 될 것이고 필연적으로 인간소외 현상이 올 것이 오히려 두렵다. 그러기에 정감(情感) 있는 인간다운 삶을 살기에는 지금이 적기인 것이다. 우리가 아프리카 등 저개발국에 태어나지 않고 어느 정도 문화적인 삶을 즐길 수 있는 이 땅에 태어난 것이 얼마나 다행스러운 일인가.

우리가 삶을 즐기며 살기 위해서는 건강 이외에도 돈이 어느 정도 필요하다. 그러기에 일을 해야 한다. 직업은 즐거운 삶을 위해 필요한 재원을 마련하기 위한 것이며, 그것도 가능하면 자기에게 즐거움을 주고 성취감을 맛볼 수 있는 일을 할 수 있다면 금상첨화일 것이다. 삶을 즐기는 데 필요한 적당한 정도의 재원을 마련할 수 있다면 족할 것이다. 거부(巨富)나 고관대작(高官大爵)이 결코 성공적인 삶의 조건이 되지는 않으며, 이 세상을 떠난 후에 보면 별로 의미 있는 것은 아니라고 본다.

그보다는 남에게 해(害)를 끼치지 않고 조금이라도 도움을 주는 이(利)로운 일을 하면서 살 수 있다면 좋을 것이다. 예술이나 문학 등에 재질을 키워 좋은 작품을 후세에 남길 수 있다면 무엇보다도 보람 있는 일이다. 자기의 지식과 경험을 정리하여 저술(著述)을 남기는 것도 하나의 흔적을 남기는 일이니 나름대로 의미 있는 일이다.

인간의 삶은 시간적으로나 장소적으로 매우 유한(有限)하기 때문에 우리가 접하며 즐길 수 있는 것은 매우 제한되어 있다. 이 유한한 인생을 무한대로 넓혀줄 수 있는 것이 독서이다. 머나먼 과거의 일, 우리가 경험하기 어려운 일, 우리가 모르는 일, 다른 사람의 생각 등이 자료로 잘 정리되어 있는 것이 책이다.

아무리 사소하게 보이는 책일지라도 그 속에는 집필자의 혼과 정성이 담겨 있기 때문에 읽고 나면 무언가 얻어지는 것이 있게 마련이다. 이 처럼 독서는 우리에게 즐거움의 지평을 넓혀 주는 방법인 것이다.

마지막으로, 이 한 세상 편안한 마음으로 사는 게 중요하다. 인생은 고해(苦海)라고 원래 살아가는 과정에서 많은 고통과 걱정이 있게 마련이고 또한 죽은 후의 내세(來世)에 대한 두려움도 크다. 이러한 고통과 불안을 인간 스스로 극복하기 어렵기 때문에 인간은 예로부터 신(神)에 의존하여 왔다.

과연 신이 있느냐 없느냐의 문제는 기독교에서도 원초적인 신학 논쟁의 주제이며 오늘날까지도 결론이 나지 않고 있지만, 신의 존재 유무를 떠나 종교는 인간이 이 세상에 있는 동안 마음 편히 살고 나아가 내세를 향하여 마음 편히 세상을 떠날 수 있는 길인 것이다. 현세에서 겪는 고통스러운 일들은 대부분 인간의 헛된 욕심에서 비롯된 것으로 영겁(永劫)이라는 잣대로 보면 아무것도 아닌 것이다. 그러기에 종교는 우리가 '극도의 절망 속에서도 희망을 갖게 해주는 방법'인 것이다.

인생! 어찌 보면 우리가 살아가는 동안에는 매우 심각하고 복잡한 문제인 것 같지만, 한 세상 살고 난 후 이 세상을 떠나는 시점에서 되돌아본다면 결국은 아무것도 아닌 인생무상(人生無常)이지 않은가. 그러기에 이 세상에 사는 동안 '건강하고 즐겁게 편안한 마음으로 살 수 있다면 족한 것'이 아닌가 하는 생각이 든다.

이것이 삶의 바른 길이며, 예수, 석가, 공자 등 옛 현철(賢哲)들이 깊은 고뇌 끝에 제시한 길이 바로 이게 아니었던가.

(jego.net, 2009. 3. 29)

인생은 과정이다

　며칠 전에 법정(法頂) 스님이 입적했다. 그의 입적(入寂)과 다비(茶毘)를 보면서 인생의 의미를 생각해 보게 된다. 나는 지난 일요일 가톨릭 교회에 가서 미사 중에 신부의 강론은 귓전으로 흘리면서 법정의 언행(言行)을 되씹어 보며 인생의 의미에 대해 곰곰이 묵상에 빠져 있었다.

　법정은 삶의 자세로 무소유(無所有)를 설파하면서 몸소 깊은 산중에 오두막을 짓고 간소한 삶을 살면서 은거하였다. 무소유란 인간이 삶을 살아가는 데에는 별로 많은 것이 필요하지 않다는 것으로, 아무것도 갖지 않을 때 비로소 온 세상을 갖게 된다는 무소유의 역리(逆理)를 말하고 있는 것이다.

　그러나 무소유란 자본주의의 기본원리에 반하는 것이다. 자본주의는 개인의 사적 소유를 인정하면서 개인의 능력에 따라 이를 극대화하도록 보장하는 체제이다. 오늘날 자본주의가 화려한 꽃을 피운 것은 바로 이 소유에 기초한 것인데 이처럼 무소유를 말하는 것은 어찌 보면 오늘날의 세태에 맞지 않는 말이 아닐까.

아마도 법정이 말하는 무소유는 자본주의 자체를 부정하는 것은 아닐 것이고 물질에 너무 집착하지 말라는 것이리라. 우리가 물질에 너무 집착하면 인간의 욕심은 한이 없기 때문에 항상 무언가 부족함을 느낄 것이고 그렇게 되면 삶이 결코 행복해질 수 없다는 것이다. 그러니 우리에게 주어진 물질의 범위 안에서 분수에 맞게 살아야지 무리하게 물질을 추구하다가는 오히려 헛수고만 하고 더욱 불행해질 것이라는 경고인 셈이다.

법정은 다비에서 아무것도 남기지 않고 한줌의 재로 사라져 갔다. 심지어 사리도 찾지 말라고 당부하였다. 그가 쓴 수필집《무소유》등도 더 이상 찍지 말고 절판할 것을 유언하였다고 한다. 그러니 인생은 한번 떠나고 나면 그 결과로 아무것도 남지 않는 것이며 또 남길 필요도 없다는 것을 실천으로 보여주고 있는 것이다.

우리는 보통 한 인간의 삶을 평가할 때 그가 이 세상에 살 때 무엇을 했으며 결과적으로 무엇을 남겼느냐를 가지고 평가하기 쉽다. 나도 여태까지 '인생은 결과'라고 생각했었다. 그런데 법정은 '인생은 아무것도 남지 않는 것이다.'라고 말하고 있는 것이다. 그러니 '인생은 결과'가 중요한 게 아니라는 것이다. 나는 여기서 곰곰이 생각해 보게 되었다. 한참 생각 끝에 나는 문득 '아하! 인생은 결과가 아니라 과정이로구나.' 하고 깨닫게 되었다.

우리가 인생을 평가하는 잣대로 속된 의미로 돈을 얼마나 많이 벌어서 얼마나 남겼는지 또는 출세를 해서 얼마나 높은 자리까지 올라갔는지, 즉 인생을 결과로 평가하는 것이 보통이다. 그러나 이런 것들은 지나고 나면 아무것도 남지 않는 것이며 별로 의미 없는 것이다. 그것보다는 오늘 하루하루를 살아가는 과정이 중요한 것이다. 한 사람의 오늘 하루하루가 모여서 한 인생이 이루어지는 것이다. 무엇을 남기느냐 보다 오늘 하루를 어떻게 사느냐가 중요한 것이다. 왜냐하면 결국에는 아무것도 남지 않기 때문이다.

나는 지난날 로마 바티칸의 시스티나 성당에 미켈란젤로가 그린 천장화를 보고 감탄하였다. 그는 죽은지 400여 년이 지났지만 오늘날 많은 사람들이 목이 아프도록 천장을 쳐다보면서 찬탄을 금치 못하고 있으며 아마도 앞으로도 몇백 년 동안 계속 그럴 것이다 .

나는 여기서 자극을 받아 내가 그런 불후의 명작을 남길 재능은 없지만 무언가 좀 남길게 없을까 하여 내가 아는 지식과 경험을 묶어 사회복지 분야의 전문서라도 몇 권 써보려고 했다. 그러나 우리나라의 사회복지 발전도 매우 빨라 책을 쓴지 약 10년이 지나니 이 책들이 벌써 구문(舊文)이 되고 있는 것이다. 그러니 나 같은 범인(凡人)으로서 무얼 남기겠다는 것이 얼마나 부질없는 일인가.

그러니 우리 개인이 무얼 남기겠다고 해서 뚜렷한 업적을 남길 수 있는 것은 아니며, 우리 모두가 오늘 하루하루를 성실하게 살아가면 개인의 발전은 물론 우리 사회 전체적으로도 삶의 수준이 한 단계 높아지는 결과가 되는 것이다. 그러기에 우리에게 오늘이라는 삶이 중요한 것이며 인생은 오늘이라는 삶의 과정이 연속된 것이다. 오늘이라는 삶의 과정은 다시는 오지 않는다.

오늘이라는 삶의 과정이 다시 오지 않는다면 우리 개개인은 오늘 하루를 보다 보람 있게 살고자 할 것이며 나와 관계하는 타인에게 보다 좋은 인상을 주고자 할 것으로 본다. 그러면 우리 사회는 보다 훈훈한 사회가 될 수 있을 것이다.

나는 아침에 잠에서 깨어나면 오늘 하루가 주어진 데 대해 감사한다. 오늘 하루에 무슨 좋은 일이 있을지 기대하며 오늘 뜻하지 않은 어려운 일이 생기지 않도록 기도하며 하루를 시작한다. 그리고 하루를 마치며 오늘 하루를 무사히 지낼 수 있었음에 감사하며 잠자리에 든다.

인생은 오늘이라는 과정의 연속이라 생각하고 산다면 하루하루가 보다 의미 있는 것이 될 것이며, 언젠가 다가올 삶의 마지막 순간도 담담하게 맞을 수 있지 않을까. 나는 성당에서 미사시간 내내 이런 생각을 하며 꿈속에 빠져 있었다.

(jego.net, 2010. 3. 15)

2

여행의 이삭줍기

공자를 돌아보고

며칠 동안 중국 산동성에 있는 공자(孔子)의 고향 곡부(曲阜), 맹자의 고향 추성(鄒城) 그리고 태산(泰山)을 다녀왔다. 여행의 즐거움은 3락(三樂)이니, 보는 즐거움, 먹는 즐거움 그리고 생각하는 즐거움이다.

이번 여행 중에 '공자는 무엇인가' 곰곰이 생각해 보았으나 오히려 머릿속만 복잡해져 돌아왔고, 감히 이런 거인(巨人)을 짧은 소견으로 논한다는 것은 무리이며 무례라고 생각되나, 나름대로 생각해 보았던 섣부른 생각을 두서없이 적어보고자 한다.

공자는 출생부터가 특이하다. 공자의 아버지는 노(魯)나라 장수였는데 첫 부인에게서 딸만 아홉을 두었고, 64세 때에 20세의 처녀 안(顔)씨를 세 번째 부인으로 맞아 야합(野合)하여 공자를 낳았다고 하니 정상적인 출생은 아닌 듯하다. 위대한 철인(哲人)의 출생은 이처럼 우연으로 이루어진 것이니 이는 아마도 하늘이 점지한 필연인 듯하다.

만일 공자가 태어나지 않았다면 동양의 사상체계가 달라졌을런지 아니면 다른 철인이 태어나 비슷한 역할을 했을런지 모를 일이다.

아무튼 공자는 '인간의 문제'에 대해 깊은 사색을 하여 우리 인류에게 '인간의 길'을 제시한 위대한 스승인 것이다.

공자는 인(仁)을 바탕으로 하여 의(義), 예(禮), 지(智) 그리고 충(忠), 효(孝)의 삶을 인간의 바른 길로 제시하였다. 이는 바로 수신(修身), 제가(齊家), 치국(治國)의 철학인 것이다. 예나 지금이나 인간의 세상에는 악(惡)의 요소가 넘쳐나고 있으며 인간은 누구나 이 악의 길로 빠지기 쉬우므로 이를 바로 잡아 바른 길로 가도록 하기 위한 선(善)의 철학을 제시한 것이다. 이처럼 공자는 '인간의 문제'로 고민한 '인간중심주의'의 사상가인 것이다. 예수나 석가모니가 주로 인간의 사후의 문제, 즉 '내세의 길'을 제시하여 종교로 발전하게 된 것과는 다르다.

공자는 자기의 사상 중 치국의 이론을 실제로 정치에 적용해 보기 위하여 위(衛)나라를 비롯한 이웃 여러 나라를 주유열국(周遊列國)하지만, 아무도 받아주지 않아 뜻을 펴지 못하고 만다. '진실로 나를 써주는 사람이 있다면 1년이면 나라를 바로 잡을 수 있고 3년이면 완전한 성과를 거둘 수 있는데.' 하고 아쉬워하며, 마침내 68세에 모든 것을 포기하고 고향에 돌아와 73세로 죽을 때까지 오로지 학문과 제자교육에 전념한다. 공자의 사상과 철학은 이 5년여의 공생활(公生活) 기간 동안에 정리된 것이다.

그러면 왜 공자의 치국이론은 현실에서 받아들여지지 않은 것인가. 한마디로 정치는 이상(이론)이 아니라 현실인 것이다. 정치의 장(場)에는 힘의 논리가 적용되는 것이므로 이상과 현실 사이에는 상당한 괴리가 있는 것이다. 공자가 그리던 요순(堯舜)과 주(周)의 이상향은 꿈에 불과한 것이다.

오히려 중국 같은 광대한 국가를 통일하고 통치해야 하는 현실

정치에서는 거추장스러운 이상을 파괴하는 것도 서슴지 않고 있다. 실제로 진시황(秦始皇)의 분서갱유(焚書坑儒)로, 가깝게는 마오쩌둥(毛澤東)의 문화혁명을 통한 비림비공(批林批孔)운동으로 나타났다. 그러나 이와는 반대로 현실정치를 공자의 이상으로 위장하기 위하여 공자를 받들어 모시는 현상도 계속되어 왔다. 이러한 현상은 한(漢)나라의 무제(武帝) 이래로 청조(淸朝) 말까지 계속 이어졌고, 그래서 그런지 공자의 유적지(孔廟, 孔林, 孔府)는 오늘날 거대한 성역(聖域)으로 남아 있었다.

BC 500년경 공자가 세운 인(仁)의 사상은 그 후 1,600여 년간 답보상태에 있다가, AD 1100년대 후반 송(宋)나라의 주희(朱熹)에 의하여 주자학(朱子學)으로 집대성되어 '사물의 본성은 곧 이(理)다.' 하여 성리학(性理學)으로 발전된다. 그 후 그 사상이 조선으로 건너와서는 300년 후 AD 1500년대에 이퇴계(李退溪)에 의하여 이기이원론(理氣二元論)으로 다듬어져 '인간은 이(理)로서 기(氣), 즉 감정을 다스려야 한다.'는 수양론(修養論)으로 발전하게 되고, 이 퇴계의 사상은 그 후 일본에까지 영향을 미치게 된다.

조선은 유학을 국시(國是)로 삼았으나 본바탕 중국에서보다도 공맹(孔孟)의 사상과 언행에 지나치게 집착한 감이 있으며 유학은 '입신출세를 위한 학문(出世之學)'이 되었다. 그러나 수많은 사화(士禍) 등을 거치면서 유학은 오히려 '목숨을 내놓는 학문'이 되어, 퇴계(退溪)와 같은 뜻있는 유학자들은 출세보다는 학문에 전념하여 오히려 청사(靑史)에 이름을 남기고 있다.

아무튼 공자는 '인간의 문제'에 대한 깊은 사색을 함으로써 여러 분야에 걸쳐 그야말로 지당한 말씀(즉, 공자님 말씀)을 남긴 위대한 사상가이다. 그러기에 공자묘의 비문처럼 '문선왕(文宣王)'이라 할 수 있다.

그러나 다른 한편으로 볼 때에는, 인간을 너무 정해진 틀 속에 집어넣으려고 하지 않았나 하는 느낌이 든다. 그리하여 규격화된 인간, 진취성과 창의성이 부족한 동양적인 정(靜)적 인간상을 만들지 않았나 생각해 본다. 인간 본성은 본래 구속을 싫어하고 자유롭게 살고자 하는 자연적인 본성이 있고 이로부터 창의성이 나오는 것인데 이를 인위적으로 억제하려는 면이 있었다고 본다.

그러기에 그 당시에 노자(老子)도 '무위자연(無爲自然)의 도(道)'를 가지고 은근히 공자를 비판하지 않았던가. 20세기 초 근대중국의 사상가 노신(魯迅)도 공자를 '봉건적 누습(陋習)의 근원'이라고 공격하고 있다. 특히 오늘날에 와서 볼 때에는 남존여비(男尊女卑)와 지나친 효(孝) 사상 등은 시대에 맞지 않는 구습(舊習)인 것이다.

그러나 인간이 사는 세상에는 어느 때를 불문하고 악(惡)의 요소가 내재되어 있기 때문에 선(善)의 원론을 제시한 공자는 인류의 역사에 영원히 남을 위대한 스승인 것은 틀림없다. 그리고 오늘날 공자의 사상에 바탕을 둔 근검(勤儉)을 중요한 덕목으로 하는 유교자본주의가 동양권 경제발전의 원동력으로 주목을 받고 있어 공자사상에 대한 재조명이 이루어지고 있는 것이다.

(jego.net, 2008. 8. 21)

장강삼협 탐방소감

　　지난 7월 국내외의 문화유적지를 탐방하는 모임(제인문화탐방회)의 일원으로 4박 5일의 일정으로 중국의 장강삼협(長江三峽)을 둘러보고 왔다. 작년에는 장가계(張家界)를 가보고 그 신비스럽고 기묘한 경치의 빼어남에 취해 돌아왔으나, 이번 여행은 중국이라는 나라, 우리나라 그리고 나 자신에 대하여 다시 돌아볼 수 있는 좋은 기회가 되었다.

　　장강(長江)은 우리가 알고 있는 '양자강'을 중국 사람들이 그냥 '긴 강'이라는 의미에서 부르는 이름으로, 서쪽 티베트 지방에서 연원하여 황해로 흘러드는 총 길이 6,380킬로미터에 달하는 세계에서 세 번째로 긴 강이다. 이 중 삼협(三峽)은 장강의 중류에 해당하는 지역으로 사천성(四川省)의 동쪽 끝에 있는 중경(重慶) 시의 봉절(奉節)에서부터 호북성(湖北省)의 의창(宜昌) 시까지 뻗어 있는 세 개의 협곡(구당협, 무협, 서릉협)으로 총 길이 192킬로미터에 달하는 경치가 빼어난 곳이다.

　　이곳은 옛날 춘추전국시대에는 초(楚)나라 지역이며 삼국시대에는 오(鳴)나라 지역으로서 적벽(赤壁)대전을 비롯한 삼국지의 주요 전투가 벌어졌던 곳이다. 이번에 삼국지의 주요 무대를 여행하는 것을 계기로 새삼스럽게 삼국지를 다시 읽어 보고 그 현장을 둘러보면서 그동안 가지고 있었던 생각을 바로 잡을 수 있었다.

우리가 통상 읽고 있는 소설 '삼국지'는 14세기 중엽 원나라 말기부터 명나라 초기에 나관중이 쓴《삼국지연의(三國志演義)》에 기초한 것으로 이는 역사상의 사실을 이야기 형식으로 서술한 창작물인 것이다. 이는 삼국이 통일된 직후 진(晉)나라의 진수가 쓴 역사서인《삼국지(三國志)》와는 다소 다른 부분이 있는 것이다.

삼국(위나라, 오나라, 촉나라)이 정립했던 시기는 AD 220년부터 280년까지 60년간으로서 그 당시 중국의 총인구는 약 5,000여만 명이며 삼국의 국력은 6 : 2 : 1 수준이었다고 한다.《삼국지연의》는 이 중에서 국력이 가장 약한 촉(蜀)나라를 중심으로 스토리를 전개하고 있다. 이는 유비·관우·장비가 도원결의(桃園結義)로서 형제의 의를 맺음으로써 인간 간의 결연을 중시하고 서로 용서하고 결코 배반하지 않는다는 중국인의 사고의 표상이 되고 있기 때문이라고 본다. 또한 유비가 한실(漢室)의 후예로서 망해 가는 한(漢)나라를 다시 세우고자 했다는 명분도 있었다는 점이다.

그러나 촉나라가 통일을 성취한다는 것은 거의 불가능했을 것이다. 애초부터 국력의 차이가 컸을 뿐 아니라 의리만으로는 전쟁에서 이길 수 없는 것이다. 유비는 열악한 조건 속에서 각고 끝에 제위에 오른 후 AD 222년 죽은 관우의 원수를 갚고 빼앗긴 형주(荊州)를 탈환하기 위해 이곳 삼협을 거쳐 오나라를 침공하게 된다.

제갈공명은 형세의 불리함을 들어 출전을 만류하였으나 유비는 관우와의 의리를 지키기 위해 무리하게 출전하여 마침내 의창(宜昌)

부근의 '이릉'의 싸움에서 오(吳)나라의 육손에게 크게 패하여 모든 병력을 잃게 된다. 유비는 할 수 없이 삼협의 벼랑에 설치된 잔도(棧道)를 통해 190여 킬로미터를 거의 단신으로 도주하여 삼협의 상류에 있는 백제성(白帝城)으로 피신, 홧병으로 시달리다가 다음 해에 죽으면서 제갈공명에게 태자 유선 등의 후사를 부탁하는데 이곳이 바로 탁고당(托孤堂)이다.

유비 사후 제갈공명은 삼국통일의 꿈을 버리지 못하고 6년간 다섯 차례에 걸쳐 관중공략에 나서 북벌을 감행하지만 번번이 실패하고 마침내 '오장원'의 싸움에서 사망(과로사)함으로써 통일의 꿈은 무산되고 만다.

그 후 촉나라는 위(魏)나라에 멸망하고, 위나라는 조조의 후손들이 제위를 제대로 지키지 못하고 사마(司馬) 씨에게 정권이 내부 이양되어 진(晉)나라가 되고, 최후로 오나라가 진나라에게 멸망함으로써 AD 280년 삼국은 통일되게 된다. 여태까지 우리는 소설 《삼국지연의》의 영향으로 유비·관우·장비와 제갈공명 중심의 스토리만 알고 있으나, 아마도 진수의 역사서 《삼국지》는 이와는 다른 접근을 하고 있을 것이다.

여기서 사족으로 일본의 도쿠가와 이에야쓰(德川家康)와 비교해 보면, 그는 산간 분지의 미세한 번주(藩主)의 아들로 태어나 온갖 굴욕과 고난을 참고 견디면서 주도면밀한 계획하에 실리를 챙기면서 조금씩 세력을 확대해 나가 마침내 1603년 도쿠가와 막부(德川幕府)를 엶으로써 일본 근대화의 기틀을 마련하였다. 이 점이 바로 중국식의 의리본위와 일본식 실리본위의 차이라 할 것이다.

이번 여행에서 중국은 정말로 큰 나라라는 것을 실감하였다. 비행기로 무한(武漢: 호북성의 성도)에 도착하여 의창까지 가는 데 약 300 킬로미터의 거리를 버스로 5시간 정도 걸렸다. 고속도로라고는 하나 도로가 매끄럽지 못하고 버스는 계속 튀기만 했다. 그중 4시간은 농촌지역으로 주변에 조그마한 산 하나도 볼 수 없는 광활한 평야지대였다. 중국인들은 5시간 정도 걸리는 것은 이웃집 가는 정도로 생각한다니 땅의 크기와 사고의 크기는 정비례하는 것일까.

의창에서 제법 큰 규모의 관광유람선을 타고 2일간 배에서 숙식하면서 장강삼협을 왕복하였다. 삼협의 경치는 역시 깎아지른 듯한 절경에 곳곳에 안개까지 그윽하게 드리워져 신비를 더해주고 있었다. 강폭은 곳에 따라 차이가 있기는 하지만 우리 한강의 두세 배는 되는 듯했고 황톳빛 흙탕물이 도도히 흐르고 있었다.

이곳 삼협 하류의 의창에는 현재 대규모의 삼협댐을 건설 중에 있다. 원래 삼협댐은 중국의 국부라 할 수 있는 손문(孫文) 선생이 그 필요성을 역설하였으나, 그동안 성사되지 못하다가 마침내 1992년에 착공하여 현재 2단계로 물막이공사까지 마무리되었고, 2009년까지 공사가 완공되면 수위가 175미터까지 올라가게 되어 있다. 현재 2단계 완공으로 이미 수위는 100미터 정도 높아져 있다.

댐의 총길이는 2,309미터로서 댐 축조의 1차적 목적은 홍수방지에 있다. 장강 유역은 10년에 한 번씩 큰 홍수가 나고 작은 홍수는 매년 한두 번씩 일어나니 이를 막는 것이 급선무요, 또한 앞으로 방대한 양의 수력발전에 쓰일 것이라 한다. 또한 댐 일대가 중국 최대의 관광지로 개발되어 21세기 중국의 지도를 바꾸게 될 것으로 중국 정부는 내다보고 있다.

댐의 규모를 보고 역시 중국적인 스케일의 크기를 실감할 수 있었다. 중국의 극히 일부분 만을 보고 전체를 이야기하는 것 같아 장님이 코끼리 더듬는 것 같은 느낌이 드나 일부를 보고도 감히 전체를 미루어 짐작할 수 있을 것 같다.

이번 중국여행을 하면서 평소에 잊고 지냈던 나 자신의 존재에 대해 생각해 볼 수 있었다. 우리 인(印)씨의 유래는 선조가 원래 중국 진(晉)나라 사람으로 삼국이 통일된 직후인 AD 297년 신라에 사신으로 나왔다가 신라 조정에서 벼슬을 하면서 우리나라에 귀화하게 된 것이다. 이렇게 생각해 볼 때, 이 중국이라는 땅덩어리가 없었더라면 '나'라는 존재도 이 세상의 빛을 보지 못했을 것이 아닌가 하는 생각이 들었다.

아마도 우리나라의 성씨 중에는 이처럼 중국에서 유래한 것이 많을 것이고 또한 우리나라에서 일본으로 건너간 것도 꽤 많을 것이니 한·중·일 3국은 종족의 면에서 그리고 정신·문화의 면에서 서로 깊이 연결되어 있음을 부인할 수는 없을 것이다.

또한 지리적으로 볼 때에도 우리나라는 중국이라는 큰 대륙의 옆에 붙어 있는 작은 나라로서 중국은 예로부터 우리에게 많은 영향력을 미쳐 왔으며 앞으로도 우리의 운명과 발전에 적잖이 영향을 미칠 것으로 본다. 이제 중국이라는 거함(巨艦)이 잠에서 깨어나 서서히 기지개를 켜고 있어 중국이 그 위세를 세계에 떨칠 날이 머지않을 것으로 보이나, 워낙 땅덩어리가 크고 인구가 많아 국가발전의 혜택을 구석구석 고루 펴 모든 국민이 문화적인 생활을 하는 것은 매우 어렵지 않을까.

이에 반하여 우리나라는 국토는 작지만 토질과 기후가 좋고 산수 등 자연환경이 양호하여 동식물의 생장에 유리한 조건이며, 이러한 연유로 여기에서 대대로 살아 온 우리 한국 사람 개개인도 비교적 똘똘하고 단단하게 생겼다고 할 수 있다. 좁은 땅에 인구가 다소 많다고는 하나 영국 등 유럽 선진국의 예로 볼 때 이것이 그리 불리한 조건만은 아닌 것이다.

그러나 이러한 조건하에서 우리가 진정으로 나라다운 제대로 된 나라를 만들기 위해서는 국민 모두의 힘을 모으고 작은 국토를 효율적으로 활용하는 서로 협조할 줄 아는 지혜가 필요한 것이 아닐까. 그리고 무엇보다도 남과 북이 지혜를 모아 분단된 나라를 조속히 통일로 이끄는 데에서 우리의 활로를 찾을 수 있을 것이다.

(인중 · 제고 동창회보, 2006)

두 얼굴의 인도

인도(印度)는 불교가 발생한 나라이고 무언가 신비스러운 것이 있을 것 같아 어릴 적부터 가보고 싶은 나라였다. 인도는 건기(乾期)인 겨울에 여행하는 것이 좋다고 하여 지난 2월에 8박 9일의 짧은 일정으로 다녀왔다. 인도는 나라가 커서(328만 평방킬로미터, 한반도의 약 15배) 구석구석 가보기는 어렵고, 그중 중북부 지방에 있는 몇 개의 도시(델리, 바라나시, 카주라호, 오르차, 자이푸르 등)만을 둘러보았다.

인도는 BC 3000년 경 인더스문명이 발상한 곳으로 오랜 역사를 지니고 있고 또한 힌두교, 불교, 이슬람교, 자이나교, 시크교 등 여러 가지 종교가 공존해 온 영향으로 역사적인 종교사원, 고성(古城) 등 문화유적과 종교성지가 산재해 있어 그야말로 볼거리가 많았다. 종교사원이나 고성의 건축물들은 주로 사암(砂岩)이나 대리석으로 되어 있으며 대부분 규모가 크고 형태도 미려(美麗)할 뿐만 아니라 벽면이나 기둥 등에 새겨진 부조(浮彫)의 섬세함으로 보는 이들이 찬탄을 금치 못하고 있었다.

그중에서도 아그라(Agra)에 있는 타지마할(Taj Mahal)은 힌두교와 이슬람교, 페르시아 스타일이 함께 혼합된 건축술의 정수(精髓)를 보여 주고 있었다. 이 건축물은 무갈(Mughal)제국의 5대 황제인 샤자한(Shah Jahan)이 죽은 왕비(39세에 14번째 아기를 낳다 죽음)의 묘소로 지은 건물인데, 아이보리(Ivory)색 대리석으로 되어 있고 지은 지 350년이 되었건만 거의 원형 그대로 보존되어 있었다. 바닥면이 정사각형으로 되어 있으며 네 방향에서 보아 완전히 똑같은 형태로 대칭을 이루는 아름답고 우아한 건축물이었다.

　　이 건축물은 좀 멀리 떨어져서 보아야 아름다운 균형미를 감상할 수 있으며 하루 중에도 햇빛의 양과 방향에 따라 대리석의 색깔이 일곱 번이나 변하여 보인다니 그야말로 불가사의가 아닐 수 없다. 과연 아내를 얼마나 사랑했기에 이처럼 아름답고 거대한 궁전을 만들어 묘소로 선사했을까. 그 당시에는 이 건물을 짓기 위해 국고를 탕진했다고 하나, 오늘날은 이 걸작품을 보기 위해 수많은 관광객들이 매년 인도로 몰려들고 있어 국고에 보탬이 되는 효자 노릇을 하고 있으니 역사의 아이러니라 할 것이다.

　　바라나시(Varanasi)에 있는 갠지스(Ganges) 강가는 힌두교의 최고의 성지로서 인도사람이면 누구나 한번은 꼭 가보고 싶어 하는 동경의 장소이다. 히말라야에서 흘러내린 이 성스러운 물에 목욕을 하면 모든 죄업(罪業)이 소멸되고 이곳에서 화장(火葬)한 재가 강물에 뿌려지면 윤회(輪廻)의 고통에서 벗어나게 되어 힌두교도에게는 최고의 행복의 경지에 도달하게 된다는 것이다.

　　우리 눈으로 보기에는 불결해 보이는 뿌연 강물에서 한쪽에서는 목욕, 양치, 세탁을 하고 있고, 다른 한쪽에서는 죽은 이를 화장하여 그 재를 강물에 뿌리고 있으며, 그 옆에는 죽은 소의 시체가 둥둥 떠다니고 있는 삶과 죽음 그리고 내세가 뒤엉켜 혼재하고 있는 현장이었다. 과연 도대체 믿음이 무엇이기에 이러한 신앙을 갖게 하고 있으며 또한 그 속에서 무한한 행복을 느낄 수 있단 말인가. 신앙의 무모함과 무서움을 실감할 수 있었다.

인도 여행 중에 머리에서 떠나지 않는 의문은, 인도는 오늘날 중국과 더불어 떠오르는 경제대국으로 부상하고 있다는데 어찌하여 대다수의 국민은 극심한 빈곤 속에서도 그저 행복하고 만족한 표정으로 살아가고 있는 것일까. 무엇이 이들을 이렇게 만들었으며, 앞으로 인도의 장래는 어떻게 될 것인가 하는 점이었다.

여행자가 느낀 인도는 가난과 불결 그리고 혼잡의 극치를 보여주고 있었다. 1947년 인도 독립 시 인구는 약 3억 명 수준이었으나 불과 반세기만에 11억 명으로 늘어났으며 오늘날 인구의 약 40%가 기아선상에서 허덕이는 빈곤층에 해당된다고 한다. 뉴델리 공항에서 만난 한 인도계 영국인은 빈곤인구가 그보다 더 많게 50~60%는 될 것이라고 비관적으로 보고 있었다.

대도시에는 가는 곳마다 인파로 가득 차 있었으며 그들 중 대부분은 할 일 없이 그저 배회하고 있는 것으로 보였다. 길거리에는 주인 없는 소와 개들이 느릿느릿 배회하고 있고 곳곳에 소똥 등 배설물이 방치되어 있었으며, 차도에는 자동차·자전거·릭샤(자전거형 인력거)·오토릭샤 등이 뒤엉켜 혼잡의 극치를 이루고 있었다. 관광객이 가는 곳에는 어김없이 먼지에 찌든 어린이나 여인들이 쫓아와 구걸의 손을 내밀고 있고 적선을 하더라도 고맙다는 표시도 없이 물러갈 뿐이었다. 당신에게 보시(布施)할 기회를 주어 당신이 좋은 업(業)을 쌓게 해 주지 않았느냐 라는 거란다.

열차와 비행기 등은 제 시간을 지키지 않고 사전 예고 없이 연발·연착하는 것이 보통이었다. 우리가 뉴델리에서 바라나시로 가는 열차는 3시간이나 늦게 출발하게 되어, 우리는 대책 없이 플랫폼의 바닥에 앉아 철로에 떨어진 인분과 오물의 악취가 진동하는 속에서 기다려야 하는 인내를 감수할 수밖에 없었다. 또한 바라나시에서 카주라호로 가는 국내선 항공기는 그보다 한술 더 떠 40분 비행을 위하여 무려 6시간을 공항 대합실에서 무작정 기다려야 했다.

무엇이 인도를 이렇게 만들었을까. 5,000년의 유구한 역사와 찬란한 문화를 지닌 나라가 어찌 이 정도밖에 될 수 없단 말인가. 단기간의 여행자로서, 장님이 코끼리 더듬는 것 같은 심정이나, 주제넘게 감히 진단을 해 본다면 무엇보다도 종교의 영향이 가장 큰 것 같다. 힌두교는 인도에서 가장 오래된 전래 종교로서 인도인의 대부분(인구의 82%)이 믿고 있으며 그들의 생활 속에 뿌리 깊이 스며 있는 종교라고 할 수 있다.

힌두교는 이 사회의 계급제도인 카스트(Caste) 제도와 결합되어 있다. 카스트는 전통적으로 브라만(사제), 크샤트리아(왕족, 무사), 바이샤(농부, 상인), 수드라(기타 하층직업으로 다른 세 계급에 봉사)의 4대 카스트로 되어 있고, 이 외에도 이 카스트 축에도 끼지 못하는 '아추트'라고 불리는 불가촉천민(不可觸賤民)도 인구의 약 10%에 달한다는 것이다. 이 불가촉천민은 힌두 부모에게서 태어나지 못한 자로서 인간 취급을 받지 못하며 힌두인들이 천하다고 기피하는 세탁부, 청소부, 백정, 시체처리 등의 일을 주로 하고 있다.

힌두교의 윤회사상에 의하면 현재의 카스트는 전생(前生)의 업(業)

에 따라 정해지는 것이며 윤회의 겁에서 수드라 계급(즉, 인간)으로 태어나는 것만으로도 엄청난 행운이라는 것이다. 따라서 내세(來世)의 카스트는 현세(現世)의 업을 얼마나 잘 쌓느냐에 달려 있으며 세 가지의 근본적인 죄악(육욕, 분노, 탐욕)은 해탈에 장애요소가 된다는 것이다.

그리고 진보(進步)의 이상은 개인의 해탈에 있는 것이지 사회의 발전에 있는 것이 아니라고 보며 인간의 영적 해방을 현세적인 복지나 발전보다 우위에 두고 있는 것이다. 심지어 인도 독립운동의 지도자였던 간디(Mahatma Gandhi)까지도 '물질적인 욕망은 일종의 죄악'으로 간주했다고 하니 힌두교(Hinduism)는 일종의 운명론이라 할 것이다.

이러한 운명론 때문에 비록 빈곤선 이하의 가난 속에서도 만족하며 살고 있는 것이다. 이 카스트의 전통은 오늘날 과거보다는 크게 희미해지고 있다고는 하나 아직도 완전히 해소된 것은 아니라고 보고 있으며, 이러한 운명론 속에서는 경제·사회적인 발전이 이루어질 수 없는 것이다.

또 다른 이유로는, 원래 인도인은 약 3,500년 전 중앙아시아 지역에서 이곳으로 이주해 온 아리안(Aryan)족으로서 원래 유목민이었으나 인도에 정착한 후 주로 농업에 종사해 온 순박한 민족으로서, 오랫동안 이민족의 침입과 지배를 받아 왔다는 점이다. 멀리는 BC 320년경에는 그리스의 알렉산더 대왕이 인도 서북부 지역까지 정복한 바 있으며, 그 후에도 페르시아, 아프카니스탄 지역에서 들어온 침입자들의 지배를 받았다.

16세기 초에 시작하여 19세기 중반까지 존속한 무갈(Mughal)제국은 몽골계의 후예로서 터키 지역에서 들어온 침입자들이 세운 왕조이며, 17세기 중반부터 포르투갈, 영국, 프랑스, 네덜란드 등 유럽

열강의 각축 끝에 마침내 1858년 영국의 통치 하에 넘어간 인도는 1947년에야 비로소 독립을 성취할 수 있었다. 이러한 계속되는 외세의 지배하에서는 독자적인 자립과 발전의 역량을 키우기가 어려웠을 것이다.

한 가지 이유를 더 들자면, 사철 더운 기후의 영향도 무시할 수 없을 것이다. 인도는 북위 8.4도에서 37.6도 사이에 위치하고 있는 열대지역으로서 사계절 매우 무더운 나라이며, 특히 중북부의 내륙지역과 남부 일부지역은 여름에 섭씨 40도를 웃도는 기후여서 농업 등 생산활동을 하기에 적합치 않은 환경인 것이다. 이러한 여러 가지 이유가 인도인의 사고를 지배하고 경제·사회적인 발전을 막아온 요인이라 할 것이다.

그러나 오늘날 인도의 경제는 눈부신 발전을 거듭하고 있어 세계인의 관심의 대상이 되고 있다. 인도는 1991년부터 종래의 사회주의적인 폐쇄경제체제를 버리고 개방적이고 시장지향적인 경제체제로 전환하였으며, 그 결과 최근에는 연평균 7% 대의 높은 경제성장을 기록하고 있다. 아직은 1인당 국민소득이 680불에 불과하나 앞으로 2025년경이면 인도는 미국, 중국에 이어 세계 제3위의 경제대국으로 부상할 것으로 예상하고 있다. 특히, 정보통신(IT) 산업분야의 발전은 세계를 주도하고 있다.

이러한 결과로 대도시에는 대규모 오피스빌딩과 호텔 등이 즐비하게 들어서고 있고 새로운 중산층의 비율이 크게 증가하고 있다. 이러한 중산층의 비율을 인구의 20~30% 수준으로 본다면 경제적으로 상승 지향적이고 소비를 미덕으로 하는 중산층이 약 2억~3억 명 정도가 되는 규모이니 이들이 인도의 경제발전의 원동력이 되고 있는 것이다.

　이것이 인도의 실상인 것이다. 인도의 대부분의 지역에는 인구의 약 절반에 달하는 기아선상의 빈곤층이 현실 안주적인 비참한 상태로 그대로 남아 있으나, 다른 한쪽에는 대대로 부와 권력을 세습하고 있는 상류층과 더불어 새롭게 경제적으로 성장하는 발전 지향적인 중산층이 부상하고 있는 것이다. 이것이 오늘의 인도의 두 얼굴인 것이다.

　그러면 앞으로 인도의 장래는 어떻게 될 것인가. 과연 경제적인 성장과 발전의 성과가 기아선상의 빈곤층에까지 미쳐 그들의 삶이 향상될 수 있을 것인가. 그러나 그것은 매우 요원한 문제인 것 같다.

　무엇보다도 중요한 것은 정신적인 혁명이 필요한 것으로 본다. 자본주의적 성장과 발전을 위해서는 합리주의, 즉 합리적 사고가 중요하다. 힌두교의 기초인 윤회사상에 의한 운명론에 빠져 있어서는 성장과 발전을 위한 동기가 부여될 수 없는 것이다. 그러나 이 힌두이즘은 지난 수천 년에 걸쳐 인도인의 정신세계를 지배해 온 것으로서 그들의 사고 속에 뿌리 깊이 박혀 있기 때문에 이를 불식하는 것은 거의 불가능할 것으로 보인다.

　또 한 가지는, 가진 자들의 양보가 필요하다는 점이다. 인도는 극단적으로 양극화된 사회이다. 전통적으로 상위 카스트에 속한 계층은 신분과 부의 세습을 통하여 극단적으로 호사스러운 생활을 하는 상류층을 형성하고 있고, 대다수의 하위계층의 국민들은 신분과 부의 상승을 포기한 채 그저 생존하고 있는 것이다. 이 하위계층에게 성장과 발전의 성과를 미치게 하기 위해서는 상류층의 양보와 절제가 필요한 것이다. 오랫동안 부와 특권의식에 젖어 살아온 상류층에게 이를 기대하는 것도 매우 어려운 일이라고 본다.

이 처럼 두 얼굴의 인도가 비록 오랜 시간이 걸리고 또한 많은 어려움이 있다 하더라도 점차 하나의 얼굴로 접근해 가는 것을 보고 싶은 것이 여행자의 간절한 심정이다.

(월간 더불어 세상, 2006. 5)

이스라엘 성지순례 길에서

　　금년 정초에 보름 동안 이스라엘, 이집트, 요르단 3개국을 도는 성지순례를 다녀왔다. 이번 순례여행은 이집트에서부터 시작되었다. 이집트는 이스라엘 민족이 파라오 치하에서 노예생활을 하다가 모세의 영도하에 출애급을 한 곳이기 때문이다.

　　이집트 문명은 지금부터 약 5,000년 전에 시작되어 인류역사상 가장 오래된 최고(最古)의 문명이다. 룩소르(Luxor)의 카르낙(Karnak) 신전은 그 규모도 웅장하거니와 3,000여 년이 지났건만 거대한 신전기둥들과 하늘을 찌를 듯한 오벨리스크는 거의 원형 그대로 보존되어 있어 그 당시 건축술의 진수(眞髓)를 보여주고 있었다. 이보다 훨씬 뒤에 지어진 그리스나 로마의 건축물들이 거의 허물어져 땅에 뒹굴고 있는 것과 대조되었다.

　　고대 이집트의 왕들인 파라오들의 염원도 생(生)과 사(死)라는 인간의 영원한 숙제를 풀어 보려는 것이었다. 그들은 사후에 육신의 부활을 통한 영원한 삶을 얻기 위하여 육신은 미이라를 만들어 거대한 지하묘나 피라미드를 지어 숨겨 놓았던 것이다. 이러한 지하묘나 피라미드는 오랜 세월을 지나는 동안 대부분 도굴되고 오늘날 몇 개의 미이라와 부장품들이 보존되어 관광객들의 구경거리가 되고 있으니 파라오들의 부활의 소망은 모두 헛된 꿈이 되어 버린 셈이다.

이집트와 이스라엘에 있는 사막 형태의 거치른 광야는 하느님의 창조사업이 그대로 남아 있는 곳이었다. 이 지구가 창조된 지 약 46억 년이 되었으며 앞으로도 그만한 세월은 더 갈 것으로 추정하고 있다니, 이 거대한 광야 속에서 인간은 얼마나 작고 유한한 존재란 말인가. 인간은 기껏 오래 살아야 70~80년을 사는 존재이며 이 광야가 아무리 무한하더라도 우리 인간은 이 한 생(生)이 끝나면 모두 끝나는 것이 아닌가. 그러기에 인간들이 영원한 삶을 추구해 왔던 것인가 보다.

종교가 생긴 이유는 바로 이러한 유한한 삶을 연장하여 영원한 삶을 얻기 위한 것일 게다. 인간은 참으로 기묘한 존재여서 신(神)이라는 것을 만들어 나고(生) 죽고(死) 다시 부활(復活)하는 것을 모두 하느님의 뜻으로 돌리고 영생(永生)을 바라면서 편안히 죽을 수 있는 존재인 것이다.

현세 인류의 역사는 약 30만 년 전이라고 하나 인류 4대 문명의 발상은 약 5,000년 전에 불과한 것이다. 종교가 생긴 것은 약 2,000여 년 전이며 인간이 인간답게 살기 시작한 것은 약 200여 년에 불과한 것으로 볼 수 있으니, 어찌 보면 인류로서는 지금이 가장 황금기를 맞이하고 있는 것이다. 앞으로 지구가 지금보다 좀 더 식게 되면 인간이 살아가기에 적합하지 않을 게 아닌가. 그러기에 이 시기에 태어난 우리는 가장 복 받은 존재인 것이다.

그리스도교가 발생한 이스라엘은 성경의 표현대로 '젖과 꿀이 흐르는 땅'은 아닌 듯하다. 전반적으로 광야라고 불리는 사막지역으로서 인간이 살기에는 부적합한 곳으로 보였다. 예수가 초기에 공생활(公生活)을 시작한 이스라엘 북부의 갈릴리 호수가 있는 지역과 예루살렘 서쪽의 지중해에 면한 지역이 비교적 살기 좋아 보였다. 반면 예루살렘은 해발 약 700미터의 고지에 언덕과 계곡으로 이루어진 울퉁불퉁한 구릉지여서 살기 불편해 보였다.

이스라엘의 역사는 그야말로 수난의 역사였다. 이들의 조상인 아브라함은 BC 1800년경 메소포타미아의 우르(Ur) 지역에서 이곳 가나안 땅으로 이주해 왔으나 이곳에 정착하지 못하였고, 그 후손들은 이집트로 옮겨 갔으나 그곳에서 노예살이를 견디지 못하여 430년 만에 출애급하여 다시 이곳으로 돌아 왔다.

그러나 이곳은 그 후 끊임없이 외세의 침입에 시달려야 했다. 기원전에는 바빌로니아와 그리스의 알렉산더 대왕의 통치를 받았으며, 마침내 AD 73년 로마에게 멸망하여 나라를 잃게 되었다. 그 후 이스라엘 민족은 2,000년간 세계 도처에 흩어져 살게 되었다. 그동안 이 땅에는 로마, 페르시아, 이슬람교도, 이집트, 오스만 투르크의 지배를 거쳐 1917년 영국군의 신탁통치하에 들어가고 마침내 1948년 이스라엘 공화국으로 독립을 선언, 나라를 되찾을 수 있었다. 독립 후에도 주변 아랍국(이집트, 요르단, 레바논, 팔레스타인)과의 분쟁이 끊임없이 계속되고 있다.

그러면 하느님은 왜 이처럼 열악한 지역의 약한 이스라엘 민족을 택하여 예수 그리스도를 보내신 것일까. 하느님은 고난 속에 있는 민족, 약한 자를 더욱 사랑하시는 것이다. 어쩌면, 선택된 민족이기에 더 많은 고난과 고통을 주고 계신지도 모를 일이다. 강한 민족, 강한 자는 스스로 교만에 빠져 하느님을 찾지 않을 것이며, 하느님도 이러한 자는 돌볼 필요가 없는 것이다. 인간사(人間事)의 경우에도 잘사는 자식보다는 못사는 자식에 대한 부모의 사랑과 걱정이 더 큰 것이다.

그러나 아이러니한 것은, 그리스도교는 이스라엘에서 발생되었지만 오늘날 세계종교가 되어 세계 도처에서 믿고 있으나, 정작 이스라엘 민족은 구약성경만을 인정하고 율법에 집착하는 유대교를 대부분 믿고 있으니 성자(聖者)도 본 고장에서는 대접을 받지 못한다는 말씀이 진리인 듯하다.

이번 성지순례 여행은 그리스도교인으로서는 참으로 감동적이며 신심(信心)을 더욱 깊게 해주는 여행이었다. 예수가 잉태된 곳, 태어난 곳, 어릴 때 살던 곳, 세례를 받은 곳, 제자들을 선택한 곳, 산상설교를 행한 곳, 여러 가지 기적을 행한 곳, 신비스러운 변모가 일어난 곳, 주님께 기도한 곳, 최후의 만찬 장소, 체포되어 고난을 받은 곳, 십자가의 길, 십자가에 매달려 죽은 곳, 묻힌 곳, 부활하여 승천한 곳 등을 두루 찾아보고 그 앞에 서서 손으로 직접 만져보고 예수의 숨결을 느끼게 되니 주님의 은총과 기쁨이 가슴에 충만함을 느낄 수 있었다.

그리고 하느님 나라에 대한 생각을 새롭게 할 수 있었다. 하느님의 나라에는 지위, 권세, 재물이 아무런 소용이 없는 것이다. 오히려, 그런 것이 걸림돌이 될 수도 있다. 그동안 인간세상의 일에 얽매여 이러한 것들에 대해 자유롭지 못하였으나, 이제 이러한 것들을 초월하여 하느님 나라의 일을 도와야 할 것이 아닌가. 이것이 이 세상에 우리를 보내준 하느님의 뜻에 맞는 것이며 또한 앞으로 우리가 가야 할 그 길을 닦는 것이 아니겠는가.

(월간 더불어 세상, 2006. 3)

베트남 단상

　　인생은 여행이다. 아주 긴 여행길이다. 요즈음 나는 아침에 잠에서 깨어나면 우선 오늘 하루가 주어진 데 대하여 감사하며, 오늘 하루가 어떻게 펼쳐질지 은근히 기대가 된다. 물론 즐겁고 재미있는 일만 있으면 더욱 좋을 것이다. 저녁에는 하루의 지난 일을 조용히 되돌아본다. 이런 일은 젊은 시절 바쁘게 살던 때에는 생각도 못한 일이다. 이제야 삶의 여유를 갖게 된 것이다.

　　더욱이 처음 가보는 외국 여행길에서의 하루하루는 정말로 기대에 가득차게 된다. 해외여행의 즐거움은 크게 세 가지이다. 첫째는, 보는 즐거움이다. 이국의 아름다운 경치와 풍광, 그곳 사람들의 삶의 모습을 보는 즐거움이다. 둘째는, 먹는 즐거움이다. 그 나라의 고유한 음식과 현지 과일 등을 맛보고 있는 그대로 음미해 보는 즐거움이다. 그래서 나는 외국 여행 중에는 가급적 김치와 고추장을 찾지 않는다. 셋째는, 생각하는 즐거움이다. 보고 들은 것과 맛보고 체험한 것 등을 바탕으로 그 의미를 곰곰이 생각해 보는 것이다. 이제 이순(耳順)

의 나이에 들어서고 보니 전보다 깊이 생각하는 버릇이 늘은 것 같다. 이것을 묵상(黙想)이라고 한다. 이 글도 여행 중에 간간이 묵상했던 것을 적은 것이다.

베트남은 혹독한 전쟁을 치루고 통일을 이룬 나라이기에, 왜 전쟁을 하지 않으면 안 되었으며 전쟁 후 어떻게 변해가고 있는지 그리고 그곳 사람들의 표정과 삶의 모습을 살펴보고 싶었다. 6일간의 짧은 일정이지만 북부의 하노이, 하롱베이, 중부의 후에, 다낭과 남부의 호치민(사이공) 등을 두루 둘러보았다.

칼 마르크스(Karl Marx)는 1867년에 《자본론(Das Kapital)》(1권)을 썼습니다. 물론 그 이전에도 자본주의 사회의 문제점을 지적하고 사회주의를 주장하는 소위 '공상적 사회주의' 사상가들이 있었지만, 마르크스는 자신의 이론을 '과학적 사회주의'라는 이름으로 정리한 것이지요. 그는 영국의 자본주의를 분석하고 자본주의는 자체적인 모순으로 인해 멸망할 것이므로 공산주의 사회를 건설할 것을 주장하였다.

즉, 노동자들이 생산한 잉여가치를 자본가와 지주가 착취하고 있으므로 노동자계급(프롤레타리아트)을 중심으로 물리력을 동원한 급진적인 방법(즉, 폭력혁명)으로 이를 달성할 것을 주장한 것이다. 그 당시는 산업혁명으로 인하여 유럽 각국이 산업화로 치닫고 있어 노동착취와 빈부격차가 심화되고 있었으므로 자본주의의 심각한 문제점에 대하여 그가 일대 경종을 울린 것이다.

그렇지만 이 이론은 엉뚱하게도 자본주의 발달이 늦었던 러시아에서 1917년 공산주의 국가를 건설함으로써 정치적으로 이용되었고, 그 후 동구권·중국·북한·북베트남 등 여러 나라에 확산되어 공산당 세력의 집권을 위한 정치적인 도구로 이용되었다. 그러나 주지하다시피, 과거의 공산주의 국가들은 자본주의와의 경쟁에서 패배를 자인하고 오늘날 대부분 사회주의를 포기하고 있다.

반면에, 구미(歐美)의 자본주의 국가들은 마르크스의 경고를 거울 삼아 19세기 말부터 점차로 사회복지(사회보장)제도를 도입하여 자본주의의 문제점을 보완함으로써 오늘날 더욱 번창하고 있다. 그러기에 사회복지제도는 자본주의 국가의 인류가 발명해 낸 사회제도 중에서 가장 훌륭한 제도라는 것이며, 우리가 사회복지를 추구해야 하는 당위성도 바로 여기에 있는 것이다. 이처럼 인류는 지난 100여 년간의 값비싸고 쓰라린 실험을 거쳐 비로소 깨달음을 얻은 셈이다.

호치민(胡志明)은 베트남 사람들로부터 '호 아저씨'로 친근하게 불리며 숭앙을 받고 있었다. 그는 물론 베트남의 통일을 달성한 청렴하고 탁월한 지도자였음은 틀림없는 사실이다. 그러나 공산주의 혁명과 공산화 통일을 달성하는 과정에서 수백만 명의 무고한 인명을 희생시켰으니 그 죄과가 크다고 할 것이다.

중국, 베트남 등 이들 국가들은 이미 경제적으로는 실질적으로 자본주의로 전환한 것이며, 정치적으로는 아직 공산당 체제를 유지하며 국민을 통제하고 있지만, 인간의 자유를 구속하는 체제는 궁극적으로는 결코 성공할 수 없는 것이다. 이 점은 아직도 공산주의와 대치하고 통일을 이루지 못하고 있는 우리가 타산지석(他山之石)으로 삼아야 할 것이다. 우리가 자유자본주의로 통일을 이루어야 우리 민족이 진정한 해방을 달성하는 것이며, 그날이 어서 오기를 고대해 본다.

혹자는 미국이 '미국의 국익'을 위하여 베트남 전쟁에 참전하였으나 결국 패전하였다고 부정적으로 말하는 사람들이 있다. 그러나 미국은 '미국의 국익'을 위하여 참전한 것이 아니다. 자유자본주의의

'자유'라는 이념을 지키기 위하여 이 '자유'를 대표하는 국가로 참전하여 수많은 인명을 희생한 것이고, 우리나라도 이 자유진영의 일원으로서 일조하는 의미에서 참전한 것이다. 미국은 형식적으로는 후퇴하였으나 '자유'라는 숭고한 이념은 결코 패한 것이 아니며 오늘날 세계에서 승리를 거두고 있는 것이다.

베트남에 와서 보니, 이 나라는 바로 중국 남쪽에 국경을 접하고 있어, 역사적으로 또한 실제로도 중국의 영향력이 지대하다는 것을 느낄 수 있었다. 과거 우리나라와 중국과의 관계보다도 훨씬 더 중국에 예속되어 있었던 것으로 보였다. 앞으로 중국이라는 대국이 동남아 및 동아시아에서 영향력이 보다 커질 것으로 예상된다.

2030~40년, 늦어도 2050년경이면 중국은 세계에서 미국을 능가하는 거대세력으로 부상하게 될 것으로 본다. 그러기에, 미국이 일본과 손을 잡으려는 이유는 바로 중국을 견제하기 위한 것으로 본다. 미국과 중국이라는 양대 세력 속에서 앞으로 우리의 진로를 어떻게 잡아야 할지 심각하게 고민해야 할 시기가 온 것이다. 우리의 통일문제도 바로 이러한 시각에서 접근해야 할 것이다.

앞으로 베트남의 장래는 매우 밝아 보였다. 우선 사람들의 표정이 아주 밝고 쓰라린 전쟁을 치른 사람들처럼 보이지 않았다. 오토바이의 행렬은 거리에 꽉 차 넘쳐나고 있었고 모두들 분주하게 움직이고 있어 활기를 느낄 수 있었다. 실제로도 베트남의 경제성장은 1980년대 후반에 대외개방을 한 후 눈부신 발전을 거듭하고 있다.

인종적으로 베트남 국민의 대다수(약 85%)를 차지하는 비엣(Viet)족은 몽고족의 일파로서 우리와 비슷한 속성을 가지고 있다. 그곳 환경의 영향으로 우리보다 약간 왜소할 뿐 우리와 닮은 점이 많은 것 같았다. 동남아 지역에서는 비교적 잘생기고 인구규모도 크고(약 8,500 만 명) 국력도 강한 편이다.

더욱이 과거 중국 문화의 영향권하에 있었기에 유교적 전통이 그대로 남아 있다. 배움에 대한 열망이 강하고 근면하고 성취동기가 강한 점이 우리와 비슷한 것 같았다. 인도의 힌두문화권과 비교하면, 힌두교의 윤회사상은 일종의 운명론으로 성취동기가 약한 데 비하면, 베트남 국민들은 비교적 성취동기가 강해 보였다.

오늘날 베트남 여성들이 우리나라 남성들과 결혼하여 한국에 귀화하는 사례가 크게 늘고 있는데, 이는 대체로 문화적인 전통과 사고방식이 비슷하여 비교적 쉽게 우리 문화에 적응할 수 있기 때문이라고 본다.

베트남은 그동안 프랑스 등 이민족의 지배와 혹독한 전쟁을 겪으면서 자율적인 성장을 할 수 없었지만, 이제 나라를 되찾아 자유롭게 성장할 수 있는 발판이 마련되었으니 마음껏 뜻을 펼 수 있을 듯 보였다. 앞으로 베트남의 성장을 눈여겨보며 우리도 관심을 가져야 할 일이다.

(jego.net, 2007. 2. 1)

일본은 무엇인가

　　고등학교 동창모임인 제인문화탐방회의 일원으로 3박 4일의 일 정으로 일본 동북(東北)지방을 다녀왔다. 일본 본도인 혼슈(本州)의 최 북단에 해당하는 아키타(秋田), 쓰가루(津輕), 아오모리(青森) 지역을 둘 러보았다.

　　우리는 홋카이도(北海道)가 건너다보이는 쓰가루(津輕) 해협까지 나아갔다. 이곳은 우리의 동해(東海)와 태평양이 만나는 곳으로, 팻말 은 홋카이도가 여기서 23킬로미터임을 가리키고 있었다. 이 해협 밑 으로는 양 안(岸)을 해저터널이 달리고 있다.

　　이번 여행의 테마는 한마디로 눈(雪), 온천 그리고 생선회였으며, 이 세 가지가 모두 충족된 마음 푸근한 여행이었다. 아키타(秋田)의 눈 쌓인 산골짜기는 내 생애 처음 보는 설국(雪國)이었고 호텔 지붕 처마 의 고드름은 1미터를 넘게 늘어져 있었다. 유황냄새 짙은 야외온천 탕(露天風呂)에서 눈밭에 누어 뒹군 느낌을 한 후배는, "눈이 허리를 깨 물고 있다."고 표현하고 있었다. 아오모리(青森) 횟집의 생선회는 보드랍게 씹히는 맛이 자연 그대로의 맛이었으며 뒤이어 나온 맑은 지리(湯)의 맛은 정말 일품이었다.

여행의 즐거움은 세 가지라 할 수 있다. 첫째는, 새로운 것을 보는데서 오는 눈의 즐거움이요. 둘째는, 그곳의 색다른 음식을 먹어보는 데서 오는 입의 즐거움이요. 셋째는, 새로운 문화를 접하면서 곰곰이 생각해 보는 머리의 즐거움인 것이다.

내가 이번 여행에서 앞의 두 가지 즐거움은 아주 쉽게 충족할 수 있었으나, 세 번째 즐거움은 쉽사리 충족할 수 없었으며 나에게 많은 고뇌(?)를 안겨주고 있었다. '도대체 일본은 우리에게 무엇이란 말인가?' 이를 거꾸로 뒤집으면, '자, 우리는 무엇이며, 앞으로 우리가 어떻게 해야 할 것인가?' 하는 물음이었다. 여행기간 내내 나는 이 고민 속에 빠져 있었다. 이번 여행 중에 내가 잠정적으로 내린 결론(?)을 외람되게 이 자리에 소개해 보고자 한다.

원래 일본 지역은 아시아 대륙에 붙어 있었으며 우리나라의 동해(東海)는 내해(內海), 즉 큰 호수의 형태였으나 약 1만 7,000~1만 8,000년 전에 지구온난화로 해수면이 상승하여 일본섬이 된 것이라 한다.

일본은 인종적으로 남방계와 북방계가 혼재하는 나라이다. 남방계는 동남아시아에서 BC 10세기경에 먼저 유입된 인종이며, 북방계는 BC 3세기에서 AD 7세기까지 약 1,000년에 걸쳐 한반도 등 동북아시아에서 내려간 인종으로, 오늘날 일본 인구의 대부분은 북방계라고 한다.

고대 일본 문화의 형성에 주로 영향을 끼친 것은 우리나라로부터 전래된 문화라는 것이 일반적인 견해라고 본다. 그러니 고대에는 여러 가지 면에서 우리나라가 일본보다 앞서 있었다고 할 수 있을 것이다.

그러나 일본은 도쿠가와 이에야스(德川家康)라는 걸출한 인물이 1603년 에도(江戶)막부를 열면서 나라 만들기(nation building)를 시작하였으며, 1868년 메이지(明治)유신 이후 이를 다시 쇄신하고 대외적으로 문호를 개방하였으니, 일본은 길게 보면 400여 년에 걸쳐 소위 '나라 만들기'를 탄탄하게 해온 것이다.

그런데 우리는 어떠한가? 조선 500여 년간 사대부들은 갑론을박으로 지새웠으며 일제 36년을 겪고 다시 6·25동란을 치루고 나서 1960년대에야 비로소 '나라 만들기'를 시작하였으니 이제 40여 년밖에 되지 않은 게 아닌가. 어찌 우리가 일본과 비교가 되겠는가? 세계에서 일본과 일본인을 우습게 아는 나라는 한국 사람 밖에 없다는 말이 있다. 그러나 솔직히 말해서 일본은 우리보다 두어 수(手) 위인 것이다. 인정할 것은 인정하고 출발해야 한다.

우리가 늦게 출발하기는 했지만, 다행히 우리 국민 한 사람 한 사람이 비교적 똑똑하고 또한 성취동기가 강하여, 짧은 기간 동안에 압축된 양적 성장, 즉 경제성장을 이룩하고 이제 선진국의 문턱에 와 있는 것이다. 그러나 정작 문제는 이제부터라고 본다.

멀리 긴 눈으로 장래를 내다보자. 이웃나라 대국인 중국은 빠른 속도로 우리를 추월하고 있고, 아마도 2050년경이면 미국과 대등한 아니면 이를 추월하는 세계 제1의 강대국이 될 것으로 본다. 어쩌면 그 시기가 보다 앞당겨질지도 모를 일이다.

유럽은 이미 유럽공동체의 구성으로 경제적인 통합에 이어 정치적인 연합으로 나아가고 있다. 사회주의 이념을 버린 러시아는 크게 보아서는 유럽 세계의 핵심 멤버가 되기 위해 노력하고 있다. 유럽은 미국을 중심으로 한 거대한 서양세력의 한 축이 될 것이다.

이슬람 문화권은 아랍, 중동 그리고 이집트를 포함한 아프리카 북부, 나아가 인도네시아 등 동남아권에까지 미치는 거대한 세력권을 형성해 나갈 것이다.

이렇게 볼 때, 세계는 중국을 중심으로 한 동양권, 미국과 유럽을 중심으로 한 서양권, 그리고 아랍을 중심으로 한 이슬람권 이렇게 세 개의 정치 · 경제 · 문화 세력권으로 분립해 나갈 것으로 본다.

여기서 일본은 어떤 입장을 취할 것인가? 지금 예측하기는 어렵지만, 아마도 일본은 중국 중심의 동양권에 끼려 하지 않을 것이다. 이보다는 미국과 중국 사이에서 균형자 역할을 하려고 할 것이다. 미국의 입장에서도 일본이 중국 쪽으로 기우는 것을 바라지 않고 중국을 견제하는 세력으로 커지기를 바랄 것이다. 그러기에 오늘날 미국이 일본에 손을 내밀고 있고 일본 또한 친미(親美)정책을 펴고 있는 것으로 본다.

자 그러면 우리는 어떻게 해야 할까? 아마도 우리는 중국의 영향권 안에 들어갈 가능성이 크다고 본다. 중국과 지리적으로도 너무 가깝고 또 경제적으로도 밀접하게 연계되어 있어 거대 중국의 영향을 벗어나기 어려울 것이다. 미국의 입장으로도 중국을 견제하는 데에 일본을 활용하는 것에 집중할 것이고 우리 한국에는 관심이 비교적 적을 가능성이 크다.

잘못하면 우리는 중국, 미국, 일본 사이에서 샌드위치가 될지도 모를 일이다. 여기에 우리나라가 앞으로 딜레마(dilemma)에 처하게 될 가능성이 높다. 그러니 먼 장래의 세계 정세로 볼 때 우리에게는 이제부터가 매우 중요한 것이다.

　우리가 가야 할 길은 크게 보아 두 가지라고 할 수 있겠다. 첫째는, 우리나라의 규모가 너무 작다. 현재의 남한만으로는 이 강대세력들에게 대항할 수 있는 규모가 되지 않는다. 따라서 우리의 활동영역을 북한 지역까지 확대해야 한다. 정치적으로 통일이 되는 것이 바람직하겠지만 만약 그것이 어려우면 경제·사회·문화적으로라도 연합하여 최소한 1억 명의 인구 규모는 되어야 할 것이다. 그것이 우리에게 주어진 지상(至上)의 과제라고 본다.

　둘째는, 앞으로 우리는 양적 성장을 계속해 나가는 것도 중요하지만 이보다도 질적 성장을 추구해 나가야 한다. 다시 말하면, 물질적 성장과 함께 정신적 성장에 중점을 두어야 한다. 그동안은 물질적 성장에만 주력하여 왔으나 이것만으로는 한계가 오게 마련이다. 우리가 중진국 문턱을 넘어 선진국으로 진입하기 위해서는 질적 성장, 정신적 성장을 추구하지 않으면 안 된다. 바로 지금이 방향을 선회해야 할 시점인 것이다.

　질적 성장, 정신적 성장이란 무엇인가? 성장 위주로 돈만 벌면된다는 천민(賤民)자본주의보다는 성장의 결과로 생기는 사회적인 소외계층을 돌보는 성장과 복지가 조화를 이루는 사회, 일확천금의 투기소득보다는 정직하고 성실하게 일하는 보통 사람이 대우받고 응분의 대가가 주어지는 사회, 빨리빨리보다는 시간이 조금 걸리더라도단단히 하는 것이 존중되는 사회, 그럴싸한 형식적인 제도보다는 내실 있고 실질적으로 운영되는 효율적인 제도를 갖춘 사회, 나보다는이웃을 생각할 줄 아는 사회적인 도덕률(道德律)을 갖춘 사회, 물질보다는 정신적인 것을 중히 여기는 정신문화가 꽃피는 사회. 이러한 사회가 되도록 해야 할 것이다. 이게 바로 우리가 꿈꾸는 선진국인 것이다.

이러한 국가·사회가 되면 작지만 단단한 강소국(强小國)이 될 수 있을 것이다. 그러면 우리가 중국과 대등한 입장에 선 동양권의 일원이 될 것이며, 미국과 일본도 감히 우리를 소홀히 보지 못할 것이다. 그리고 우리는 작지만 단단한 세력균형자의 역할을 할 수 있을 것이다.

지금 우리에게는 이러한 국가비전을 국민들에게 제시하고 이를 실행해 나갈 의지가 있는 앞을 내다보는 지도자가 필요한 것이다. 나는 이번 일본 여행 중에 이런 꿈속에 빠져 있었다.

(jego.net, 2007. 11. 29)

풍악 여정

　고등학교 동창들과 2박 3일 일정으로 부부 동반하여 금강산 여행을 가기로 하였다. 아내는 잽싸게도 수년 전에 다녀왔다고 동반하기를 사양했다. 이른 아침에 학교 때 수학여행 가는 기분으로 설레는 마음으로 집을 나섰다. 그도 그럴 것이 만나면 언제나 마음이 푸근해지는 고교 동기들을 만나는 기쁨에다 내 평생에는 보기 어려울 것 같았던 꿈에 그리던 금강산을 직접 가 본다니 어찌 가슴이 설레지 않을 수 있겠는가. 첫날은 강원도 봉평의 이효석(李孝石) 생가와 기념관 및 강릉의 오죽헌(烏竹軒) 등을 둘러보고 고성에서 일박하였다.

　둘째 날 아침 고성의 통일전망대 옆을 통과하여 휴전선을 넘어 북으로 들어가는 과정은 아직은 외국을 가는 것보다도 절차가 까다로운 듯하였다. 난생 처음으로 50년의 시간이 멈춘 곳, 비무장지대를 지나 북으로 들어가니, 북측의 우리 산하를 바라보는 벅찬 감회와 그곳에 살고 있는 우리의 한 핏줄에 대한 연민의 정이 교차되고 있었다.

　금강산에 도착하여 우리는 먼저 구룡연(九龍淵) 코스를 오르기로 하였다. 이 코스는 신계동 창터 솔밭으로부터 시작되고 있었다. 미끈한 미인 같은 미인송(美人松) 수천 그루가 홍조 띤 낯빛으로 우리를 환영하고 있었다. 이들 미인송의 연령이 대개 200세 이상이라니 천계(天界) 금강에 태어난 인연으로 이렇게 날렵한 몸매로 장수할 수 있단 말인가.

우리가 탄 버스는 이제는 팻말만 남아 있는 신계사(神溪寺) 터를 우로 하고 한참 오르더니 마침내 주차장에 우리를 내려놓는다. 여기서부터 본격적인 산행이 시작되는 것이다. 북한 주민은 전혀 보이지 않고 남에서 온 관광객들만 떼지어 오르고 있다.

한참을 걸으니 큼직한 바위가 길을 딱 막은 가운데로 기역자 모양의 구멍으로 통과하게 되어 있어 이름하여 금강문(金剛門). 돌계단으로 된 층계를 따라 빠져 나가니 앞이 탁 트이면서 금강산의 속살이 비로소 보이기 시작한다.

여기서부터 옥류동(玉流洞)이 시작되고 있었다. 툭 트인 계곡에 널려 있는 흰 너럭바위들을 타고 흘러내리는 물줄기가 구슬 같다고 하여 붙여진 이름이리라. 너럭바위 위를 흘러내리는 옥류폭포는 마치 무늬 고운 흰 비단폭을 펼쳐 놓은 것 같다. 조금 가니 파란 구슬 두 개를 꿰어 놓은 듯하기도 하고 잘록한 땅콩 같기도 한두 개의 연못이 나오는데 연주담(連珠潭). 손을 담그면 금방이라도 푸른 물이 들 것 같다.

여기서부터 사방으로 높은 봉우리들이 올려다 보이니 멀리 옥녀봉, 세존봉, 관음봉 등이 보이고 깎아지른 듯한 절벽 위로 삐쭉삐쭉한 바위들이 하늘을 향해 솟구치고 있어 가히 절경을 이루고 있다. 아! 여기서부터 금강산의 진면목을 보이려나 보다. 만산에는 울긋불긋한 홍엽들이 가득하여 가을의 정취를 더 해주고 있다. 그러나 이쪽의 단풍들은 우리들의 기대에는 미치지 못하는 듯하였다.

마침내 구룡동을 지나 구룡폭포(九龍瀑布)에 이르렀다. 폭포는 큰 통바위 위쪽에 말안장처럼 잘록 파인 벼랑목을 타고 넘으며 옹근 비단폭을 드리운 듯, 밑에는 절구통 같이 둥그렇게 뚫린 돌확으로 물방아 찧듯 떨어지고 있다. 이 폭포는 우리나라 3대 폭포 중 하나라고 하나 규모는 그리 커 보이지 않았다. 폭포의 길이는 82미터(여름철에 수량이 많을 때는 120미터), 폭은 4미터, 밑에 있는 연못 구룡연(九龍淵)의 깊이는 13미터라 한다.

폭포의 규모는 크지 않지만 골짜기 전체가 하나의 돌덩어리로 되어 있고 약간 왼쪽으로 굽은 듯이 떨어지는 물줄기가 커다란 절구통으로 들어가는 균형미는 내가 본 폭포 중에서는 세계 제일이라 할 것이다. 혹자는 이를 남성적인 미라 하나 나는 차라리 여성적인 아름다움이라 하고 싶다. 폭포는 크고 물이 깊어야만 하는 것은 아니리라. 옛날 최치원(崔致遠)은 '천길의 흰 비단, 만섬의 진주알'이라 하였으나, 가을철이라 수량이 적어서 그런지 지나친 과장인 듯싶었다.

폭포수 오른쪽 바위벽에 새긴 미륵불(彌勒佛)이라는 큰 글씨는 금강산(金剛山)이 불교에서 말하는 법기(法起)보살의 상주처이므로 중생을 건지리라는 보살이 나타나기를 염원하는 뜻인지는 모르겠으나 금강의 미를 크게 훼손하고 있었다.

계속하여 구룡대(九龍臺)에 올라 구룡폭포 위쪽에 있는 상팔담(上八潭)을 내려다보려는 우리의 계획은 산행이 너무 늦어 더 올라갈 수 없다고 안내원이 막는 바람에 아쉽지만 포기하고 돌아설 수밖에 없었다.

구룡연 코스 곳곳에 있는 좀 반듯하게 생긴 바위에는 수많은 선인들의 이름들이 새겨져 있어 인생유한(人生有限)임을 절감하게 하고 있었다. 그러나 바위에 남긴 이름도 영겁(永劫)이라는 세월 속에서는 아무 의미도 없는 것. 아름다운 자연에 쓸데없이 흠집만 내고 있을 뿐. 차라리, 어제 둘러보았던《메밀꽃 필 무렵》의 이효석처럼 주옥같은 정신세계를 남기는 것이 의미 있는 것이 아닐까. 그는 36세에 요절했지만 그의 이름과 작품은 영원할 것이리라.

셋째 날은 만물상(萬物相) 코스를 오르기로 하였다. 이 코스 역시 늘씬한 미인송들이 가득 늘어 선 한하계(寒霞溪)로부터 시작되고 있었다. 우리를 태운 소형버스는 106굽이 온정령(溫井嶺) 길을 어지럽게 돌아올라 주차장에 우리를 내려놓고 있었다. 만물상 코스는 어제와는 달리 가파른 코스라는 안내원의 설명이다.

조금 가니 왼쪽으로 험상궂게 생긴 큰 바위가 나오는 데, 이름하여 귀면암(鬼面岩). 만물상을 지키는 천연의 장승인가. 오른쪽을 올려다보니 울긋불긋 찬연한 단풍밭 위로 삐쭉삐쭉 솟은 바위들이 어서 오라고 우리를 환영하고 있었다. 이곳이 바로 구만물상(舊萬物相). 왼편으로 난 돌계단을 줄지어 오르는 남에서 온 손님들의 울긋불긋한 등산복이 단풍색과 조화를 이루고 있다.

여기서부터 가파른 바윗길을 올라야 한다. 곳곳에 쇠사다리를 타고 수직상승을 해야 한다. 벌써부터 숨이 목에 차고 다리가 무거워지나 아름다운 절경을 어서 보고 싶은 욕심에 다시 힘을 낸다. 아니나 다를까, 좀 가다 보니 일흔 살쯤 되어 보이는 노인이 바위 턱에 주저앉아 전신에 땀을 뻘뻘 흘리며 가쁜 숨을 몰아쉬고 있다. 나중에 들으니 안내원들이 응급 산소호흡을 시킨 후 데리고 하산하였다고 한다. 그러니 건강이 없으면 금강산도 그림의 떡이 아닌가. 바로 코

앞에 천하의 절경을 두고 그대로 돌아서는 심정이야 오죽 하겠는가. 건강의 중요성을 다시 한 번 절감하게 된다.

나무꾼 총각이 선녀에게 청혼했다가 거절당한 한 풀이로 도끼로 내려찍었다는 바위, 절부암(切斧岩)을 등 뒤에 두고 쇠사다리를 계속 타고 오르니, 어느덧 천연색색 단풍밭 속으로 들어서고 있다. 빨간 단풍이 주류를 이루는 가운데 노랑, 주황, 초록, 갈색 등 온갖 종류의 색깔들로 아름다운 조화를 이루어 그야말로 가을 풍악(楓嶽)을 이루고 있다. 나는 전신에 무지개빛 단풍옷을 입고 서서 온갖 형상의 삐쭉삐쭉한 바위들이 가득찬 구만물상 계곡을 내려다보고 서 있었다. 나는 이 단풍밭 속에서 아내를 데리고 오지 않은 것을 후회했다. 아내는 여름 봉래(蓬萊)를 보았다 하니 금강의 가을 맛을 보여주지 못한 아쉬움이 남는다.

여기서 오른쪽 코스로 접어들어 1시간쯤 가파른 산행을 계속하여 마침내 산 정상에 다다르니 망양대(望洋臺). 산 높이는 1,031미터로 멀리 동해바다를 내려다볼 수 있어 붙여진 이름이다. 이곳에서는 사방으로 금강산의 전경을 상당 부분 조망할 수 있어 주봉인 비로봉(毘盧峰)을 쳐다보며 아직은 오르지 못한다는 아쉬움을 다소나마 달랠 수 있었다.

오던 길로 한참을 다시 되돌아 내려와 왼쪽 코스로 다시 오르기 시작한다. 왕복 30분 정도 걸리는데 이곳을 다녀가지 않으면 금강산을 왔다간 의미가 없는 곳이란다.

뒤로 넘어질 듯 아슬아슬하게 수직으로 올라가는 쇠사다리를 타고 한참을 곧장 오르면 높은 봉우리 사이로 구멍 뚫린 곳이 나오는데 바로 '하늘문'. 금강산에 있는 돌문 중에서 가장 높은 곳에 있는 문이란다. 하늘문을 빠져 나와 한 굽이 돌아 가면 눈앞에 나타나는 낙타등처럼 솟아 오른 기묘한 바위, 천선대(天仙臺). 이름 그대로 하늘의 신선들이 내려와서 노니는 곳. 이곳에 서면 누구나 다 신선이 된다. 이곳이 금강산 탐승의 하이라이트. 사방이 다 천 길 낭떠러지요 허공에 오똑선 듯 소름이 끼친다.

뒤쪽으로는 오봉산(伍峰山)의 높은 연봉들이 병풍을 둘러친 듯 호위하고 서 있고 사방으로 삐쭉삐쭉, 우뚝우뚝, 쫑긋쫑긋 그야말로 기기묘묘한 바위들이 가득찬 곳. 정말로 말로는 형용할 수 없는 천태만상의 바위들. 이곳이 바로 신만물상(新萬物相). 진짜 만물상이다. 금강산 전체가 바위로 되어 있어 개골(皆骨)이라 한다지만 이곳이야 말로 오랜 세월을 거치면서 바위의 풍식(風蝕)작용이 극치를 보여 주는 일대 기형적 산물인 것이다. '별천지로다, 인간세상이 아니로다(別有天地 非人間)'는 이런 곳을 두고 하는 말이리라.

조물주의 걸작을 감히 품평한다는 것은 매우 황송한 일이나, 나는 이곳에 서서 작년에 다녀온 중국 장가계(張家界)와 잠시 비교 감상해 보았다. 장가계는 원래 바다 밑이었던 곳이 솟아올라 형성된 지형으로 천길 절벽 밑으로 땅이 푹푹 꺼져버린 곳에 온갖 형상의 수많은 4각 기둥들이 서 있는 형태라고 할 수 있다.

반면에 금강산은 우리의 고유한 강한 화강암이 오랜 세월에 걸친 융기운동과 풍화작용을 통해 의연하게 솟아 남아 온갖 형상의 수많은 3각 기둥들이 하늘을 찌르는 형태라고 할 것이다. 장가계는 대륙적이고 변화무쌍한 웅장미(雄壯美)의 극치이나, 우리 금강산은 수천만 년의 인고의 세월을 거친 한국적인 강인미(强忍美)의 절정인 것이다.

하산 후 온정리(溫井里)의 금강산 온천에서 피로를 풀었다. 유달리 부스럼이 많아 고생했던 세조(世祖)의 동유(東遊)도 그 태반은 여기 와서 탕치(湯治)를 하기 위한 것이었다 하니 그 수질의 효험은 가히 짐작할 수 있을 것이다.

분단 반세기 만에, 그나마 외금강(外金剛)의 일부, 금강산의 반(半)의 반(半)도 못되는 곳이라도 볼 수 있었음을 다행으로 여긴다. 하산 길에 만난 북측 안내양이 겸양 끝에 부르던 노래 '우리의 소원은 통일'은 금강산의 빼어난 정취와는 어긋나는 것이었지만, 어서 그날이 와서, 금강산의 아름다움을 마음껏 탐승할 수 있게 되기를 고대해 본다.

(월간 더불어 세상, 2005. 1)

갑년 동행

　지금부터 꼭 40년 전의 어느 여름 날, 경남 양산 통도사 내원암 (內院庵)의 새벽 예불. 나는 이 자리에서 은은한 독경 속에 내 인생의 내일을 기원하고 있었다. 그해 나는 대학 2학년. 여름방학 한 달을 이 조용한 산사에서 지냈으며 그날은 이곳을 떠나는 날이었다.

　그로부터 40년이 지난 오늘, 전남 해남 미황사(美黃寺)의 새벽 예불. 나는 이 자리에서 지나온 세월을 회상하고 다시 내일을 생각하고 있었다. 금년은 우리 을유생(乙酉生)들의 회갑의 해. 고교 동기들이 부부동반으로 2박 3일 일정으로 남도여행에 올랐다. 그 첫날 우리는 이곳 산사에서 일박. 나는 다음 날 새벽 4시 예불에 다시 들어간 것이다.

　돌이켜 보면 지난 세월은 정말로 유수(流水)와 같이 흘러갔고 젊은 시절에 세웠던 푸른 꿈은 제대로 이루지 못한 것 같은데 어느덧 귀밑머리는 희어지는 시기가 되었단 말인가. 혈기 왕성했던 젊은 시절에는 산 정상을 향해 물불 모르고 뛰었고 어렵사리 정상 부근에 다다르니 어느새 가파른 내리막길이 시작되고 있었다.

아직도 가슴속에 품은 뜻과 생각은 가득한데 이의 반(半)의 반(半)도 제대로 펴지 못하고 접어야 하는 아쉬움이 남는다. 이제 돌아보니 좋은 세월은 속절없이 가버리고 인생의 황금기는 너무도 짧다는 생각이 드니 인생무상이라는 말은 바로 이를 두고 하는 말인가.

다행한 것은, 이제 대학에서 학문하면서 장래성 있는 젊은이들과 대화하며 우리의 미래를 이야기 할 수 있음에 감사할 뿐이다. 앞으로 기회가 주어지고 힘 닿는 데까지 이 일에 전념하고자 할 따름이다.

이번 여행길은 남도의 문향(文鄉)을 순례하는 코스였다. 해남의 고산(孤山) 윤선도, 담양의 송강(松江) 정철, 강진의 다산(茶山) 정약용과 영랑(永郎) 김윤식, 화순의 정암(靜庵) 조광조와 난고(蘭皐) 김삿갓 그리고 이곳저곳 남아 있는 추사(秋史) 김정희의 글씨. 가는 곳 마다 그분들이 남긴 아름다운 시가(詩歌)와 높은 사상(思想)이 그대로 살아 숨쉬고 있음을 느낄 수 있었다. 그분들이 남긴 정신세계가 우리 후인(後人)들의 삶을 풍요롭게 해주고 있으니 그분들이야말로 성공한 이들이라 할 것이다.

과연 나는 무엇을 남길 수 있단 말인가? 이것은 벌써 오래전부터 내게 다가온 물음이었다. 물론 내게는 이러한 뛰어난 걸작을 후세에 남길 재주와 창조력은 조금도 없는 것 같다. 그러나 무엇인가 남기고 싶은 심정에서 좋은 소재를 만나면 그때마다 한두 개씩 글을 써서 모으고 있다. 훗날 '우포(友浦) 수필집'이라는 이름으로 가족과 지인(知人)들에게라도 남기고 싶다. 오늘의 이 졸문(拙文)도 그 한 페이지가 되리라.

여행은 마음 맞는 친구들과 하는 것이 제일 좋다. 그런데 이번 여행은 30명의 죽마고우(竹馬故友)들이 만났으니 더 이상 무슨 설명이 필요하겠는가. 우리 친구들은 12살 어린 시절에, 개중에는 6살에 만났으니 인생 70~80년을 같이 살아가는 특별한 인연이 아닌가. 세상에 이런 인연이 또 어디 있단 말인가. 중장년 바쁜 시절에는 좀처럼 얼굴 보기 힘들었던 친구들도 이제는 수구초심(首丘初心)으로 속속 모여들고 있다. 거기에다 평생을 같이 한 반려(伴侶)들과 함께.

이제는 반백(半白)의 중후한 모습으로, 때로는 허연 수염을 그럴싸하게 기르고. 인생의 경륜과 깊은 지식에서 우러나오는 말 한마디 한마디에 무게가 있고, 무슨 농(弄)을 하더라도 거리낌이 없다. 때로는 진보와 보수로 격론을 벌이다가도 어느새 너와 나는 하나가 된다.

이제는 서로의 건강을 염려하여 주고받는 술잔의 빈도는 줄었지만 그만큼 그 잔 속에 흐르는 우정의 온도(溫度)는 짙어 가는 듯하다. 이번 갑년동행(甲年同行)을 통하여 옛친구가 정말로 귀(貴)하다는 것을 다시 한 번 확인하고 우정을 더욱 돈독히 할 수 있어 좋았다.

이번 여행은 나에게 지나간 인생을 회상하고 우리의 옛 문화를 탐방하고 또한 우정의 귀중함을 되새기는 좋은 기회가 되었다. 그리고 산사(山寺)의 밤하늘에 쏟아지는 무수한 별들을 보면서 그동안 잊고 지냈던 그리운 고향집과 우주와 자연의 엄연한 섭리를 생각했다.

산문(山門)에 들어서서 보니 결국 만인(萬人)은 평등하고 누구나 보통 사람이라는 평범한 진리를 다시 깨달았다. 그리고 이 세상에 온 것 자체가 신(神)의 큰 축복이거늘, 이 이상 무슨 헛된 욕심이 있을 수 있단 말인가. 그러면 내가 부처가 된 것일까.

(jego.net, 2005. 4. 25)

용봉산 산행소감

지난 삼일절에 국민연금 산악회 회원들과 충남 홍성에 있는 용봉산(龍鳳山) 산행을 다녀왔다. 서울에서 버스 한 대로 40명이 내려가고 충남지역에서 20여 명이 합류했다.

산행은 오전 10시경 용봉산 남쪽에 있는 용봉초등학교 앞에서 시작했다. 산행 코스는 산 정상을 거쳐 능선을 따라 북으로 종주하여 예산에 있는 덕산 온천까지 가는 것으로 잡았다. 날씨는 화창했으며 바람은 아직 차가웠으나 그 속에 봄기운이 스며 있음을 느낄 수 있었다.

용봉산은 해발 381미터의 그리 높지 않은 산이나 산의 봉우리가 남쪽에 치우쳐 있어 비교적 가파른 편이어서 초반부터 힘이 들었다. 더구나 나로서는 오랜만에 하는 산행이라 숨이 턱에 닿고 땀은 비 오듯 하고 다리는 무거웠다. 그러나 힘든 만큼 산행의 효과는 더 클 것이라 생각하고 힘을 냈다.

처음에는 내가 앞장서서 걸었으나 중간에 보니 젊은 직원들은 어느새 달아났는지 기척이 없다. 중간중간 쉬면서 뒤돌아 남쪽을 보니 산은 높지 않지만 앞이 툭 터져 멀리까지 전망이 꽤 좋다.

산 정상에서 잠시 휴식을 취하고 사진을 찍은 후 다시 걷기 시작했다. 이제부터는 북쪽을 향하여 내려가는 코스다. 산의 바로 뒤편은 가파른 바위산으로 잠시 내려가는데 진짜 절경은 이곳에 있었다. 산봉우리들이 삐죽삐죽 금강산 절경이나 다름없었다. 아마도 금강산도 저런 형태지만 규모가 훨씬 크겠지 하고 생각했다.

이렇게 조금 가파르게 내려간 후에는 산 능선을 따라 오르락 내리락하며 걸었다. 중간에 260미터의 수암산 등 군데군데 오르막이 있어 힘들기는 했지만 비교적 평탄한 흙길을 따라 산 양쪽의 경치를 감상하며 걸었다. 솔잎이 수북이 쌓인 한적한 산길을 걸으며 어릴 적의 고향을 떠올리기도 했다.

하산하여 덕산 온천장에 드니 오후 3시 반. 3시간 반 산길 12킬로미터의 적절한 산행이었다. 목욕 후 동동주로 직원들과의 거리를 좁힐 수 있어 더욱 좋았다. 이번 산행 중에 나는 몇 가지 소감을 가질 수 있었다.

첫째는 누구나 다 아는 사실이지만 산행은 우리 개개인의 육체적 · 정신적 건강을 다져준다는 점이다. 일상의 생활에서 몸에 쌓였던 삶의 찌꺼기를 발산시킬 수 있어 좋고 아름다운 자연에 취해 정신 건강을 되찾을 수 있어 더욱 좋은 것이 아닌가.

둘째는 삼일절을 의미 있게 보냈다는 점이다. 용봉산은 홍성과 예산의 접경을 달리는 산이다. 이 지역은 윤봉길 의사, 김좌진 장군 등 많은 호국 열사들을 배출한 곳으로 예부터 충절의 고장으로 알려져 있다. 멀리 이 지역의 산야(山野)를 조망하면서 나라를 위해 몸 바친 선인들을 떠올릴 수 있었다. 그동안 공인의 길을 걸어온 내 자신의 몸가짐을 되돌아볼 수 있었다.

국민연금도 넓은 의미의 공직이므로 개인 기업과는 다른 공직관을 가져야 한다. 더욱이 복지 분야에 종사하는 사람은 복지의식(welfare mind)을 가져야 한다. 이 복지의식은 한마디로 사랑과 봉사의 정신인 것이다. 우리 국민연금에 종사하는 분들도 이 복지의식을 가져야 일도 보람 있고 진정 마음으로부터 우러나오는 봉사를 할 수 있을 것이라는 생각을 했다.

셋째는 이번 산행 코스가 국민연금이 나아가는 길과 비슷하다는 점이다. 그동안 국민연금은 오르막길에서 어렵고 험한 과정을 거쳐 작년에 전국민 연금시대를 열었다. 그러나 앞으로 모든 국민이 빠짐없이 참여하는 실질적인 전 국민 연금을 이루기 위해서는 아직 갈 길이 멀고 또한 부단한 노력이 필요하다. 그 과정에는 많은 오르막과 내리막이 있을 것이나 우리가 힘을 모아 열심히 노력하면 그 길은 비교적 평탄한 길이 될 수 있을 것이다. 그 산 아래에는 온천의 안락함 같은 안정된 복지사회가 우리를 기다리고 있는 것이다.

산길을 걸으며 나는 개인과 나라와 국민연금을 생각했다. 국민연금의 앞길이 순탄하기를 바라며 하루라도 빨리 모든 국민이 빠짐없이 국민연금에 가입되는 시기가 앞당겨지기를 기원하는 마음으로 산을 내려왔다.

(국민연금, 2000. 3 · 4)

3

복지 단상

배려하는 마음

예전에 러시아 왕국에 아주 훌륭한 임금님이 있었다. 그는 젊은 시절에 매우 용맹하여 직접 전쟁에 참전하여 국토를 크게 넓혔고 또한 국민들에게 선정을 베풀어 국민들로부터 존경을 받고 있었다. 그러나 전쟁터에서 싸우다 다쳐 얼굴 오른쪽에 아주 보기 흉한 흉터가 남아 있었다.

어느 날 임금님의 어진(御眞), 즉 공식적인 얼굴 모습을 그려 전국에 배포하게 되었다. 그리하여 전국의 유명한 화가들을 궁으로 초치하여 어진을 그리게 하였다. 첫 번째로 나선 화가는 얼굴에 흉터가 없는 아주 미남형의 얼굴을 그려 제시하였다. 그 화가는 임금의 흉한 얼굴을 그대로 그려 올릴 수는 없었던 것이다. 그러나 임금은 "이 그림은 나의 실제 모습과 다르지 않느냐. 국민들이 사실과 다른 나의 모습을 보고 존경심을 거두지 않겠느냐." 하며 퇴자를 놓았다.

그러자 두 번째 화가가 나섰다. 그는 이번에는 흉터가 있는 임금의 모습을 그대로 그려 올렸다. 임금은 "이 흉한 얼굴을 어떻게 국민들에게 그대로 보일 수 있느냐." 하며 다시 퇴자를 놓았다.

고민 끝에 세 번째 화가가 그려서 올린 그림이 합격이 되었다. 그는 임금의 옆얼굴을 그려 올렸던 것이다. 흉터가 있는 오른쪽은 가려지게 하고 왼쪽 얼굴만 그리는 기법을 쓴 것이다. 이를 프로파일 (profile) 기법이라 한다. 요즈음 신문에 가끔 나오는 고위직 인사에 대한 '프로필'은 바로 이를 말하는데, 대개 그 사람의 장점만 쓰게 마련이다.

이 이야기는 내가 어릴 때 읽었던 러시아 동화에 나오는 이야기이다. 내가 어쩌다 한 번씩 하는 결혼식 주례사의 첫 부분에서 신랑 · 신부에게 당부하는 말씀으로 인용하는 동화이다. "상대방의 단점은 알고도 덮어줄 줄 아는 배려하는 마음을 가져야 한다. 상대방의 장점만을 보고 행복하게 잘 살기 바란다."는 취지의 얘기를 하는 것이다. 나는 이 주례사에서 한 가지 실화를 덧붙인다.

영국의 엘리자베스 여왕이 아프리카의 어느 나라 대통령을 초청하여 국빈 만찬을 하게 되었다. 만찬이 시작되자 식사 전에 손을 씻게 하는 물을 시종이 들고 나왔는데, 이 대통령이 마시는 물인 줄 알고 벌컥벌컥 마시는 것이다. 그러자 여왕도 태연하게 손 씻는 물을 같이 마셔 버렸다. 만일 그 자리에서 여왕이 손을 씻었더라면 상대방이 얼마나 무안했을 것인가. 이것이 상대방에 대하여 은연 중 배려하는 마음인 것이다. 그러기에 엘리자베스 여왕이 영국 국민들뿐만 아니라 세계적으로도 존경을 받고 있는 것이다. 여기까지가 나의 주례사의 전부이다.

인간이 동물과 다른 점은 이 배려하는 마음이 있다는 점이다. 대부분의 동물들은 자기 이외의 존재에 대한 배려를 할 줄 모른다. 자기 혼자의 욕구만 채우면 되고 남을 생각하지 않는다. 철저한 약육강식(弱肉强食)의 원칙이 지배한다. 강자만이 그들의 세계를 지배할 수 있고 약자는 자연 도태되게 마련이다.

동물 중에도 남을 배려할 줄 아는 동물이 없는 것은 아니다. 기러기는 겨울을 나기 위해 남쪽으로 날면서 'V'자형 대오를 형성한다. 그 이유는 가장 앞에 날아가는 리더 기러기의 날갯짓이 기류에 압력을 주어 뒤에 따라오는 동료 기러기가 쉽게 날 수 있게 해 주기 때문에 기러기 무리는 혼자 날 때보다 훨씬 더 멀리 갈 수 있다. 이때 뒤에 따르는 동료 기러기들은 리더 기러기에게 응원의 소리를 보내기 위해 끊임없이 울음소리를 낸다고 한다.

만약 어느 한 마리가 아프거나 지쳐서 대열에서 이탈하게 되면 다른 동료 기러기 두 마리도 함께 대열에서 이탈해 지친 동료가 원기를 회복해 다시 날 수 있을 때까지 또는 죽음으로 생을 마감할 때까지 함께 지키다 다시 무리로 돌아간다고 한다. 기러기는 우리나라에서도 전통적으로 믿음 · 예의 · 절개 · 지혜를 상징하는 새로 인식되었으며, 오늘날에도 나무기러기를 혼례의 징표로 선물하기도 한다.

인간의 삶에서 남을 배려하는 것은 쉽지 않다. 더욱이 오늘날처럼 생존경쟁이 치열한 사회에서 혼자 살아가기도 바쁜데 언제 남을 배려할 겨를이 있겠는가. 남을 배려하다 보면 경쟁에서 뒤떨어지기 십상인 것이다. 그러나 길게 보면 배려하는 삶이 더욱 오래가고 더 멀리가는 삶이 아닐까. 기러기의 예에서 보는 것처럼.

배려하는 마음은 가까이는 가정 안에서, 친한 친구 간에, 직장 동료 간에, 사회에서 그리고 국가 전체적으로도 필요한 것이다. 특히 복지사회는 국민 간에 이 배려하는 마음이 없으면 성립하기 어렵다.

이미 고인이 되었지만, 영국 복지정책의 이론적인 뒷받침을 한 저명한 학자인 티트머스(R. Titmuss) 교수는 그의 명저 《증여의 관계(The Gift Relationship)》라는 책에서 미국과 영국의 혈액(血液) 관리시스템을 분석하고 있다. 혈액은 인간의 생명과 직결된다는 점에서 일반 상품과는 다른 특수성이 있는 것이다.

의학적으로 피의 수명(유효기간)은 21일을 넘지 못한다. 피가 아주 부족한 특수한 상황에서 부득이 28일까지 쓰는 경우가 있을 수는 있으나, 21일을 넘기면 피의 성분이 변질되기 때문에 수혈의 안전성을 보장할 수 없다는 것이다.

미국은 기본적으로 매혈(買血)에 의하여 피를 조달하는 체제이다. 즉, 부분적으로 헌혈(獻血)이 있기는 하지만 주로 피를 파는 사람으로부터 돈을 주고 사들이는 체제이다. 피를 파는 사람은 대체로 가난한 사람, 실직자, 흑인 등 저소득층으로서 질병, 약물중독 등으로 인해 질적으로 좋은 피가 아니라는 것이다. 더욱이 매혈된 피는 이를 미리 사서 보관해야 하기 때문에 유효기간 만료로 실효되는 부분이 크다는 것이다.

이에 반하여 영국은 기본적으로 헌혈에 의하여 피를 조달하는 체제이다. 물론 부분적으로 매혈이 있기는 하지만, 대부분의 피는 건강한 성인으로부터 자발적으로 헌혈 받아 쓰고 있다. 그러니 그때그때의 필요에 따라 헌혈자로부터 직접 채혈해서 쓰니 질적으로 좋은 피를 수혈 받고 또한 장기보관에 따른 낭비도 거의 없는 것이다.

이 헌혈은 바로 이타주의(altruism)의 극치를 보여주고 있는 것이다. 누구나 헌혈을 하여 자기가 직접 알지 못하는 남에게 도움을 주고 자기도 이다음에 수혈이 필요할 때에 타인으로부터 도움을 받는 이타심의 보편화인 것이다. 이것이 바로 영국의 의료제도의 기본정신이 되고 있다.

영국은 모든 국민에 대하여 국가재정으로 무료치료를 해 주는 국가보건서비스(National Health Service) 제도를 1948년부터 오늘날까지 시행하고 있다. 외래·입원치료 전부에 대해 모든 국민에게 평등하게 의료혜택을 주고 있다. 오늘날 국가재정의 어려움 속에서 의료서비스의 질이 떨어지는 등의 문제가 있지만 아직도 영국 국민들이 자랑스럽게 여기는 제도이다. 오늘날 영국 복지제도는 경제적인 어려움 때문에 종전에 비하여 크게 후퇴하고 있지만, 이 제도만은 그대로 유지되고 있다.

반면에 미국은 온전한 사회보험 방식에 의한 의료보험제도를 실시하지 못하고 있다. 금년에 어렵사리 오바마 대통령이 의료개혁에 성공하기는 했으나, 보험회사가 판매하는 민간의료보험을 모든 국민이 의무적으로 가입하는 방식으로 결론이 났다. 이에 대해서도 일부 법원에서 위헌판결을 하는 등 앞길이 험난하기만 하다. 이는 기본적으로 혈액관리에 관한 매혈의 전통과 맥락을 같이하는 것이다. 그러기에 미국은 선진국 중에서도 복지후진국으로 평가되고 있다.

복지국가는 하루아침에 이루어질 수는 없다. 무엇보다도 국민들이 자기밖에 모르는 이기주의하에서는 복지를 할 수가 없다. 자본주의의 기본정신은 이기주의라고 하지만 사회에서 같이 살고 있는 남을 배려하는 마음(이타심)이 없다면 그 자본주의는 더 이상 크게 번창하기 어려운 것이다.

(jego.net , 2010. 12. 17)

복지, 능력이냐 평등이냐

인간이나 동물이나 삶을 영위하는 데에는 능력이 중요하다. 동물의 경우에는 특히 육체적 능력이 중요하다. 힘이 세거나 날카로운 공격수단을 가진 자가 승리하게 되고 승자가 모든 것을 독차지하게 된다. 배를 채우는 것, 종족보전의 본능 등 모든 욕구의 충족을 승자가 독점하게 되고 여기에서 배제된 약자는 자연 도태되게 된다. 즉, 동물의 세계는 강자만이 살아남는 강자독식(强者獨食)의 무자비한 사회이다.

인간사회의 경우도 기본적으로 능력 본위의 사회이다. 인간사회의 초기에는 동물의 경우처럼 육체적 능력이 중요했지만, 점차 지적 능력이 보다 중요해져 왔다. 그러기에 오늘날 지적 능력을 배양하기 위한 교육 · 훈련과 수련 등에 노력을 기울이게 되었다.

자본주의 사회는 이러한 인간 본성에 기초하여 자연스럽게 생성된 사회이다. 능력이 우수한 자는 능력이 부족한 자보다 더 많은 실적을 올려 더 많은 부를 축적할 수 있고, 그렇게 함으로써 성장을 극대화할 수 있다. 반면에 능력이 부족한 자는 생존경쟁에서 지게 되고 사회적으로 뒤처지거나 도태의 위협에 처하게 된다.

그러나 인간이 동물과 다른 점은 이성(理性)을 가지고 있다는 점이다. 능력이 부족한 약자라고 해서 사회에서 도태시킬 수는 없으며 같이 살아가야 한다는 것을 인정하게 되었다는 점이다. 즉, 인간은 누구나 존귀한 존재라는 '인간의 존엄성'을 인식하게 되었다는 점이다.

사회적으로 뒤처져 생활이 어렵게 된 자 등 사회적 약자에 대한 배려는 초기 사회에서는 가족ㆍ종족 간에 나아가 지역사회의 이웃 간에 상부상조에 의하거나 교회 등 종교기관 등의 자선활동에 의하여 행하여졌지만, 17세기 이후 점차 국가기관이 이를 담당하는 국가적인 보호제도인 공적부조(公的扶助)제도로 발전하게 된다.

그 후 산업혁명에 따라 자본주의가 본격적으로 발전하게 되자 빈부격차는 더욱 커지고 자본ㆍ토지 등 생산수단을 가진 자와 그렇지 못한 자 간의 갈등은 심화되게 된다. 이에 자본주의 사회의 능력 본위 체제를 구조적으로 바꾸어야 한다는 이론이 대두되게 된다.

그 대표적인 예가 1860년대 후반에 마르크스(Karl Marx)가 제시한 '자본론'인데, 그는 생산수단의 소유 자체를 개인으로부터 공동체로 넘겨야 한다고 주장한다. 즉, 모든 생산수단을 국유화하여 공동생산, 공동분배하는 사회를 만들면 계획에 의한 생산이 이루어져 생산력이 높은 수준으로 발전되게 되고 물품은 필요에 따라 분배된다는 사회주의 이론을 제시한 것이다.

그렇게 되면 능력이 열등한 자의 문제를 근본적으로 해결할 수 있게 되고 개개인의 욕구충족은 평등한 분배에 의하여 달성하게 된다는 것이다. 즉, 자본주의 사회의 능력 본위 이념에 대응하는 사회주의의 평등 이념이 출현하게 된 것이다. 이러한 사회주의 사회는 인간 본성에 기초한 자본주의 사회를 구조적으로 바꾸기 위하여 인위적으로 만든 체제인 것이다.

이 마르크스의 경제이론은 러시아에서 레닌(Lenin)이 정치적으로 이용하여 1917년에 볼셰비키 혁명에 성공함으로써 자본주의에 대립되는 경제·사회체제로서 공산주의 사회가 성립하게 된다. 이 공산주의는 그 후 유행처럼 퍼져나가 중국, 동유럽, 쿠바, 북한 등으로 확산되어 전 세계를 이념적으로 양분하게 된다.

이러한 공산주의(사회주의)의 확산에 대한 자본주의 국가들의 대응은 지나친 능력주의에 따른 폐단을 보완하기 위한 사회복지의 확대로 나타나게 된다. 이제 저소득층만을 보호하는 공적부조제도로는 부족하며 본격적인 사회보장(社會保障) 제도를 도입할 필요가 있게 된 것이다. 인간이 인생의 과정에서 겪게 되는 능력 상실의 경우에 대비하는 제도를 마련하게 된 것이다.

즉, 노령, 사망, 불구, 질병, 실직 등으로 생활상의 어려움을 당할 경우에 소득과 의료의 문제를 해결하기 위한 제도가 바로 사회보장제도인 것이다. 인간이 건강하고 능력이 있을 때에는 스스로 노력하여 벌어먹게 하되, 건강이나 능력을 상실했을 때 제도적으로 해결토록 하는 장치를 도입한 것이다. 이러한 사회보장제도는 1880년대 독일에서 최초로 시작하여 1910~20년대에 유럽 여러 나라에 확산되게 된다.

자본주의 국가에서 사회보장의 방식은 크게 보아 두 가지이다. 하나는 사회보험 방식이며, 다른 하나는 정부재정 방식이다. 사회보험 방식은 보험료로 재원을 마련하되 능력 상실의 위험을 보험원리를 활용하여 분산하는 방식이다. 기본적으로는 능력주의에 의하여 보험료 부담과 급여수준 간에 비례성을 인정함을 원칙으로 하되, 부분적으로 평등주의를 가미하여 저소득자에게 다소 유리하도록 소득 재분배 장치를 포함함이 일반적이다. 대부분의 자본주의 국가에서 이 사회보험 방식을 채택하고 있다.

다음에, 정부재정 방식은 세금으로 걷은 정부재정에 의하여 능력 상실 시, 즉 소득 또는 의료보장의 필요가 있을 때에 평등하게 급여해 주는 방식이다. 생산수단의 사적 소유를 인정하되 소득의 사회화(socialization of income)를 통하여 평등주의를 달성하는 방식으로 사회민주주의라 하며 스웨덴 등 북구 제국 등이 이에 해당한다.

만일 자본주의 국가에서 이러한 사회보장제도를 만들지 않게 되면 자유시장 원리에 입각한 민간보험이 판을 치게 된다. 예를 들면, 미국의 경우 사회보험제도인 의료보험제도가 입법되지 아니하여 국민들은 민간보험에 가입해야 한다. 이 민간보험은 능력주의에 의하여 희망자만 가입하게 되고 능력이 부족한 국민은 보험에 가입할 수 없게 된다. 그 결과로 미국 국민 중 약 15%는 무보험 상태로 남아 있다.

공산주의는 인간의 기본적인 속성을 무시하는 인위적인 체제로서 개인이 능력을 최대한 발휘하여 열심히 일하고자 하는 유인요인(incentive)이 사라져, 결국 자본주의와의 경쟁에서 패배하여 오늘날 지구상에서 거의 사라져 가고 있다. 매사 인간의 일이란 인위적인 방식으로는 어느 정도까지는 성과를 낼 수 있을지 몰라도 결코 오래 가지는 못하며, 결국 자발적이고 자연스러운 것이 오히려 효과적이라는 것이 입증된 셈이다. 그러므로 앞으로 북한이 변화될 경우에 대하여 우리가 미리 대비하여야 한다.

오늘날 자본주의 선진국들의 사회복지에 관한 입장은 능력주의냐 평등주의냐로 대별할 수 있다. 능력중시 국가로는 미국을 들 수 있으며 비교적 평등 부분이 적은 편이다. 반대로 평등중시 국가로는 북구 제국을 들 수 있으며 비교적 평등 부분이 많은 편이다. 이 외의 국가들은 대체로 능력과 평등을 혼합하고 있다. 과거에 세계 경제가 좋았던 1980년대 이전에는 대체로 중도좌(left of center), 즉 능력보다는 평등 쪽이 다소 많은 경향이었다. 그러나 1980년대 이후 세계 경기의 침체와 경제의 세계화로 인하여 중도우(right of center)로 이동하여 평등보다는 능력 쪽으로 시계추가 기우는 경향을 보이고 있다.

우리나라는 뒤늦게 1970년대 중반 이후부터 사회복지를 본격적으로 추진하기 시작하였으니 선진국에 비하면 매우 낮은 수준이며 아직은 복지국가라고 할 수 없다. 우리나라의 복지모형은 대체로 중도우의 경향, 즉 평등보다는 능력 쪽에 기울고 있다 하겠다.

우리 국민들의 성향은 경쟁의식과 성취동기가 강하여 능력중시의 경향을 보이고 있다. 남에게 지고는 못 배기는 성향을 가지고 있는 것이다. 이것이 개인과 국가의 빠른 성장의 원동력의 하나인 것이다.

그러나 내가 정부정책을 시행해 본 경험에 의하면 우리 국민들은 본인은 능력이 부족하더라도 다른 사람에 비하여 차등대우를 받는 것은 참지 못하는(받아들이지 않으려는) 경향이 있다. 예를 들면, 농어민·자영자에 대한 의료보험의 경우에 보험료 부담능력이 부족하여 보험료는 잘 걷히지 않지만 치료 시 본인 부담의 비율 등 급여원칙에 있어 피용근로자에 비하여 차등이 있어서는 안 된다고 요구하고 있다. 그러므로 모든 국민을 동등하게 대우해야 하지 국민 간에 차등을 두는 정책은 성공하기 어렵다고 본다.

자본주의 복지국가는 능력을 기초로 하되 평등과의 조화를 이루는 사회이다. 어느 정도 적절한 선에서 능력과 평등의 조화를 이룰 것인가에 대하여는 그 나라 국민들의 합의가 필요하다. 인간사회가 진정으로 모두 함께 사는 사회가 되려면 능력있는 자(가진 자)들이 평등 쪽으로 대폭 양보하는 아량이 필요한 것이다. 지금 미국 오바마의 의료개혁이 성공하려면 바로 이것이 필요하다. 이것이 인간사회의 이성, 즉 최소한의 양심인 것이다.

(jego.net, 2009. 10. 16)

복지국가로의 이상

복지란 무엇인가? 어떤 복지국가를 만들 것인가는 19세기말 이래로 자본주의 국가에 살고 있는 우리 인류가 오랫동안 고민해 왔던 과제이다.

산업화에 따라 공업도시가 나타나고 농촌의 노동력이 점차 도시로 몰려 공장 등에 고용돼 임금으로 생활하는 임금근로자가 되었다. 산업화·도시화가 진전되면서 전통적인 농업사회와는 달리 새로운 사회적 위험(social contingencies)과 사회적 문제(social problems)가 크게 증가하게 되었다. 즉, 대형 사고, 산업재해, 실업, 신종질병 등 사회적 위험이 증가하고 공해는 물론 공중보건, 주택, 교육, 고용, 교통문제 등 각종 사회적 문제가 대두되게 되었다.

또한, 자본주의가 발전함에 따라 빈부격차가 심화되고 경제성장 과정에 제대로 적응치 못하는 빈민, 장애인, 노인 등 사회적 취약계층이 급증하면서 이들에 대한 국가적인 보호제도가 필요하게 되었다.

이러한 사회적 문제들은 개인이 스스로 감당하기 어려우므로 사회적으로 힘을 합쳐 해결코자 하는 것이 사회복지이며, 특히 이 중에서 우리가 살아가는 데 기본적으로 필요한 것이라고 할 수 있는 '일할 수 있는 능력'과 '건강'을 뜻하지 않은 사회적 위험 등으로 잃게 되었을 때 소득문제와 의료문제를 해결해 주기 위한 방책이 사회보장제도이다.

선진 자본주의 국가들은 19세기 말부터 20세기 초에 각종 사회보장제도를 시작하여 제2차 세계대전을 겪은 후 대체로 1950년경까지 완성을 보게 된다. 자본주의 국가들은 이러한 사회보장제도를 완성함으로써 자본주의 체제가 안고 있는 취약점을 극복하고 오늘날 더욱 번창하고 있는 것이다.

우리나라도 1960년대 이래의 급격한 산업화·도시화에 따라 사회복지 내지는 사회보장제도의 확충에 노력을 기울이기 시작했다. 이러한 노력은 대체로 1970년대 중반 이후 본격화되어 소득이 있어 보험료를 부담할 능력이 있는 국민에게는 의료보험, 국민연금 등 사회보험제도를 실시하고, 저소득층 등을 위해서는 국가재정으로 생계보호, 의료보호 등 공적부조제도를 실시하고 있다. 또한 노인, 장애인, 불우아동 등 사회적 취약계층을 위해 여러 가지 사회복지서비스를 제공하고 있다.

그동안 여러 제도들은 우리 경제의 성장에 따라 많은 발전을 이룩한 바 있으나, 아직은 제도를 실시한 지 일천하고 제도의 취지와 내용에 대한 국민들의 이해도 부족하여 선진국과 같은 완벽한 수준이 되려면 앞으로 많은 시간과 노력이 필요할 것으로 본다.

이 중 의료보험과 국민연금은 가장 대표적인 제도이다. 의료보험은 질병, 부상시 치료(의료)를 보장하는 제도이며, 국민연금은 노후가 되어 일을 할 수 없게 되거나 재직 중에 사망하거나 장애를 입어 불구가 된 경우 본인 및 가족의 생계(소득)를 보장하는 제도로서, 의료보장과 소득보장은 바로 사회보장의 두 축인 것이다.

의료보험은 1977년에 시작하여 1989년에 전국민에게, 국민연금은 1988년에 시작하여 1999년에 전국민에게 적용함으로써 전세계에서 유례를 찾아볼 수 없을 만큼 빠른 시일 내에 확대되었다. 이는 모든 국민을 가능한 한 빨리 사회보장이라는 우산 속에 보호함으로써 질병과 빈곤의 문제로부터 벗어나게 하려는 노력인 것이다. 물론 이 두 제도가 선진국 수준으로 정착되기 위해서는 앞으로 해결해야 할 과제도 많고 또한 국민들의 적극적인 참여도 필요하다.

결론적으로 사회복지 또는 사회보장제도는 첫째, 국민 개개인의 입장에서는 인간답게 살고자 하는 욕구를 충족시켜 주기 위한 가장 기본적인 제도이며 둘째, 사회적인 입장에서는 이 제도를 통해 상부상조함으로써 모든 국민을 하나로 묶어 주고 나아가 안정된 사회를 이루기 위한 것이다. 즉, 우리가 희구하는 안정된 선진 복지국가가 되기 위해 꼭 필요한 제도인 것이다.

지금 다소 부담이 된다 하더라도 각자가 능력에 맞게 부담하여 어려움을 당한 이웃에게 도움을 주고 또 자기가 어려움을 당했을 때에 도움을 받는 제도로서 우리 모두가 소중히 가꾸어 나갈 우리의 백년대계인 것이다.

(인천일보, 2001. 3. 26)

선진국 복지동향과 우리의 방향

　선진국들은 제2차 세계대전 후 지속적인 경제성장의 뒷받침하에 1960년대 말까지 복지를 대폭 확대하며 복지국가를 이룩하였다. 그러나 1970년대 초 석유위기(oil shock) 이후 경제적 여건의 악화로 복지정책 추진에 보수주의 경향이 나타나고 있다.

　1980년대 이래로 선진 각국은 보수주의 정당들(미국의 공화당, 영국의 보수당, 스웨덴의 자유당 등)이 집권하여 신자유주의(neoliberal) 경제정책을 추진하였고, 그 후 정권이 바뀌어 종전에 진보주의적 성격을 띠었던 정당들(미국의 민주당, 영국의 노동당, 스웨덴의 사회민주당 등)이 다시 집권하더라도 과거와는 달리 복지확대 정책을 쓰지 못하고 복지의 후퇴 내지 현상유지 정책으로 나아가고 있다.

　한편, 20세기 말에 와서 소련, 동구권 등 사회주의 국가들이 몰락하여 자본주의에 맞서는 사회주의의 대안이 사라지게 됨에 따라, 자본주의 국가 내에서 사회복지를 추구해야 할 이념적 기반의 한 축이 약화되게 되었다.

또한, 오늘날 경제의 세계화(globalization)에 따라 자본, 재화 및 인적자원 이동의 자유화가 가속되고 있고, 미국을 중심으로 신자유주의에 입각한 영·미계 자본주의(Anglo-American capitalism)가 세계 경제를 주도하게 되었다. 이러한 영향으로 선진 각국의 복지정책 추진에 보수주의 경향이 보다 강화되고 있다.

나라별로 살펴보면, 먼저 미국은 1980년대 레이건 대통령이 이른바 레이거노믹스(Reaganomics)를 내세워 복지지출을 삭감하고 빈곤층에 대한 생활보호(AFDC) 대상을 대폭 축소한 바 있다. 그 후 1990년대 집권한 민주당의 클린턴 대통령은 이 보다 한걸음 더 나아가 '복지정책 추진에 있어 과거와는 다른 신민주당(new Democrats)'이라는 기치 아래, 생활보호의 수혜기간을 2년 이내로 제한하고 빈곤가정의 어머니의 1차적인 책무는 복지에 의존하는 것이 아니라 직장을 찾아 나서는 것이라고 '복지보다는 일을 강조하는 근로연계복지(workfare)'를 추진하였다.

영국은 1980년대 보수당의 대처 정부 하에서 생활보호 대상자 선정에 선별성(selectivity) 강화, 공공임대주택 등의 민영화(privatization), 국가복지서비스에 경쟁원리를 도입하는 시장화(marketisation) 등을 통하여 국가의 복지지출을 대폭 축소한 바 있다. 그 후, 1997년에 집권한 노동당의 블레어는 복지정책 추진에 있어 중도노선이라 할 수 있는 '제3의 길(a third way)'을 선언하고, 미국과 유사하게 '복지로부터 일로(from welfare to work)' 방향을 전환하고 있다. 이제는, 1940년대 베버리지가 세웠던 복지국가의 이상은 크게 무너졌다고 할 수 있다.

스웨덴은 그동안 고도 복지국가를 이룩한 사회민주당이 집권 44년 만에 물러나고 1976년 자유당 연립정권이 집권하여 급여수준을 낮추고 복지지출을 축소한 바 있다. 그 후, 몇 차례 사회민주당이 다시 집권하였으나 현상유지 내지 조정정책으로 나가고 있다. 특히, 1999년 연금개혁으로 종전의 2원연금제(기초연금과 소득비례연금)에서 모든 노인에게 평등하게 지급하던 기초연금 부분을 폐지하고 그 대신 최저연금 보증제도를 도입하는 등 일부 후퇴를 하고 있다.

독일은 1980~90년대의 경제적인 어려움 속에서도 비교적 복지지출을 크게 줄이지 않고 제도 내에서의 부분적인 조정을 통해 대처해 왔다. 그러나 1990년 통일 후 과거 동독지역의 복지수준을 서독지역과 맞추기 위해 서독주민이 많은 복지비용을 부담하고 있다.

일본은 경제적인 어려움 속에서도 1985년 연금개혁으로 기초연금제도를 도입하여 선진적인 2원연금제로 전환하였고, 고령사회에 대비하여 1990년대에 '고령자 보건복지추진 10개년 전략'과 2000년에 개호보험제도를 도입하는 등 현상유지의 기조를 바탕으로 꾸준히 복지를 확대하고 있다.

이러한 선진국 복지정책의 보수화의 영향으로 우리나라에서도 일부에서 복지확대에 소극적인 입장도 나타나고 있다. 또한, 신자유주의적 입장이 강한 세계은행, OECD 등 국제기구들은 우리에게 국가복지의 확대보다는 민영화의 확대와 제도운영의 효율화를 권고하고 있다.

그러나 앞에서 예를 든 선진국들은 이미 오랜 기간에 걸쳐 복지를 확대해 와 복지국가의 꽃을 피운 나라들로서 이제는 현상유지 내지 조정기에 접어들고 있는 것이다. 이제 복지를 본격적으로 추진하기 시작한 우리가 진정한 복지국가를 이룩하기 위해서는 앞으로 가야 할 길이 많이 남아 있는 것이다.

우선, 제도의 전국민 적용이 필요하다. 국민연금제도에 있어 아직 자영자와 농어민은 절반 정도밖에 가입하지 않고 있으나 이들이 모두 가입하여 실질적으로 전국민이 적용되어야 하며, 4대 사회보험에 있어 비정규직에의 적용 등이 완벽하게 이루어져야 한다. 또한, 고령사회에 대비한 노인장기요양보험과 저출산 현상 등에 대비한 아동수당제도 등 새로운 제도의 도입도 필요하다.

그리고 무엇보다도 중요한 것은 제도별 급여수준의 적절성이다. 현재 건강보험의 급여수준은 매우 미흡하며, 국민연금의 노령연금액 수준은 아직은 크게 낮추어서는 아니 된다. 또한, 생활보호제도와 사회복지서비스의 질적 수준과 전문성을 크게 강화해 나가야 한다.

이러한 복지 확대와 질적 개선을 위해서는 국민들의 부담이 현재보다 크게 늘어나야 한다. 따라서 장기적인 복지청사진을 세워 국민들의 이해와 협조를 얻어 단계적으로 추진해 나가야 할 것이다.*

(보사동우회보, 2005. 11)

---

* 노인장기요양보험제도는 2008년 7월부터 시행되었다.

오바마 의료개혁, 절반의 성공

　미국의 오바마(Obama) 대통령은 2010년 3월 23일 역사적인 건강보험법안(Patient Protection and Affordable Care Act)에 서명했다. 그는 "한 세기에 걸친 노력과 1년간의 토론 후 오늘 건강보험 개혁법안에 서명하게 되었다."고 감회를 밝혔다.

　미국 건강보험 도입의 역사는 1912년 대통령 선거에서 시어도어 루스벨트(Theodore Roosevelt)가 건강보험제도 도입을 공약으로 내세우면서 시작된다. 그는 이미 두 차례(1901, 1904) 대통령을 역임했으면서도 1912년에 제3당(진보당) 후보로 나서 민주당의 윌슨(Wilson)에게 패배하였다.

　그 후 민주당의 루스벨트(Franklin Roosevelt) 대통령이 대공황의 극복을 위한 뉴딜(New Deal) 정책의 일환으로 1935년 사회보장법(Social Security Act)을 제정할 당시에 연금제도는 도입되었으나, 건강보험제도는 의회의 심의과정에서 미국의사협회(American Medical Association)가 자유진료제한, 수입감소 등을 이유로 반대함으로써 입법되지 못하였다.

그 후에도 복지문제에 비교적 적극적인 민주당의 대통령이 집권할 때마다 건강보험제도의 도입을 위한 시도는 계속된다. 1950년대 트루먼(Truman) 대통령이 다시 도입을 추진하였으나 역시 의사단체의 반대로 저지되었다.

1960년대에 민주당의 케네디(Kennedy) 대통령이 집권한 후 우선 노인의료보험제도라도 도입하자는 논의가 시작되어 1965년 존슨(Johnson) 대통령 시에 노인의료보험제도(Medicare)와 저소득층을 위한 의료보호제도(Medicaid)가 실시된다.

1992년에도 민주당의 클린턴(Clinton) 대통령이 그의 선거공약인 의료개혁(Health Care Reform)을 부인 힐러리(Hillary)를 내세워 추진하였으나 역시 의료계, 보험사, 사용자단체 등의 반대 캠페인과 거대정부에 대한 국민들의 거부감 등으로 성사되지 못하였다.

이리하여 미국의 공적인 의료보장은 노인의료보험(14%)과 의료보호(12%)가 있을 뿐이며 나머지 일반국민은 민간보험회사가 판매하는 보험상품을 구입해야 하는 상황이었다. 이 민간보험 가입율은 약 60%이며, 나머지 약 15%는 민간보험에도 가입하지 못하고 있다. 차라리 생활보호대상은 정부의 의료보호 혜택을 받지만, 바로 그 위 계층에 해당하는 저소득층(주로 흑인, 히스패닉 등 마이너리티)에게는 대책이 없었다.

그러나 민간의료보험에 가입하더라도 문제는 있었다. 대부분의 민간의료보험은 가입전(前) 질병에 대해서는 보험급여를 해 주지 않기 때문에 실질적으로 혜택을 받지 못하는 경우가 많다. 예를 들면 내가 아는 한 지인(知人)은 대장암 3기인데 민간의료보험에 가입하고 있었지만 가입전 질병이라고 지급을 거부당해 결국 그 엄청난 의료비를 스스로 부담하지 않으면 안 되었다.

미국은 세계에서 의료비가 가장 비싼 나라이다. 국내총생산(GDP) 대비 의료비 수준은 약 15%이며 이 수준은 나날이 높아지고 있다. 그러면서도 온전한 사회보장제도에 의한 의료보장을 실현하지 못하고 있어 복지후진국이라는 오명을 씻지 못하고 있다. 이제 의료개혁은 초미의 과제가 되었으며 마이너리티를 등에 업고 당선된 오바마만이 해낼 수 있는 마지막 기회였던 것이다.

오바마는 집권하자마자 이 문제에 팔을 걷어 부치고 나섰다. 그가 제시한 의료개혁안의 핵심내용을 보면,

① 모든 국민은 건강보험에 의무적으로 가입해야 한다. 미가입자는 수입의 2.5%에 해당하는 벌금을 물어야 한다.

② 50인 이상을 고용한 기업주는 종업원을 위하여 건강보험을 제공해야 한다. 그렇지 않으면 벌금(종업원 1인당 2,000~3,000불)을 물어야 한다.

③ 연방정부가 정한 빈곤선(poverty level)의 400% 이하의 저소득 국민에게는 정부에서 보험료에 대한 보조금(subsidy)을 차등적 (sliding scale)으로 지급한다.

④ 모든 민간보험회사들은 가입전 기존질병(pre-existing conditions)에 대한 급여제한을 해서는 안 된다.

⑤ 연방정부는 네 가지 유형의 기본급여(essential benefit package)를 제안하여 민간보험회사에 권장하고, 개인가입자와 기업주의 보험선택을 용이하게 하기 위해 지역별로 건강보험 상품거래소(Health Insurance Exchange)를 설치한다. 이 거래소에 등재를 희

망하는 민간보험회사는 이 기본급여를 제공하여야 한다.

⑥ 정부는 새로운 공보험(public option)을 만들어 건강보험 상품거래소에 등재시켜야 하며, 이 공보험은 보건복지부(Ministry of Health and Human Services)가 운영한다.

이 오바마가 제시한 개혁안에 대해 상·하 양원에서 각각 토론이 전개되었다. 미국은 양원제이므로 상·하 양원에서 같은 내용의 법안이 통과되어야 법안으로 성립될 수 있다. 마침 미국은 현재 민주당이 상·하 양원에서 다수당을 차지하고 있으므로 법안이 쉽게 통과되리라고 보기 쉽지만 실제 상황은 그렇지 못한 것이다.

민주당 내의 보수파(소위 'Blue Dog'이라고 불림)의 향배가 문제인 것이다. 이들은 지역에서 공화당 후보와 접전을 벌이며 어렵사리 당선이 되었는데, 지역주민 여론의 눈치를 보지 않을 수 없는 취약한 상태인 것이다. 이들이 오바마의 개혁안에 대해 선뜻 동의를 하지 않는 것이다.

공화당은 막대한 국민세금 부담의 증가문제를 물고 늘어지고 있고 기본적으로 의료시장에 정부가 개입하는 것을 반대하고 있어, 오바마의 의료개혁안에 타협하기 보다는 이를 폐기(kill)시키려고 전력을 다하고 있다.

그동안 정부의 통제권 밖에서 성장해 온 민간보험회사들은 이 개혁안이 시행되면 정부의 규제를 받아야 하고 보험사 간의 경쟁도 치열해질 것을 우려하고 있다. 더욱 중요한 이슈는 새로운 공보험(public option)의 포함 여부와 그 역할수준에 관한 것이다. 정부가 운영하는 강력한 공보험이 시장에 출현하여 저렴한 보험료를 기반으로 일대 돌풍을 일으킨다면 그동안 시장을 지배했던 민간보험회사들이 설 땅이 없어질 것을 우려하고 있다.

그동안 정부의 의료개혁 추진에 반기를 들었던 의료계는 이번 논쟁에서 다소 비껴 서 있는 느낌이다. 의료계는 이미 천정부지로 높아진 의료비에 대해 어느 정도 책임을 느끼고 있었으며 민간보험회사들이 결사적으로 반대하며 적극적으로 법안 통과를 저지하기 위한 로비를 하고 나서는 데에서 어부지리를 얻고 있었다.

오바마와 민주당의 지도부는 지역여론을 호전시키고 개혁안에 소극적인 당 내 보수파를 설득하는 전략을 장기간에 걸쳐 끈질기게 추진하였다. 이 과정에서 상·하 양원에서는 기본적인 골격은 같지만 세부내용에 있어서는 다소 다른 내용의 법안이 각기 논의되었다.

장기간의 논의 끝에 마침내 하원이 먼저(2009. 11. 9) 법안을 통과시켰다. 문제는 상원에서 벌어졌다. 그동안 의료개혁의 적극적 주창자였으며 오바마를 대통령으로 만드는 데 1등 공신인 케네디(Edward Kennedy) 의원이 2009년 8월 별세한 것이다. 그 결과로 상원에서 공화당의 합법적인 의사진행방해(filibuster)를 막을 수 있는 민주당 의석수 60석이 무너져 버린 것이다.

할 수 없이 그동안 의료개혁에 민주당과 공동보조를 취해 왔던 무소속의 리버만(Joseph Lieberman) 의원과 협조하여 60석을 채워야 하는데, 그는 공보험(public option)의 도입에 반대하고 있었다. 그 결과로 상원은 12월 24일 공보험의 도입을 배제한 채 법안을 통과시키게 되었다.

그 후 2010년 1월 치러진 케네디 의원의 후임을 뽑는 상원의원 보궐선거에서 공화당 후보가 당선됨으로써 상원에서 이 법안을 다시 논의할 수 없는 상황이 되었고, 할 수 없이 상원에서 통과된 법안(공보험이 배제된 안)을 역(逆)으로 하원이 다시 통과시켜 법안이 최종적으로 확정되어 공포된 것이다.

이로써 미국 국민 3,200만 명이 새롭게 건강보험 혜택을 받게 되었고, 민간의료보험에서 이제는 가입전 질병을 배제할 수 없게 되었으니 이는 매우 획기적인 일이다. 이 제도는 단계적으로 시행되어 4년 후인 2014년에 본격적으로 시행되게 되며, 저소득층의 보험료 보조 등을 위해 앞으로 10년간 9,400억 불의 정부예산이 소요될 것으로 추산하고 있다. 이 돈은 과거 공화당 정부에서 시행한 고소득자(연소득 25만 불 이상)에 대한 감세(tax cut)를 폐지하고 또한 노인의료보험(Medicare)의 보험료를 인상(역시 고소득자에 국한)하여 충당할 계획이다.

공보험(public option)이 빠져 버린 것은 이번 개혁의 핵심을 잃은 것이다. 건강보험은 사회보험제도로 시행되어야 하며 선진국은 대부분 이 방식을 택하고 있다. 물론 우리나라도 사회보험 방식임은 주지의 사실이다.

사회보험은 소득을 기준으로 보험료를 부과하여 고소득자가 높은 보험료를 부담하는 데 비하여, 민간보험은 그 성격상 질병발생의 위험도(risk)를 기준으로 보험료를 부과하고 있다. 따라서 병약자, 노인 등 의료비를 많이 쓰는 계층에게 높은 보험료를 부과하게 된다. 이는 오히려 소득이 낮은 계층이 높은 보험료를 부담하게 되어 돈 없고 취약한 계층을 돌보는 제도가 되지 못하는 것이다. 이것이 바로 민간의료보험의 근본적인 한계인 것이다.

이번 개혁의 시행으로 민간보험업계에 대한 정부의 통제가 종전보다 증가하겠지만, 그러나 사회보험제도의 경우와 달리 정부가 의료수가에 대한 통제를 할 수 없기 때문에 의료비는 계속 증가할 것이다. 특히 가입전 질병이 급여범위에 포함되어 고액 진료비는 크게 늘어날 것이다.

또한 민간보험은 가입자가 보험회사를 선택하고 임의로 변경할 수 있으므로 보험회사의 홍보 · 마케팅 비용 등 관리비가 사회보험에 비하여 훨씬 많이 들게 된다. 따라서 그 만큼 보험료가 비싸질 수밖에 없다. 이미 미국의 민간보험의 보험료는 비교적 괜찮다고 하는 보험이면 가구당 월 1,000불 수준을 넘고 있는데, 이는 앞으로 더욱 비싸질 것으로 본다.

어쨌든 이번에 오바마는 미국 역사에 남을 위대한 업적을 이룬 것이 틀림없다. 그가 아니면 도저히 할 수 없는 일을 마침내 해낸 것이다. 공보험까지 도입했더라면 완벽한 개혁이 되었을 것인데, 절반의 개혁에 그친 것이 아쉽다.

이제 미국은 민간의료보험이라는 새로운 유형의 모형을 가지고 전국민을 대상으로 거대한 실험을 시작한 것이다. 만일 이 실험이 성공한다면 우리나라를 비롯하여 이미 사회보험제도로 건강보험을 시행한 나라들에게 큰 영향을 미칠 것이다.

만약 이 실험이 성공하지 못한다면 아마도 미국은 공보험이라는 또 하나의 어려운 숙제를 해결하지 않으면 안 될 것이다. 아마도 그 때는 지금보다도 훨씬 어려운 고개를 넘어야 할 것이다. 속단은 이르지만 아마도 미국에게 또 하나의 고개가 기다리고 있을 듯싶다.

(경기복지재단, webzine, 2010. 4)

한국 사회복지의 장래에 관한 상념

나는 며칠 전 한국보건사회연구원이 주최하는 아시아 10개국의 사회보장제도에 관한 국제심포지엄에 참석하여 토론을 주재하는 좌장(座長)을 맡아 보았다. 동북아시아에서 한국, 일본, 중국, 대만의 대표와 동남아시아에서 말레이시아, 인도네시아, 태국, 필리핀, 베트남, 싱가포르의 대표가 참석하여 각기 자기 나라의 제도를 소개하고 향후 발전방향을 토론하는 의미 있는 자리였다.

이들 나라들의 상황을 종합해 보면, 사회보장제도의 발전 수준은 그 나라의 경제발전 수준과 관련이 있기 때문에 아시아권에서는 단연 일본이 가장 앞서 있으며 그 뒤를 한국, 대만이 뒤따르고 있고, 중국과 동남아시아 국가들은 아직 초보적인 단계에 머물고 있다.

일본은 이미 1961년에 연금제도와 의료보험제도를 전 국민에게 적용하여 우리나라보다 30~40년 정도 앞서 있고 그 혜택(보장성)의 수준도 우리보다는 훨씬 높은 편이다. 다만 모든 국민을 하나의 제도로 통합하여 적용치 못하고 분립적인 조합방식을 택하여 국민 간에 차등이 있는 것이 문제로 지적되고 있다. 이는 독일의 비스마르크형의 사회보험제도를 그대로 도입한 결과이며 이미 제도를 시행한 지 오래되어 제도가 뿌리내려 있기 때문에 제도의 개혁이 거의 불가능한 상태이다.

한국은 이웃 나라 일본 덕에 비교적 손쉽게 제도를 도입할 수 있었다. 우리나라는 대체로 일본과 사회시스템이 비슷하기 때문에 일본 제도를 거의 그대로 카피(copy)하다시피 하였다. 다만 일본 제도의 문제점을 미리 파악하여 처음부터 조금 달리 카피하거나 시행 후 제도를 개혁하여 문제점을 개선할 수 있었다. 그러기에 한국의 제도는 일본보다는 조금 더 통합적이며 평등 지향적인 것으로 평가되고 있다. 한국은 1989년에 의료보험제도를, 1999년에 국민연금제도를 전국민에게 적용하였지만, 그 혜택의 수준, 즉 질적인 면에서는 아직 매우 미흡하다.

대만은 우리나라보다 다소 늦은 편이다. 의료보험제도는 1995년에 전국민에게 적용하였으나 연금제도는 아직 일부 국민에게만 적용하고 있다. 대만 대표는 "우리는 한국이 가는 길만 따라가면 된다. 왜냐하면 한국이 일본의 문제를 피해서 가고 있기 때문이다."라고 농담처럼 말하고 있었다.

중국은 과거 사회주의 시절에는 주민의 생계, 의료문제 등을 정부에서 배급하는 사회주의 방식으로 해결하려고 했다. 그러나 그 분배의 수준은 매우 낮은 수준이었다. 1970년대 말 개혁·개방 이후 자본주의 식의 사회보장제도를 시작하였으며, 최근 급속한 경제성장에 따라 사회보장제도에도 큰 발전을 보이고 있다. 특히 경제발전이 활발한 상해, 광동 등 동부와 남부 연안의 대도시 지역에는 사회보험

방식의 연금제도와 의료보험제도 등이 폭넓게 시행되고 있으며 그 적용인구의 규모도 매우 큰 편이다. 그러나 중국은 워낙 국토가 넓고 인구가 많기 때문에 농어촌 지역과 중·서부의 내륙 지역에는 아직 제대로 된 제도를 시행할 여건이 되어 있지 않은 상태이다.

동남아시아의 여러 나라들도 아직 제대로 된 사회보장제도를 시행하지 못하고 있다. 일부 경제적으로 능력 있는 계층에 국한하여 부분적으로 사회보험 방식 또는 개인구좌에 개별적으로 적립하는 방식으로 소득, 의료의 문제를 해결하는 수준이다. 대다수의 국민들을 위해서는 아직 아무런 대책이 없는 것이다. 현재로서 이들 나라의 복지 현안은 태풍, 쓰나미 등 자연재해가 닥쳤을 때에 재난을 당한 국민들을 구제하는 문제 등 가난구제가 급선무로 되어 있다.

특이하게도 싱가포르는 국가주도의 경제체제를 유지하면서도 복지문제는 완전한 자유주의 방식을 택하여 서구식의 사회보장제도를 시행치 않고 있다. 소득과 의료의 문제를 개별적으로 적립하는 개인구좌 또는 저축구좌에 의하고 있어 개인의 능력에 따라 차등이 심하고 소득재분배 장치가 전혀 없다.

이들 동남아 국가들은 한국의 사회보장제도 발전에 경탄을 금치 못하고 있으며 한국의 경험을 배우고자 하는 열의가 매우 크다. 왜냐하면 일본은 그들에게 너무 멀리 가 있어 감히 따라 갈 엄두가 나지 않는 것이다.

이들 나라들에게는 한국이 선망의 대상이 되고 있지만, 우리나라는 아직 복지 선진국이라고 할 수는 없다. 아직도 가야 할 길이 많이 남아 있는 것이다. 더구나 우리가 가야 할 앞길에는 난제가 산적해 있다. 그러니 이제부터가 문제인 것이다.

일부 정치권 인사들은 '무상급식이다, 무상보육(탁아)이다.' 하고 포퓰리즘적인 구호를 쏟아 내고 있다. 이런 사업의 시행에는 엄청난 재정이 소요되는데 그들은 재원부담 문제는 일체 언급이 없다. 표를 의식하여 인기 발언만 하고 있는 것이다. 한편으로 국민 일반의 의식 수준은 아직 신자유주의적 사고에 젖어 있다. 사회보장을 제대로 하려면 부담(세금, 보험료)을 제대로 해야 하는데 부담을 늘리는 것은 극구 반대하고 있다. 그러니 여기에 우리나라 사회보장 발전에 딜레마가 있는 것이다.

　문제를 더욱 심각하게 하고 있는 것은 우리 사회에 일찍이 찾아온 저출산·고령화 현상이다. 현재 출산율은 1.2 수준을 밑돌고 있어 결혼한 한 쌍의 부부가 아이를 1명 정도밖에 낳지 않으니 장차 국력의 쇠퇴가 불을 보듯 뻔하다. 노인인구는 이미 10%를 넘어 섰으며 앞으로 15년 후에는 20%를 넘어 초고령사회가 된다. 그러니 이 노인인구를 부양하는 것이 큰 문제가 아닐 수 없다. 이러한 상황에서 사회보장제도의 발전을 기대하는 것은 어려운 일이다.

　지금 복지문제에 있어서 가장 중요한 문제는 젊은이들로 하여금 아이를 낳게 하는 문제이다. 프랑스, 스웨덴 등 유럽 선진국들이 이미 이 문제로 홍역을 치른 바 있으니 그들의 경험을 거울삼아 거국적으로 나서야 할 일이다.

　이 문제를 해결하는 데에는 무엇보다도 학교교육의 정상화가 중요하다. 현재처럼 공교육이 부실하고 사교육비 부담이 커서는 문제가 해결되지 않는다.

　다음으로는 아동의 양육부담을 덜어 주어야 한다. 아동의 양육을 개인적인 차원에서 부모(시부모 또는 친정부모)에게 의존토록 해서는 문제가 풀리지 않는다. 이를 공적인 제도에 의하여 국가가 책임지도록 해야 한다. 즉, 보육(탁아)사업을 국가의 재정부담으로 하여 소득수준을 불문하고 모든 가구의 아동을 국가가 키워주는 체제가 되어야 한다. 이것은 바로 스웨덴 등 북구의 모델이다.

이 모델에 대하여는 우리의 이념체제에 맞지 않는다거나 그 막대한 재정부담을 감당키 어렵다는 반론도 만만치 않을 것이나, 국가가 만난을 무릅쓰고 이 사업을 시작해야 한다고 본다. 저출산 문제는 지금 대처하지 않으면 나중에 크게 낭패를 보게 될 국가적인 중대사인 것이다. 일시에 시행하기는 어려울 것이니 국민의 부담능력 등을 고려하여 단계적으로 시행해 나가는 지혜를 짜내야 한다. 저소득층에 먼저 시행하고 점차 중산층 이상으로 확대해 나가는 방안을 고려할 수 있을 것이다. 지금 정작 중요한 것은 무상급식이 아니라 아이를 낳게 하고 제대로 키우는 문제인 것이다.

나는 국제심포지엄의 좌장을 맡아, 한편으로는 우리나라 사회보장제도 발전에 뿌듯한 자부심을 느끼면서도, 다른 한편으로 우리나라 사회보장의 장래가 결코 밝지만은 않다는 점에 안타까운 마음을 가지고 앉아 있었다.

(jego.net , 2010. 11. 27)

노인들이 행복하지 않다

우리나라 노인의 자살률이 OECD 회원국 중 가장 높은 것으로 나타나고 있다. 2007년 한 해 동안 65세 이상 노인의 자살률은 노인 인구 10만 명당 73.6명으로 구미(歐美) 선진국에 비하여 두세 배나 높다. 성별로는 남성노인이 여성노인에 비하여, 특히 홀로된 남성노인의 자살률이 높다. 자살의 주된 요인은 건강악화와 우울증이며, 특히 도시 저소득층 노인의 자살 가능성이 높은 것으로 나타나고 있다. 이는 우리나라 노인들의 노후가 결코 행복하지 않다는 것을 말해 주고 있는 것이다.

흔히 노인이 되면 네 가지의 고통, 즉 4고(四苦)를 겪게 된다고 한다. 빈곤, 질병, 역할상실과 소외 그리고 고독이 그것이며 이것이 바로 노인문제의 원인인 것이다.

이 중 빈곤문제가 가장 중요하다. 노후의 소득보장을 위한 기본적인 제도인 국민연금제도는 실시된 지 일천하여(1988) 아직 연금을 받는 사람의 수가 많지 않고 지급액도 많이 받는 사람이라 해도 100

만 원 정도에 불과하다. 현재 제대로 연금을 받고 있는 사람은 국민연금, 공무원연금, 군인연금, 사학연금을 모두 합쳐서 노인인구의 약 18%밖에 되지 않는다. 정부가 빈곤층에게 생계비를 지급하는 기초생보대상은 노인인구의 약 7.5%이다. 그러니 정부의 사회보장제도를 통해 혜택을 보는 대상은 노인인구의 4분의 1에 불과하고 나머지는 제도적인 대책이 없었다.

이 공백을 메우기 위해 급조한 것이 2008년에 시행된 기초노령연금제도인데 소득액 기준으로 하위 70%에 해당하는 노인에게 정부 재정으로 월 9만 원을 주고 있으니 부실하기 짝이 없다. 이러한 결과로 현재 노인가구의 35%가 절대빈곤가구에 속하고 있어 노인가구의 약 3분의 1이 기초적인 생계유지가 어려운 실정이다.

이 중에 국민연금제도를 보면, 2007년 노무현 정부 시절에 기금 고갈(그 당시 2047년 고갈 예상)을 우려하여 보험료는 올리지 않고 노후연금의 급여수준만 대폭 깎아 내리는 개혁을 단행하여 반쪽 연금이 된 상태이다. 개정 전의 연금급여 수준(40년 가입자에게 본인의 종전 월급의 60%를 연금으로 지급)을 유지하려면 보험료는 현행 9%에서 15% 수준까지 장기간에 걸쳐 서서히 인상시켜야 하는데, 선거에서 표를 잃을 것을 고려하여 보험료는 9%를 그대로 두고 급여수준만 2028년까지 단계적으로 종전 월급의 40%로 낮추어 버린 것이다.

이는 이미 연금을 타거나 가까운 장래에 연금을 타게 될 노인들이 아직은 많지 않아 반대세력이 형성되어 있지 않으니 이 틈을 이용하여 선수를 친 셈이다. 그러나 실제로는 가입기간이 40년이 되기는 쉽지 않을 것이니 지급액은 40%도 되지 않을 것이고, 이 수준으로는 노후의 생활보장이 될 수 없다. 그러니 이 국민연금제도는 장기적으로 볼 때 근본적으로 재개혁을 해야 한다.

　그러나 문제는 우리나라가 저출산·고령사회가 되고 있다는 점이다. 우리나라는 세계에서 고령화 속도가 가장 빠른 나라이다. 이미 2000년에 고령화 사회(노인인구 7%)를 넘어섰으며 2018년에는 고령사회(14%), 2026년에는 초고령사회(20%)에 진입할 것으로 전망되고 있다. 현재의 추세가 지속될 경우 2050년경이면 노인인구의 비율이 37.3%로 세계 최고수준에 이를 전망이다.

　반면에 출산율은 1983년에 인구대체수준(2.1) 이하로 하락한 이래 2001년부터 초저출산사회가 되어 현재 출산율은 1.2 수준에 머물고 있다. 이러한 저출산·고령화의 결과로 앞으로 노인부양 문제는 심각한 어려움을 겪게 될 것이 분명하다.

　현재는 생산가능인구(15~64세) 6.6명이 노인 1명을 부양하지만 2030년에는 2.7명, 2050년에는 1.4명이 노인 1명을 부양하게 되어 젊은이들의 보험료 부담이 크게 늘게 될 것이다. 이미 초고령사회가 되어가고 있는 선진국에서는 연금보험료가 20%를 넘지 않게 하는 것이 초미의 과제로 되어 있다. 그러니 이대로 가면 우리나라도 사회보장제도(국민연금)에 의하여 노후의 소득을 보장하는 일이 위기에 처할 가능성이 크다.

　다음에 의료문제를 보면, 우리나라는 건강보험제도가 비교적 잘 되어 있어 다행으로 생각한다. 국민연금과 달리 건강보험에는 모든 국민이 빠짐없이 가입하고 있어 노인들도 건강보험은 필수로 알고 있다. 다만, 제도를 입안할 당시 적용확대를 용이하게 하기 위해 보험료 부담을 낮게 하고 치료시의 본인부담을 높게 한 것이 문제이다.

　앞으로 이 본인부담의 수준을 낮추어 정작 치료시에는 부담을 느끼지 않도록 하는 것이 사회보장의 취지에 맞는 것이다. 특히 진료비가 많이 드는 암 등 중증 질환과 고혈압, 당뇨병 등 만성(慢性) 질환, 치매, 중풍 등 노인성 질환에 대하여는 본인부담율을 낮추어 노인들이 돈이 없어 필요한 치료를 받지 못하는 경우가 생기지 않도록 해야 한다.

우리나라 의료의 질적 수준은 비교적 괜찮은 편이기는 하지만 아직은 미국 등 선진국에 비하여는 떨어지는 수준이다. 이제는 보험료 등 비용을 조금 더 부담하더라도 의료의 질을 생각할 때가 되었다. 이미 노인인구 10%가 건강보험재정의 약 30%를 쓰고 있고 앞으로 고령화의 진전에 따라 노인의료비가 크게 늘어나 건강보험의 재정안정이 위협 받게 되는 상황에서 매우 어려운 일이기는 하지만, 의료의 질적 향상은 우리가 풀어야 할 또 하나의 숙제인 것이다.

노인의 의료문제에 있어서 건강수명(disability adjusted life expectancy)이 중요하다. 건강수명이란 전체 평균수명에서 질병이나 부상으로 고통 받는 기간을 제외한 건강한 삶을 유지한 기간을 말한다. 우리나라 국민의 평균수명은 2008년 현재 80.1세(남자 76.5세, 여자 83.3세)로 선진국 수준이 되었지만 건강수명은 68.6세(남자 67.5세, 여자 69.6세)에 그치고 있다. 이웃 나라 일본의 경우에는 평균수명이 82.6세인데 건강수명은 75.0세이다. 질병으로 고통 속에 사는 후기노령(後期老齡)의 기간이 우리는 일본보다 7년 일찍 시작하고 그 기간이 길다(우리는 12년, 일본은 7년)는 것을 알 수 있다.

그러니 장수하는 것도 좋지만 건강하게 장수하는 것이 중요하다. 이 건강수명을 높이기 위해서는 장년기부터 건강관리를 생활화해야 한다. 일본의 경우 건강수명이 높은 것은 개개 국민의 식생활 등 섭생(攝生)의 영향이기도 하지만, 40세부터 모든 국민을 대상으로 성인병을 예방하고 질병의 조기발견·조기치료를 위해 건강수첩의 교부, 건강검진, 건강상담, 건강교육 등을 국가(시·정·촌)가 직접 실시해 온 결과로 본다.

노인의 역할상실과 소외 그리고 고독의 문제도 매우 중요하다. 우리나라는 퇴직 후에 다른 사회적 역할이 개발되어 있지 않은 노인이 많고 오늘날 핵가족화로 가족으로부터도 소외되어 고독감을 느끼는 노인이 많다. 이 고독감이 심해지면 우울증으로 발전하고 노인자살의 원인이 되는 것이다.

퇴직 후의 사회적 역할과 관련하여, 우리나라는 아직 노인의 자원봉사활동이 체계화되어 있지 못하다. 봉사할 수 있는 능력과 의지가 있는 노인들이 부담 없이 쉽게 접근할 수 있도록 봉사자의 등록·교육·배치·사후관리를 체계적으로 담당하는 기관이 지방자치단체 단위에 민간기관으로 설치되어야 한다. 현재는 관(官) 주도로 되어 있어 활성화되지 못하고 있다. 앞으로 국민 누구나 쉽게 접근할 수 있는 국민운동이 되어야 한다.

내가 살고 있는 분당에는 최근에 노인종합복지관이 설치되었다. 일전에 나는 이 복지관을 가보고 그 시설과 프로그램이 선진국 수준임을 발견하고 놀라움을 금치 못했다. 프로그램도 다양하고 방마다 노인들이 가득차 그 열기가 대단했고 오히려 시설이 좁다는 느낌이 들 정도였다. 약 20년 전 내가 보건복지부에 있을 때 미국의 노인복지관(senior center)을 가보고 우리나라에 언제 이런 시설이 설치될 수 있을까 선망의 눈으로 보았는데, 이제 격세지감(隔世之感)이 느껴진다.

분당은 비교적 유복(裕福)한 노인들이 많이 살고 있어 이런 선진적인 노인복지관이 설치될 수 있는 여건이 좋은 지역이기는 하지만, 다른 지역에도 이런 좋은 시설이 고루고루 설치되어 노인들의 여가 활용과 소외감 해소에 도움이 되었으면 좋겠다.

노후에는 자녀 등 가족과 잘 지내는 것이 무엇보다 중요하다. 아무리 사회보장제도가 잘 되어 있어 소득과 의료문제 등에 걱정이 없다고 하더라도 가족과 멀어지면 소외와 고독감을 느끼게 된다. 오늘날 핵가족이 일반화되어 자녀와 동거가 어렵고 또한 자녀와 동거하는 것이 결코 바람직하지도 않다. 그러니 '근거리에 살면서 자주 만날 수 있는 것(intimacy at a distance)'이 노후에 행복하게 사는 방법인 듯하다.

노인들이 행복한 사회. 은퇴 후에 노인들이 아무 걱정 없이 평안하게 노후를 즐기며 여유롭게 사는, 그런 사회가 어서 오기를 꿈꾸어 본다. 이것이 우리의 삶의 목적이며, 이게 바로 복지국가인 것이다.

(경기복지재단, webzine, 2010. 10)

장애인에 대한 시각

내가 보건사회부 소속기관인 국립사회복지연수원장을 할 때다. 어느 날 원장으로서 특강(特講)을 마치고 강의실을 막 나서려는 순간 교육생 두 사람이 다가왔다. 그들은 대뜸 "원장님, 강의 중에 맹인(盲人)이라는 표현을 쓰시던데 원장님이나 되시는 분이 그런 표현을 쓰시면 안 됩니다."하고 항의 조로 말하는 것이다.

나는 얼른 그들의 얼굴을 쳐다보니 앞을 보지 못하는 사람들이었다. 나는 순간 당황해서 "그럼 뭐라고 해야 하지요?" 물었더니, "시각장애인이라고 하세요."라고 말하며 그들은 물러갔다. 맹인이라는 표현이 그들에게 모욕감을 주었던 듯하다. 나는 그때 '명색이 복지분야에 종사한다는 사람이 장애인에 대한 호칭 하나 제대로 못 쓰니 되겠나.'하고 반성하였다.

이처럼 우리가 무의식 중에 쓰고 있는 장애인에 대한 호칭 중에는 장님, 벙어리, 귀머거리, 불구자 등 그들의 신체적 약점을 그대로 지적하는 경우가 있어 그들이 마치 무엇인가 모자란 사람으로 보는 부정적 시각이 깔려 있는 것이다.

과거에 우리가 어릴 때만 해도 집안에 장애인이 있으면 그것이 밖으로 알려질까 봐 감추려고 했던 시절이 있었다. 특히 정신장애인이 있으면 '정신병자'라고 해서 집안에 혼인줄 막힌다고 그걸 숨기려고 하였다. 오늘날 장애인에 대한 인식이 예전보다 많이 좋아졌다고는 하지만, 아직도 종전부터 가지고 있었던 부정적 편견에서 완전히 벗어나지는 못하고 있다.

오늘날 전체 장애인의 약 90%는 교통사고, 산업재해 등 후천적 요인에 의하고 있음을 볼 때, 우리는 누구나 뜻하지 않게 장애인이 될 가능성을 가지고 있는 것이다. 그러므로 장애인 문제는 이제 나와는 상관없는 남의 일이 아니라 바로 우리들의 일인 것이다.

우리나라는 1980년대에 들어와서야 비로소 장애인 복지정책을 본격적으로 추진하기 시작하였다. 국제연합(UN)이 1981년을 '세계 장애인의 해'로 선포하면서, 그 영향으로 1981년에 장애인복지법이 제정되었다. 그리고 1988년에 '세계 장애인 올림픽'이 우리나라에서 개최됨으로써 국민들의 장애인에 대한 인식개선의 계기가 되었다.

그러나 아직도 우리나라의 장애인의 인정 범위와 장애인에 대한 기본 시각은 선진국의 국제적인 수준에 훨씬 못 미치고 있다.

우리나라는 정부에서 인정하는 장애인의 범위가 2000년 이전에는 지체(肢體)장애, 시각장애, 청각장애, 언어장애 그리고 정신지체(遲滯)의 5종으로 구분되어 주로 외부의 신체적 장애만을 장애인으로 인정함으로써 인구의 2.35%(1995년 기준)에 불과하였다. 2000년부터는 내부적 장애(중증의 신장장애와 심장장애) 및 정신장애(정신분열증 등)가 추가되어 인구의 3.09%(2000년 기준)로 늘어났다. 그 후 다시 2003년에 중증의 호흡기장애 · 간기능장애 · 간질장애 · 안면장애(추형) 등이 추가되어 4.59%(2005년 기준)를 장애인으로 인정하고 있다.

　그러나 이는 어디까지나 장애인의 인정기준을 장애인 본인의 신체적 · 정신적 결함 자체에 초점을 맞추어 의학적 기준에 의하여 판단하는 것으로서, 종래부터 가지고 있었던 '장애인은 무언가 부족한 사람'으로 보는 부정적 시각을 아직도 벗어나지 못하고 있음을 의미한다.

　오늘날 선진국에서의 장애인 복지의 기본이념은 이른바 '정상화(normalization)의 원리'라는 것이다. 이 원리에 의하면 '정상적인 사회는 정상적인 사람들로만 구성된 사회가 아니라 장애인이 일정한 비율로 정상적인 사람들과 섞여 더불어 사는 사회이기 때문에, 장애를 가진 사람을 장애인으로 취급하는 것이 아니라 한 사람의 인간으로서 정상적인 생활을 누리도록 생활환경을 조성해 주어야 한다.'는 이론이다.

　이렇게 함으로써 장애인은 종전처럼 사회에서 분리되는 것이 아니라 사회의 주류(主流)로 통합되는 것이며, 장애인의 '완전한 참여와 평등'이 보장되는 사회가 되는 것이다. 즉, 장애인은 일반사회에서 함께 살아가는 동반자가 되는 것이다.

　그러므로 장애인의 범위를 결정하는 데 있어서도 신체적 · 정신적 손상 여부와 관계없이 독립된 개인으로서의 역할을 제대로 수행하지 못하는 사회적인 활동제한(activity limitation) 또는 참여제약(participation restriction)이 있느냐 여부에 의하여 판단하고 있다.

　즉, 본인 자신의 신체적 · 정신적 결함 자체에 초점을 맞추는 것이 아니라 본인을 둘러싼 환경과 관련하여 사회활동을 하는 데 제약

이 있느냐를 보는 것이다. 이렇게 사회적 활동능력, 예를 들면 노동능력이 감퇴된 자 또는 일상생활 활동에 제한을 받고 있는 자를 장애인으로 보고 있어 장애인의 비율이 높게 나타나고 있다(미국 19.3%, 영국 19.7%, 스웨덴 20.6%, 호주 12.8% 등). 세계보건기구(WHO)도 이러한 입장에서 장애인 인구의 비율을 약 10% 수준으로 할 것을 권고하고 있다.

이러한 관점에서 장애인을 위한 복지서비스도 장애인이 불쌍해서 시혜(施惠) 차원에서 베푸는 것이 아니라, 장애인이 사회의 일원으로 정상적으로 활동할 수 있도록 생활상의 불편을 덜어주는 차원에서 하나의 당연한 권리로서 인정하고 있는 것이다.

구체적인 장애인 복지시책을 보더라도, 장애인을 별도로 분리하여 대책을 세우는 것이 아니라 일반인과 같이 통합하여 일반사회 안에서 함께 생활하도록 하고 있다. 예를 들면, 교육문제에 있어서도 장애아동을 위한 별도의 특수학교 · 특수학급을 설치(특수교육 체제)하기보다는 일반학교 · 일반학급에서 함께 교육(통합교육)하는 것을 지향하고 있다. 또한 취업이나 교통수단 이용에 있어서도 일반인과 함께 하는 것을 지향하고 있다(예: 일반 시내버스에 장애인을 위한 리프트 설치).

이와 같이 장애인이 일반사회에서 함께 정상적으로 생활하려면 이들의 활동에 물리적 제한을 가하는 각종 장애물을 제거해 주어야 한다. 이를 위한 시설이 바로 '장애인을 위한 편의시설'로서 경사로, 장애인 주차장, 엘리베이터, 보도블록 등을 장애인이 많이 이용하는 공공시설 등에 의무적으로 설치토록 하고 있다.

그러나 보다 중요한 것은 이러한 물리적 시설보다도 가정, 학교, 직장, 지역사회의 구성원들이 가지고 있는 장애인에 대한 기본적인 시각인 것이다. 장애인을 '무언가 부족한 사람'으로 보는 부정적 인식이 개선되지 않는 한, 장애인이 사회의 주류로 통합되어 정상적으로 살아 갈 수는 없는 것이다.

내가 사는 아파트에는 바로 현관 앞 가장 좋은 자리에 장애인 주차장이 딱 한 면 마련되어 있다(사실은 더 많아야 한다). 그 자리에는 장애인 차량이 주차되어 있는 경우가 드물다. 그 자리가 비어 있으면 아파트에 사는 사람들이 무심코 주차를 하고 있다.

내가 아파트 경비 아저씨에게 "왜 장애인이 아닌 사람이 주차하도록 내버려 두느냐."고 따지면, "아파트에 사는 분이 주차하는데 제가 어떻게 막습니까." 하고 오히려 내게 사정을 한다. "이 아파트에 장애인이 없더라도 외부에서 오는 손님이 장애인일 수도 있는데, 이 자리는 늘 비워두어야 하는 거요."라고 말하지만, 이는 거의 지켜지지 않고 있다. 이게 바로 우리의 장애인에 대한 시각의 현주소인 것이다.

장애인은 신체적 · 정신적으로 결함이 있는 불쌍한 사람이 아니라, 세상을 살아가는 데 많건 적건 불편한 점이 있는 사람인 것이다. 이들이 불편 없이 세상을 살아갈 수 있도록 인적 · 물적 환경을 개선해 주는 것이 장애인 복지의 기본적인 방향인 것이다. 이러한 입장에서 정부도 장애인의 인정범위를 대폭 확대해 나가야 하며, 국민들도 장애인을 보는 시각을 바꾸어 나가야 한다. 이것이 바로 선진국이 되는 지표(指標)의 하나인 것이다.

(jego.net, 2009. 11. 27)

국민연금기금이 고갈된다면

앞으로 국민연금기금이 고갈되면 노후에 연금을 제대로 받지 못할 것이 아닌가 하는 걱정은 오래 전부터 있어 왔다. 이는 국민연금 제도의 구조가 보험료로 낸 것에 비하여 연금급여의 수준이 너무 높게 책정되어 재정적으로 적자가 나도록 되어 있기 때문에 기금이 고갈될 수밖에 없다는 것이었다.

이러한 문제를 해소하기 위해서는 제도를 근본적으로 개혁하여야 한다는 목소리가 높아 마침내 2007년 노무현 정부 시절에 국민연금법을 개정하기에 이르렀다. 그러나 이 법 개정은 미봉책에 그쳐 문제를 완전히 해소하지 못하였다.

2007년 법 개정 전의 제도에 의하면, 노후연금의 급여수준은 평균적으로 보아 40년간 보험료를 납부한 사람의 경우 본인의 퇴직 전 소득의 60%를 지급하도록 되어 있었다. 이는 가입기간 1년당 1.5%를 보장하는 수준이다.

이 수준의 연금급여를 지급하려면 계산상 보험료를 14~15%는 받아야 하는데 보험료는 9%에 불과하였다. 그러니 보험료를 5~6% 덜 받는 셈이다. 이것이 장기적으로 볼 때 재정적자의 원인이었다.

그러면 왜 제도를 이렇게 적자가 나는 구조로 만든 것인가? 당초 국민연금제도를 입안할 당시 고려한 점은, 보험료의 수준과 급여 수준은 서로 연계(match)되게 해야 하지만 처음부터 보험료 수준을 높게 할 경우 제도에 대한 거부감으로 제도의 도입과 확대가 어렵다고 보아 초기 가입자에게 보험료 부담을 낮게 해 준 것이다.

또한 이 초기 가입 세대는 그 동안 우리나라의 경제발전에 기여하였으며 그동안 가정 내에서 부모를 부양해 왔고 또한 본인 스스로의 노후도 책임져야 하는 이중적인 부담이 있는 세대임을 감안하여 일종의 특혜를 준 것이라고 볼 수 있다.

민간 보험회사가 운영하는 생명보험의 경우는 이런 구조로 만들 수는 없다. 재정적으로 엄격한 수리(數理) 계산에 의하여 적자가 나지 않도록 해야 하기 때문에 처음부터 보험료를 높게 하고 본인의 희망에 따라 가입하는 방식에 의한다.

이에 반하여 사회보험제도는 소득이 있는 사람은 가입이 강제되고 또한 세대를 이어서 가입자가 계속하여 신규로 들어오게 되어 있으므로 엄격한 수리계산을 하지 않아도 되고 부족분은 나중에 후세대가 부담할 수 있음을 고려한 것이다. 그러나 장기적으로 볼 때에는 재정적자가 나서는 안 되므로 언젠가는 제도를 근본적으로 개혁하여 항구적이고 정상적인 체제로 전환해야 함은 물론이다.

과거 전통사회에서는 노후의 부모는 자녀가 가정 내에서 부양함이 원칙이었다. 그러나 사회가 현대화됨에 따라 이제는 가정이 모두 핵가족화 되고 가정 내에서 부모를 부양할 수 없는 사회가 된 것이다. 그러니 이제는 연금제도에 의하여 제도적으로 후(後)세대가 전(前)세대를 부양하도록 의무화한 것이다.

그러므로 전세대가 보험료를 조금 덜 부담한 부분에 대해 후세대가 나중에 부담을 조금 더 할 수도 있고 또 이 후세대에 대하여는 다시 그 다음에 오는 세대가 책임을 져야 하는 것이다. 즉, 세대 간의 부양책임의 이전이라고 할 수 있다.

2007년 법 개정에 의거 연금급여 수준은 40년 가입자의 경우 본인의 종전 소득의 60%에서 40%로 대폭 낮추어 버렸다. 2009년부터 매년 0.5% 씩 낮추어 2028년에 40%가 된다. 보험료는 현행 9%에서 점차 높여 가야 하지만 정치인들이 젊은이들의 표를 의식해서 손대지 않고 그대로 두었다. 반면에 아직은 연금을 받거나 가까운 장래에 연금을 받게 될 노인들이 많지 않으니 노인 파워가 형성되기 전에 급여수준을 낮추어 버린 것이다.

그러나 이 수준의 연금액으로는 노후생활을 유지하기 어렵게 되었다. 40년 가입에 40%이면 1년당 1%인데, 실제로는 40년을 가입하기 어렵기 때문에 실제 연금액의 수준은 30% 남짓에 불과할 것이다. 유엔(UN)의 사회보장 전문기구인 국제노동기구(ILO)가 권장하는 수준은 40년 가입시 60%인데, 이 법 개정에 의해 노후의 생활보장은 포기한 것이나 다름이 없게 되었다. 그러니 국민연금제도는 앞으로 장기적인 관점에서 다시 개혁하여야 한다.

어쨌든, 앞으로 국민연금기금은 엄청난 규모로 적립되게 되어 있다. 초기부터 보험료를 14~15%를 받았으면 완전 적립방식이 되겠지만, 9%씩 받는 것은 수정 적립방식이라 한다. 가입자가 가입 즉시 연금을 받는다면 적립금이 쌓일 수 없지만 최소한 10~20년 이상

가입한 후 노후가 되어야 연금을 받게 되므로 적립금이 쌓이게 된다. 적립금은 2010년 8월 현재 300조 원을 넘어 섰으며 이미 세계 4대 연금기금의 위상을 갖게 되었다.

그러나 2007년 개정된 법에 의하더라도 장기적으로 볼 때 기금의 소진은 면하기 어렵게 되어 있다. 기금의 소진 연도만 당초보다 다소 늦춰졌을 뿐이다. 2008년의 재정추계에 의하면 기금은 2043년에 2,465조 원으로 최고 적립에 이르지만 17년 후인 2060년이 되면 기금이 고갈된다고 한다.

약 50년에 걸쳐 적립한 돈이 17년 만에 바닥이 난다는 계산이다. 이미 우리나라는 저출산·고령사회가 되었으며 앞으로 이 현상은 더욱 심화되어 보험료를 내는 젊은이들은 줄어들고 연금을 받는 노인들의 비율이 높아져 연금지출이 크게 늘기 때문이다.

연금기금이 고갈되었다고 해서 연금지급을 중단해서는 안 된다. 국민연금제도는 국가가 연금지급을 법으로 보장하는 제도이다. 그러므로 기금이 고갈되는 시점이 되면 연금재원의 조달방식을 바꾸는 수밖에 없다.

적립금이 없어지면 그 해에 지급할 연금소요액 총액을 그 해의 연금가입자에게 보험료로 부과해서 이를 걷어 바로 연금으로 지급하는 방식, 소위 부과방식(pay-as-you-go)으로 바뀌게 된다. 그렇게 되면 가입자의 보험료 수준이 크게 높아지게 된다. 연금제도를 실시한 지 오래된 선진국들은 대부분 이미 적립금이 소진되어 오래 전부터 부과방식으로 운영하고 있다.

적립기금을 소진시키지 않고 오랫동안 유지되도록 한다는 것은 그만큼 후세대의 보험료 부담이 높아지는 것을 늦추어 준다는 의미가 있다. 그러므로 현재 9%로 되어 있는 보험료 수준도 지금 우리에게 적잖이 부담이 되고 이를 높일 경우 어려운 국민경제에 주름살이 가게 되는 것은 분명하지만, 앞으로 태어날 후세대들의 부담이 늘어나는 것을 고려한다면 이를 미리미리 조금씩 높여가야 한다. 후세대에게 너무 큰 부담을 넘겨서는 안 된다. 우리 세대의 문제는 우리가 스스로 해결하고 가는 자세가 필요한 것이다.

이미 연금제도를 시행한 지 오래되고 고령화가 크게 진행된 선진국들은 어떻게 하면 연금보험료의 수준이 20%를 넘지 않게 할 것인가로 고민하고 있다. 이미 보험료가 15%를 넘어선 나라들이 많고 머지않아 20%에 육박할 것이 예상되기 때문이다.

어찌 보면 우리에게는 남의 나라 이야기로서 아직은 실감이 나지 않지만, 현재 우리의 저출산·고령화의 수준으로 보면 우리도 머지않아 닥칠 것이 분명한 심각한 문제이다. 그러므로 연금기금의 고갈 걱정에 앞서, 보다 근본적인 문제인 저출산 문제에 대해 심각한 고민을 하고 대응책을 마련해야 할 시점이다.

이러한 저출산 현상이 계속되면 앞으로 국력의 쇠퇴는 물론 사회보장제도도 지속하기 어려워질 것이 예상된다. 국가는 물론 국민 각자도 개인적인 이해타산을 떠나 특단의 대책을 지금 강구하지 않으면 안 된다. 너무 늦으면 돌이킬 수 없는 후회를 남기게 될 것이다.

(2010. 9. 30)

4

공직과 명예

의료보험 확대의 뒷얘기

1983년 의료보험 통합논쟁의 파고(波高)가 보건사회부를 휩쓸고 지나간 후 나는 보험제도과장을 맡게 되었다. 이 파고는 그 당시 부 내에서 의료보험의 기존 체제(조합주의)를 고수하고자 하는 측이 이 체 제를 통합(통합주의)하여야 한다고 주장하는 측의 공무원들을 사소한 비리를 꼬투리로 잡아 공직에서 축출한 사건이다. 이렇게 쑥대밭이 된 자리에 장관(여성 장관이신 K 장관)은 나를 의료보험 정책의 주무과장 으로 발탁한 것이다.

그러나 그 당시 정작 중요한 과제는 의료보험의 통합 문제보다 는 의료보험의 확대 문제였다. 의료보험제도는 1977년에 도입되어 먼저 직장이 있는 사람(피용근로자)에게 적용되었으며, 문제는 이 제도 를 어떻게 농어민과 자영자(自營者)에게 확대 적용할 것인가가 중요한 과제였다.

의료보험카드를 가진 사람은 정부가 통제하는 의료보험수가가 적용되는데 비하여, 의료보험카드가 없는 사람은 비싼 일반수가를 내야하므로 농어민, 자영자 계층의 불만은 심각한 상황이었다. 일반 수가는 병·의원에서 마음대로 받을 수 있는 가격이기 때문에 의료보험수가에 비하여 보통 50~60% 정도 비쌌고 심한 경우는 세 배 정도를 받는 경우도 있었다. 그러니 농어민, 자영자에게 의료보험을 확대하는 문제는 그 당시 지상(至上)의 과제였다.

농어민과 자영자의 소득은 정확히 파악하기 어렵고 또한 보험료의 징수도 개별적으로 해야 하니 의료보험의 관리가 매우 어려운 것이다. 이들에 대한 의료보험 실시 방안을 모색하기 위해 지역의료보험 시범사업이 1981년부터 실시되었다. 우선 1981년에 세 개 군(홍천, 군위, 옥구군)에서 실시되고, 1982년에 세 개 시·군(강화, 보은군, 목포시)이 추가되었다. 이 시범사업은 말이 시범사업이지 엄청난 재정적자로 한 걸음도 앞으로 나갈 수 없는 절망적인 상황이었다.

부임하자마자 나는 우선 현황 파악을 위해 목포시 현장으로 달려 내려갔다. 다른 다섯 개 군 지역에 비하여 목포시의 상태가 가장 심각했다. 그 당시 시범사업에서 검증하고자 했던 점은 소득파악이 어려운 농어민과 자영자에게 어떻게 보험료를 부과하고 징수할 것인가 하는 문제와 정부재정의 투입 없이 소요액 전액을 가입자에게 보험료로 부담케 하여 재정을 꾸릴 수 있는 방안을 찾는 것이었다.

목포에 내려가 보니 보험료 징수율은 60% 수준이었고 의료보험 조합의 재정적자로 의료기관은 몇 달씩 진료비를 받지 못해 불평이었다. 주민들은 정부가 시범사업을 벌여 놓았으니 부족분은 당연히 정부가 보충해야 된다고 가는 곳마다 아우성이었다. 그 당시 목포는 정부정책에 대해 호의적인 지역이 아니었다. 그러니 이러한 여러 가지 요인이 복합적으로 작용하여 이 시범사업은 걷잡을 수 없는 상

황이었으니, 의료보험 확대 정책은 목포에서 그야말로 '목포의 눈물'
이 되고 있었던 것이다.

　주민들은 스스로 자립하고자 하는 생각도 의지도 없었으며 무
조건 정부가 해결해 내라는 것이었다. 나는 그들의 자립의지를 촉구
키 위해, "이 지역의료보험 사업에 대해서는 정부가 한 푼도 지원할
수 없으니 스스로 자립토록 해야 한다."고 선언하고 상경해 버렸다.

　귀경 후 나는 장관에게 즉각 현지의 상황을 보고했다. "내가 정
부지원은 한 푼도 할 수 없다."고 선언했으니 나에 대한 인신공격이
있을지도 모른다고 귀띔하면서, 빠른 시일 내에 근본대책을 만들겠
다고 보고했다.

　나의 예상대로 다음 날부터 나에 대한 인신공격이 여러 정보기
관을 통해 올라오기 시작했다. "보건사회부의 과장이란 자가 내려와,
자기가 무슨 정부의 대표인 양, 지역의료보험 사업에 대한 정부지원
은 한 푼도 없다고 떠들고 다니니, 이런 무책임하고 무례한 자가 어
디 있느냐. 앞으로 어떤 정부 정책에 대하여도 절대로 협조하지 않겠
다."고 하는 등 나 개인에 대한 공격은 물론 반정부적인 내용까지 포
함되어 있었다.

　이들 정보기관의 보고서는 청와대, 총리실 등 중요 정부기관의
책임 있는 인사들에게까지 보고되는 것으로 결코 무시할 수 없는 것
이다. 나는 은연중에 이 시범사업의 문제점을 정부 내의 중요한 정책
결정권자들에게 부각시켜 문제를 제기하고 싶은 생각도 있었던 것
이다.

　그리하여 '시범사업에 대한 종합대책'을 만들어 대통령(전두환)에
게 보고하였다. 보고내용의 초점은 시범사업에 정부재정을 투입하지

않으면 안 된다는 것이었다. 시·군별로 의료보험조합이 독립되어 있는 상황에서 조합의 재정이 적자가 나면 다른 방법으로 보충할 길이 없는 것이다.

그 당시 예산당국(경제기획원)은 의료보험 사업에 정부재정을 지원하기 시작하면 앞으로 의료보험이 확대되면 그야말로 막대한 금액이 소요될 것이므로 절대로 재정지원을 할 수 없다고 못 박고 있었다. 나는 궁여지책으로 우선 불을 끄는 게 시급하니 정부재정에서 조합에 돈을 꾸어주기(대여)라도 해야 한다고 예산당국을 물고 늘어져 가까스로 대통령의 결재를 받아낼 수 있었다.

이렇게 해서 여섯 개 시·군에 대한 지역의료보험 시범사업은 어렵사리 명맥을 유지한 채 계속될 수 있었다. 나는 과장으로 3년간 이 사업을 관리하면서 어느 정도 사업안정의 기틀을 마련해 놓은 후 다른 자리로 이동되어 짐을 벗게 되었다. 그러나 운명은 다시 나를 이 사업으로 불러들이고 있었다.

국장급으로 승진된 후 얼마 되지 않아 1987년 다시 의료보험국장으로 불림을 받게 된 것이다. 이번에는 실제로 이 사업을 전국의 모든 시·군·구에 확대해야 하는 임무가 부여된 것이다. 공직자는 본인의 호·불호(好·不好)에 상관없이 주어진 임무를 수행해야 할 책임이 있다. 그동안 여섯 개 지역에서 지엽적인 전투가 있었지만, 이제는 전국적인 차원에서 본격적인 전투가 예정되어 있는 것이다.

여섯 개 지역 의료보험조합의 재정은 조금도 호전되지 않은 상황이었고 그동안 정부에서 조합에 꾸어준 돈은 한 푼이라도 갚기는 커녕 눈덩이처럼 불어나고 있었다. 그러나 정치적인 공약은 1988년 농어촌에서, 1989년 도시지역에서 지역의료보험의 전면 실시를 선언하고 있었다.

여기에 상황은 더욱 악화되어 의료보험 통합논쟁의 2차 파고가 한층 거세게 밀어닥치고 있었다. 1988년 국회의 의석분포는 이른바 여소야대(與小野大)의 상황이었고, 야 3당(김대중, 김영삼, 김종필의 세 개 야당)은 의료보험의 통합을 밀어붙이고 있었다. 그러니 농어민과 자영자에 대한 의료보험의 확대를 기존 방식대로 조합방식으로 할 것인지 아니면 전국적인 통합방식으로 할 것인지가 당장 문제되는 것이다.

정치적인 쟁점으로 조합이냐 통합이냐는 정치인들이 싸우는 문제지만, 당장 의료보험의 확대를 위한 준비를 해야 하는 실무책임자로서는 어떤 방식으로 확대하느냐는 매우 중요한 문제이며 심각한 고민거리가 아닐 수 없었다. 어쨌든 법이 개정되기 전까지는 기존의 조합방식으로 확대 준비를 해나가는 모험을 할 수밖에 없었다.

그 당시 의료보험 통합논생은 정치적인 쟁섬이 되어 있었으므로 자칫하면 실무책임자인 국장에게도 그 책임을 물을 수 있는 중대한 사안이었다. 공직자로서 평생을 바치기로 작정한 나에게 그 책임을 물어 다른 자리로 좌천된다는 것은 불명예일뿐더러 앞으로 좀처럼 다시 만회하기 어려운 치명타가 되는 것이다.

그러나 정치인 출신으로 새로 부임한 M 장관은 나에게 "국장에게 정치적인 책임을 지지 않도록 막아줄 테니, 하늘이 두 쪽이 나는 일이 있더라도 모든 국민에게 의료보험을 확대하는 과제만은 꼭 성공하게 해 달라."고 나를 안심시키며 사업을 독려하였다. 나는 이 말을 듣고 용기백배하여 더욱 분발하게 되었다.

최종적인 확대모형은 시·군·구 지역의료보험 조합에 정부에서 재정지원을 35% 하는 것으로 결론이 났다. 재정의 대여는 임시적인 변통이지 영구적인 해결책이 될 수 없었기 때문이다. 정부에서 재정대여라도 해주지 않으면 안 된다고 예산당국에 유인책을 쓴 것이 결국 주효(奏效)했던 것이다. 이 정부지원 수준은 1987년 대통령선거 과정에서 여당이 표를 얻기 위해 50% 수준으로 즉각 변경되었다.

이런 우여곡절을 거쳐 1988년 7월 농어촌 지역에, 1989년 7월 도시지역에 의료보험이 전면적으로 확대 실시되었다. 1977년 의료보험을 실시한지 12년 만에 전국민을 질병의 고통으로부터 해방시키는 순간이 온 것이다.

이 과정에서 야 3당 주도로 통과시킨 의료보험통합 법안에 대해 1989년 대통령(노태우)이 거부권(veto)을 행사함으로서 M 장관은 거부권 행사에 따른 정치적인 책임을 물어 그 해 7월 중순 장관직에서 해임되었다. 장관은 자리를 떠나면서 나에게 "전(全) 국민 의료보험의 달성을 자신의 업적으로 만들어 준데 대해 감사한다."는 말을 남기고 홀홀히 자리를 떠났다.

그 이듬해(1990) 초에 나는 영국으로 1년간 유학을 떠나게 되었다. 영국에 가서 나중에 들으니 1990년 정부포상에서 후임 의료보험국장이 '의료보험확대 유공자'로 훈장을 받았다고 한다. 그러니 '재주는 곰이 넘고 돈은 되놈이 챙긴다.'고, 나는 그저 곰이 된 것이다.

(jego.net, 2009. 9. 9)

국민연금 확대의 뒷얘기

　내가 국민연금과 인연을 처음 맺게 된 것은 1970년대 말 미국에서 유학할 때이다. 그 당시 우리나라는 이미 1977년부터 의료보험제도를 실시하였으므로, 앞으로 새로이 실시하게 될 것은 연금제도라고 보고 이 제도에 대해 깊은 관심을 가지게 되었다.

　원래 우리나라는 연금제도의 실시를 위해 1973년에 국민복지연금법이 제정된 바 있으나, 그해에 갑자기 밀어닥친 오일쇼크(oil shock)로 인하여 그 실시가 무기한 보류된 상태였다. 그래서 나는 〈선진국 연금제도의 비교연구〉라는 주제로 선진 각국의 제도 내용과 발전과정 등을 비교적 심도 있게 분석·연구하였다.

　1981년 귀국에 앞서 나는 보건사회부 장관(C 장관)에게 '연금제도에 대해 관심 있게 공부하였다.'는 내용의 사신(私信)을 보냈다. 그랬더니 1981년 귀국하자마자 장관은 나에게 연금기획과장을 맡기며 그동안 실시가 보류되어 있는 연금제도의 실시방안을 마련토록 지시하였다. 1973년에 제정된 국민복지연금법은 그동안 아무도 돌보지 않고 방치되어 거의 사장(死藏)되다시피 되었고 이미 여건과 환경이 크게 바뀌어 그대로 시행할 수는 없는 상태였다.

그 당시에는 우리나라에 연금제도가 과연 언제 실시될 수 있을지 도저히 가늠할 수 없는 상황이었다. 나는 앞으로 언제라도 이 제도가 실시될 것에 대비하여 〈연금제도 실시의 기본요강〉을 만들어 놓고 1983년 의료보험 담당과장으로 전보되었다. 이 과정에서 연금제도에 대한 학문적 연구도 병행하여 〈한국 국민연금제도에 관한 연구〉로 최종학위도 받게 되었다.

이렇게 무기한 보류되었던 연금제도의 실시에 관한 결정은 어느 날 갑자기 다가왔다. 1986년 여름, 하계휴가를 다녀 온 대통령(전두환)은 하계기자회견에서 국민연금의 실시를 전격적으로 선언하였다. 그 배경에 대하여는 여러 가지 해석이 있을 수 있지만, 그중에는 그의 집권과정에서 정당치 못했던 점을 국민복지 정책의 추진으로 만회하려는 정치적인 전략이 있었던 것으로 본다. 어쨌든 그 후 연금제도 실시는 급진전되어 그동안 보건사회부가 가지고 있었던 〈기본요강〉에 한국개발연구원(KDI)의 연구내용을 보완하여 그해 말 국민연금법이 새로이 제정되고, 1988년부터 우선 직장근로자에게 적용하게 되었다.

역사를 돌이켜볼 때 중요 복지정책의 시행은 은혜처럼 위로부터 저절로 주어지는 것은 아니며 무언가 정치적인 계기가 있어야 하는 것이다. 1977년 의료보험제도의 시행도 그 당시 북한이 '모든 주민에게 무료로 평등의료를 보장한다.'는 대외선전(P. R)을 하는 것을 뼈아프게 생각한 대통령(박정희)의 정치적인 결단이 작용한 면이 있었던 것이다.

국민연금제도의 시행은 과거에 의료보험제도를 실시해 본 경험이 있어 비교적 순조롭게 진행되었다. 그러나 문제는 역시 농어민과 자영자에게 확대하는 문제였다. 연금제도는 소득을 보장하기 위한 제도인데 이들의 소득이 정확히 파악되지 않기 때문이다. 더구나 의료보험은 국민 누구나 당장 그 필요성을 절감하기 때문에 국민들의 호응도가 높았지만, 국민연금의 경우에는 먼 장래의 노후에 대비하기 위한 제도이므로 '우선 당장 먹고 사는 게 급한데 무슨 노후 대비냐.'고 뒤로 밀어 놓기 쉬운 제도인 것이다. 여기에 농어민과 자영자에게 연금제도를 확대하는데 어려움이 있는 것이다.

이 농어민과 자영자에 대한 국민연금 확대 과제는 나를 다시 이 사업으로 불러들이고 있었다. 영국 유학에서 귀국한 후 나는 1992년 국민연금국장을 맡게 되었다. 과거에 의료보험국장 시절에 의료보험을 확대한 경험을 살려 이 과제를 해결해 보라는 것이었다. 이때에 이미 1995년에 농어촌 지역에 국민연금을 실시한다는 원칙이 세워져 있었다. 나는 보건복지부 내에 '농어민연금 도입준비위원회'를 구성하여 사업을 진행시켜 나갔다.

과거에 농어촌 지역의료보험을 실시한 경험과 자료가 있기 때문에 이번에는 의료보험의 경우처럼 시범사업을 실시할 필요는 없었으며, 두 차례에 걸친 모의적용사업(1993년에 한 개 군, 1994년에 세 개 군 실시)을 통하여 실시가능성을 검증하였다. 농어촌지역 연금의 실시는 비교적 순조롭게 진행되어 예정대로 1995년 7월에 시행되었다. 이 과정에서 나는 사회복지정책실장으로 승진되었으며, 그 후 국무총리실 사회문화조정관으로 전보되었다.

국무총리실은 정치와 행정이 만나는 접합점에 위치하고 있는 기관이다. 각 부처의 행정과 청와대 및 국회의 정치가 서로 엇박자를 보일 때 이를 중간에서 조정하는 역할을 하는 조직이다. 사회문화조정관은 정부의 사회·문화 분야의 정책을 총괄하고 조정하는 자리이다.

여기서 나는 도시자영자에 대한 국민연금 확대 정책도 총괄하게 된다. 정부는 1999년 4월에 도시자영자 연금을 실시키로 하고 그 해 2월에 대상자로부터 가입신고 및 소득의 자진신고를 받게 된다. 그러나 이 신고과정에서 그렇지 않아도 강제적용에 대한 불만이 있는데다가 정부가 대상자들에게 '신고권장소득'을 제시한 것이 말썽이 되어 민원대란이 일어나게 된다.

여론이 악화되자 여당(새천년 민주당)의 정책위 의장(국회의원 K씨)은 대통령(김대중)에게 도시자영자 연금의 실시를 연기할 것을 건의하게 된다. 2000년 국회의원선거 등 정치적인 행사를 앞두고 무리하게 시행할 필요가 없다는 이유에서 였다. 그러니 대통령도 흔들리지 않을 수 없게 된 것이다.

그 당시는 DJP(김대중-김종필) 연합정권 시절이었고 복지 쪽은 인사(장관 임명)와 정책에 대해 국무총리(JP)가 어느 정도 발언권이 있었던 때였다. 나는 국무총리에게 "이번 민원대란의 원인은 자영자의 소득파악이 어렵기 때문인데, 이 문제는 단기간에 해결될 수 없는 난제이고 시간을 끌어 봤자 별로 나아질 게 없으니, 도시자영자 연금은 예정대로 그대로 시행하는 게 좋겠다."고 건의하였다.

국무총리는 즉각 대통령을 독대하고 당초 예정대로 4월에 도시자영자 연금을 실시한다는 결심을 받아 냈다. 곧이어 나는 국무총리를 모시고 국민연금공단을 방문하여 '결의대회'를 개최하며 직원들을 독려하였다. 그때 도시자영자 연금의 실시를 연기하였더라면 10

년이 지난 오늘에도 아직 실시되지 못하고 있을지도 모를 일이다. 그해 6월 마침 동 공단 이사장 자리가 비게 되어, 나는 국무총리에게 "제가 가서 이 사업을 성공으로 이끌어 보겠습니다."하고 자원하여 공단 이사장직을 맡게 되었다. 부임하여 우선 시급한 민원대란을 해결한 후, 연금확대 사업은 장기전략을 세워 추진하였다.

선진국의 예를 보면 1인당 국민소득 2만 불 수준이 되면 실질적으로 모든 국민이 연금제도에 가입하게 되는 점에 착안하여, 〈국민연금 비전 2010〉을 만들었다. 우리나라가 2010년경이 되면 1인당 국민소득 2만 불 시대가 될 것으로 보고 단계별 추진전략을 세운 것이다.

도시자영자 연금실시의 연기를 대통령에게 건의했던 국회의원 K씨는 그 후 보건복지부 장관으로 임명되어 나와 함께 도시자영자 연금의 정착을 위해 진력하였으니 인생은 아이러니가 아닐 수 없다.

이제 직장근로자는 소규모 기업체에 근무하는 사람들까지 거의 모두 국민연금에 가입하게 되었지만, 농어민과 자영자는 아직 그 대상자의 약 절반 정도 밖에 가입하지 않고 있는 실정이다. 그 나머지는 실직 등으로 소득이 없다는 이유로 '납부예외자'로서 적용대상에서 빠져 있는 것이다. 이제 내년이면 2010년이 되고 국민소득은 2만 불 수준에 근접하였는데 아직 실질적으로 전국민연금(全國民年金)이 실현되지 않고 있는 것이다.

전국민연금이 되어 있는 선진국의 경우에도 농어민과 자영자 중 약 20% 정도는 납부예외자로 관리되고 있는 점을 고려할 때, 우리나라의 경우에 이들의 가입률을 30% 정도 더 높여야 하는 과제가 남아 있는 것이다.

이들의 가입률이 낮은 이유는 바로 소득이 정확히 파악되지 않고 있기 때문이다. 이들의 소득이 정확히 파악되려면 상거래가 투명하게 되어야 한다. 신용카드 등 거래실적이 명확히 남는 거래가 늘어야 하며 현금거래 시에도 현금영수증을 받는 등 거래근거를 남겨야 한다. 아직은 우리사회가 구멍가게 등 소규모 자영업자가 많고 또한 무자료 거래가 많기 때문에 이 문제가 해소되는 데에는 앞으로 상당한 시간이 걸릴 것으로 본다.

국민연금이라는 사회제도가 성공하려면 세제 · 세정 등 관련된 경제적 · 사회적인 제도가 함께 개선되어야 한다. 그리고 이에 따라 국민들의 인식과 거래관행도 함께 바뀌어야 함은 물론이다. 그러나 우리사회에 노령화가 세계 어느 나라보다도 급속하게 진행되고 있는 상황에서 관련 제도와 여건이 개선되기만 기다리고 있을 수는 없는 노릇이다. 이들에게도 노후대책을 세워주는 것이 시급한 것이다.

적정한 수준의 노후소득을 보장하는 제대로 된 국민연금제도를 모든 국민에게 빠짐없이 적용하게 될 때 우리가 바라는 진정한 복지국가는 이룩될 수 있는 것이다. 이 제도가 시행되도록 씨를 뿌리고 가꾸어 온 사람으로서 어서 그날이 오기를 고대해 본다.

(jego.net, 2009. 9. 26)

인사청탁

보건복지부의 과장으로 있을 때의 일이다. 나는 과장을 11년째 하고 있어 고참 과장인데다 부내의 요직이라고 할 수 있는 의료보험 담당부서의 과장을 맡고 있어 소위 승진후보 1순위였다.

그러던 어느 날 퇴근 무렵에 장관실에서 연락이 왔다. 장관께서 찾으신다는 것이다. 나는 업무에 관한 지시를 하시려나 보다 하고 업무노트를 들고 장관실로 갔다. 집무실에 들어서니 장관 혼자 응접소파에 앉아 계셨다.

내가 자리에 앉자마자 장관은 나에게 이것저것 업무에 관한 질문을 하고 나는 그것에 대해 하나씩 답변을 하였다. 장관은 정치인 출신으로 나의 대학선배였으므로 나는 장관을 대하는데 별로 부담을 느끼지 않고 자유롭게 소신껏 의견을 개진할 수 있는 입장이었다. 그러다 보니 그날 대화의 분위기는 매우 좋았다. 장관은 나에게 공직자의 자세에 대해 충고도 하고, "능력 있는 간부가 되려면 기관장도 좀 해봐야 리더십도 생기고 책임감도 생기게 된다."고 덕담 비슷한 말씀까지 하는 것이었다.

　그러던 중 장관은 뜬금없이 나에게 물었다. "인 과장, 최근에 모
(某) 의료보험조합에 누구 취직시킨 거 있어?" 나는 무심코 "예, 있습
니다" 하고 답변하면서, 이 양반이 '그걸 어떻게 알았고 왜 그걸 묻지.'
생각하는 순간, "그 이력서 누구한테서 받았나?" 하고 다시 묻는 것
이다. "예, 당사자 본인한테서 직접 받았습니다." 그리고 아무 일 없
었다는 듯이 다시 업무에 관한 대화를 한참하고 일어서려는 순간, 장
관이 "그 이력서 진짜 당신이 직접 받았어?" 하고 다시 묻기에, "예,
그렇습니다." 답변하고 장관실을 나왔다.

　마침 그 당시에 국장자리가 한 자리 공석이 되어 있어 부내에서
내가 승진될 것이라는 얘기가 떠돌고 있었다. 나는 귀가하여 장관실
에서 있었던 일을 아내에게 전하면서 "장관이 이번에 나를 승진시키
려나 봐." 하고 희망적인 기대까지 말하였다.

　그 다음 날 아침 출근하자마자, 나의 직속상관인 국장이, "인 과
장, 섭섭하게 생각하지 마소. 어젯밤에 승진인사가 있었는데 당신이
아니고 다른 사람으로 결정됐대. 앞으로 기회는 얼마든지 있으니 조
급하게 생각하지 마소." 하고 위로까지 하는 것이 아닌가. 나는 아연
실색하지 않을 수 없었다. 그러면 어제 나를 부른 것은 나를 탈락시
키기 위한 명분 찾기를 위한 거란 말인가?

　그날부터 부내에 나도는 소문은, "인 과장이 인사청탁을 잘못하
여 승진에서 탈락했다."는 것이었다. 나는 '인사권은 장관의 고유권
한인데 어쩌겠나.' 아무 말도 못하고 속앓이를 할 수밖에 없었다.

　그 당시만 해도 우리나라에서 의료보험제도를 시작한지 얼마
안 되는 초창기여서 이 제도를 운영하는 조합의 간부를 특별채용하

는 길이 열려 있었다. 요즈음은 공개채용과 내부승진이 원칙으로 되어 있지만. 고등학교 선배 한 분이 일찍이 조합의 대표이사를 연임(6년 재직)하고 3연임 금지조항에 걸려 부득이 퇴직하게 된 분이 있었다. 그 당시 이 선배의 나이가 40대 후반이었으니 당장 생계가 어려워져 한 계급 낮춰 다른 조합의 부장으로라도 가고자 하였던 것이다.

나는 그런 사연을 차관에게서 들었으며, '가능한 방안'을 찾아보라는 지시(?)까지 받았다. 차관은 나의 중학교 선배였고, 이 두 분은 중학교 동기동창이었다. 물론 나도 그 선배를 잘 아는 사이였다. 며칠 후 그 선배가 나를 직접 찾아와 딱한 사정을 하소연하며 이력서를 전달하고 갔던 것이다.

그러니 장관이 "이력서를 누구한테 받았느냐?"고 물은 것은 차관의 지시를 받아 인사청탁을 한 것인지 확인하는 것이었다. 나는 그 자리에서 차관에게 책임을 전가할 수는 없는 노릇이고, 함구할 수밖에 없는 처지였던 것이다.

나중에 알고 보니, 그 당시 군의 실세였던 모 육군대장의 청탁을 받고(그 당시는 군 출신 대통령이 집권 중이었음), 나를 탈락시키고 다른 과장을 승진시켰던 것이다. 그러니 인사청탁을 했다는 죄목(?)으로 한 사람은 탈락시키고, 인사청탁을 받아 다른 사람을 승진시키다니 아이러니가 아닐 수 없었다. 그렇지만 나는 어쩔 도리가 없었다.

그러나 그냥 있다가는 다음 기회에 또 당할지도 모르겠다는 생각이 들어 무언가 묘수가 없을까 궁리하였다. 한 달쯤 지난 후 나는 장관 집을 직접 찾아가 인사청탁을 하기로 마음을 먹고 기회를 엿보았다. 어느 날 장관이 일찍 퇴근하여 집으로 가신다는 정보를 입수하고 장관 댁을 급습한 것이다.

들어서니 마침 저녁식사를 하고 계셨다. 나는 응접실에서 잠시 기다렸다. 장관께서 저녁식사를 마치고 응접실 자리에 앉자마자, 나는 대뜸 "장관님, 대단히 죄송한 말씀인데요, 저, 승진 좀 시켜주십시오." 단도직입적으로 말했다. 보기에 따라서는 인사권자에게 무례한 도전을 한 것이다. 장관은 정색을 하더니, "이 친구, 정신 나갔나. 일이나 열심히 할 일이지. 장관한테 인사청탁이나 하고 다녀." 호통을 쳤다. 그러고 나서 장관은 바로 업무 이야기를 하면서 이것저것 현안 과제를 토론한 후 헤어졌다.

6개월 후 나는 국장급으로 승진하여 소속기관장으로 나가게 되었다. 승진을 시켜주었으니 마땅히 장관에게 고맙다는 인사를 해야 되니 다시 장관 집을 찾았다. 장관은 "자네가 지난번에 와서 승진시켜 달라고 떼썼지. 그거 그럴 수 있는 거야." 하면서 나의 등을 두드리며 나를 자기 사람으로 만드는 게 아닌가. 나는 감사의 뜻을 표하기 위해 가슴속에 품고 갔던 '한 량짜리 금열쇠'는 차마 내놓지 못하고 돌아왔다. 그 금열쇠는, 마침 그해에 박사학위를 받게 되어 나의 박사과정 지도교수에게 드렸다.

그로부터 십여 년 후 나는 정부산하 모 공단의 이사장으로 가게 되었다. 이 공단은 본부와 지부를 합쳐 직원이 수천 명이 되는 방대한 조직이며, 이사장은 임·직원에 대한 인사권을 직접 행사하는 막강한 자리이다.

취임하여 얼마간 있어 보니 직원들을 '승진시켜 달라, 서울로 보내 달라.' 하는 인사청탁이 머리를 아프게 했다. 심지어 돈보따리를 싸들고 집으로 찾아오는 직원까지 있었다. 인사청탁은 주로 행정부 고위관리, 국회의원, 언론기관 고위간부 등에게서 오는데 내가 무시하거나 묵살할 수 있는 사람들이 아니었다. 청탁을 넣는 경우는 대개 당사자가 승진시키기에는 좀 부족한 경우가 보통이었다.

그래서 나는 직원조회 시에 몇 차례 강조를 했다. "절대로 인사 청탁을 하지 마라. 나보다 센 사람에게서 청탁을 받으면 내가 그분들을 찾아가 승진시키기 어려운 전후 사정을 일일이 설명하고 양해를 구해야 하니 괴롭다. 외부에 청탁하는 사람은 절대로 승진 안 시키겠다. 청탁을 하려면 본인이 직접 나한테 찾아와 얘기를 해라. 그러면 내가 신중히 고려하겠다."고 선언했다.

그랬더니 감히 내게 직접 찾아오는 직원은 한 사람도 없었다. 아마도 인사권자에게 직접 찾아와 담판을 짓는 것은 쉬운 일이 아닌 듯 하였다. 돈보따리를 들고 오는 직원은 문전 박대를 하고 아예 인사에서 배제시켜 버렸다.

이렇게 지속적으로 밀고 나갔더니 그게 소문이 났던지 어느새 인사청탁도 점차 줄어들고 내 소신대로 적재적소에 능력에 맞추어 인사를 할 수 있었다. 그리하여 재임 중 더 이상 인사에 관한 잡음으로 머리를 썩이지 않았으며, 업무도 안정적으로 추진할 수 있었다.

'원래 인사는 정실(情實)이다.' 라는 말이 있기는 하지만, 우리사회에서 지연, 학연 기타 이러저러한 연(緣)이 판치는 오늘날의 세태를 보면서, '인사가 만사(萬事)' 라는 말의 의미를 새삼 되새기게 된다.

(jego.net, 2009. 2. 23)

뇌물과 명예

최근 전(前) 정권시절에 힘깨나 쓰던 공무원, 국회의원 등 공직자들이 그 당시 정권과 가까웠다고 소문이 난 모(某) 기업인으로부터 뇌물을 받았다는 혐의로 검찰의 수사를 받고 있다. 심지어 전직 대통령의 가족(부인, 아들)과 친척 나아가 대통령 본인도 뇌물수수와 관련이 있는 것으로 보고 수사가 확대되고 있어 세인의 관심의 초점이 되고 있다. 이러한 공직자들의 뇌물수수 현상을 보면서 공직자의 청렴에 대해 생각해 본다.

공직자는 국가운영의 책임을 맡은 사람들이다. 국가의 발전과 국민의 안녕 및 복지를 위해 일하도록 국민으로부터 위임받은 사람들이다. 중국의 손문(孫文)이 '천하위공(天下爲公)', 즉 '이 세상은 온 국민을 위한 것이지 권력자를 위한 것이 아니다.'라고 말한 것처럼, 이 나라는 공직자를 위한 것이 아니라 국민을 위하여 있는 것이므로 공직자는 국민을 위해 봉사하는 자세로 일해야 한다. 공직자는 공동체 전체를 위해 일하도록 많은 국민 중에서 선택된 사람이라는 자부심

(pride)을 가지고 책임성 있게 일해야 하는 것이다.

공직자는 국가의 이익을 위하여 그리고 국민 전체의 입장에서 일을 공정하게 처리해야 한다. 일을 공정하게 처리하기 위해서는 사심(私心)이 없어야 한다. 공직자들이 뇌물을 받게 되면 일을 공정하게 처리할 수 없게 된다. 이렇게 되면 국가기강이 무너져 국가가 혼란에 빠지고 국가의 발전을 기대할 수 없게 된다. 그러기에 우리나라가 선진국이 되려면 공직자의 기강이 바로 서야 하는 것이다. 그러므로 공직자의 제1의 덕목은 바로 '청렴'인 것이다.

공직생활에서 청렴을 유지하는 것은 매우 어려운 일이다. 공직자도 생활인이므로 기본적으로 생활이 안정되어야 한다. 나의 경우 중앙정부의 과장으로 일할 때까지는 생활유지가 매우 어려웠다. 그 당시 정부재정 형편상 공무원의 처우수준은 매우 미흡하였다. 다소나마 생활이 안정되게 된 것은 국상급 이상 고위간부가 된 후부터라고 할 수 있다. 그러니 공직자에게 청빈을 요구하는 것은 매우 어려운 일이다. 공직자 본인이 청빈하고자 해도 부인 등 가족의 이해와 협조가 없으면 더욱 어렵다.

공직자는 국가의 일에 대하여 결정권을 가진 사람이고 그의 결정을 필요로 하는 국민은 수단·방법을 가리지 않고 공직자에게 접근하기 마련이다. 그러니 공직자가 뇌물의 유혹에 빠지기 십상인 것이다. 더욱이 뇌물은 거절하기 어려운 통로를 통하여 전달되는 경우가 많다. 친한 친구, 친지, 친척, 학교동창, 직장동료나 상사 등이 직접 제공하거나 또는 그의 소개로 전달되기 때문에 안면(顔面)상 이를 거절하기 어렵고 인간적인 고민에 빠지게 된다. 여기에 어려움이 있는 것이다.

나는 고등학교 시절 무감독(無監督) 시험을 하는 학교에 다녔다. 이는 학생들에게 양심교육을 함으로써 사회에 나가 소위 '소금'의 역할을 하라는 취지였다고 본다. 시험시간에 선생님은 시험지만 나누어 준 후 그대로 나가고 감독 없이 학생들끼리 시험을 치르는 방식이다.

이 무감독 시험하에서는 절대로 시험부정행위(커닝)를 할 수가 없게 되어 있다. 왜냐하면 모든 학생이 감독관이 되는 결과가 되고 부정행위를 한 학생은 양심을 속인 학생으로 낙인이 찍히기 때문이다. 그 시기에는 아마도 낙인이 찍히는 불명예가 두려워서라기보다는 감수성이 예민한 청소년기의 순수한 마음에서 양심적으로 시험에 임하지 않았나 생각된다.

사회에 나온 후 공직에 있으면서 나는 부정을 저지르지 않겠다는 양심의 문제보다는 불미스러운 일로 공직을 떠나는 불명예를 당하지 않으려고 노력했다. 양심은 내면의 문제이므로 혼자서 눈감아 버리면 그만이지만, 명예는 외면에 나타나는 문제이므로 사회로부터 비난과 질시를 받게 되고 이것이 더욱 견디기 어려운 문제로 생각되었다. 나는 뇌물의 유혹을 받을 때에는 명예를 생각했다.

공직자가 뇌물로 명예가 추락했을 때 이를 회복할 수 있는 방법은 없다. 이 세상에 떳떳하게 얼굴을 들고 다닐 수 없게 되는 것이다. 명예를 회복(?)할 수 있는 유일한 방법은 이 세상을 하직하는 길밖에는 없다. 특히 일본인들이 명예를 회복하는 방법으로 자살을 택하는 경우가 많다. '오죽하면 자살로 속죄하겠다고 했겠는가' 하고 너그러이 묵인하는 것이다. 인간에게 명예만큼 소중한 게 있겠는가. 그러기에 공직자에게 잘못된 뇌물수수는 목숨을 내놓는 일이 될 수도 있는 것이다.

공직자 중에서 임명직인 일반 공무원보다는 선출직인 정치인들이 청렴성에 있어서 뒤떨어진다는 생각이 든다. 우리나라의 정치풍토에 있어 정치를 하려면 돈이 많이 들고 민원성 청탁도 많아 정치인이 청렴하기란 매우 어려운 것 같다. 그러나 임명직이나 선출직이나 업무와 관련하여 뇌물을 받아서는 안 된다는 잣대는 같은 것이며, 국가의 기강을 세워야 한다는 데에는 정치인도 예외가 될 수는 없는 것이다. 어쩌면 국가정책 결정에 미치는 영향력은 정치인이 보다 크므로 더욱 엄한 책임이 따르는 것이다.

공직은 명예를 먹고 사는 자리이다. 국가와 국민을 위해 봉사하겠다는 사람이 공직을 통해 치부(致富)하려고 해서는 불행해 지기 마련이다. 그러기에 돈을 벌어 잘 살고 싶다면 공직을 맡아서는 아니된다.

공직은 '추상(秋霜)과 같이 준엄하고 매서운 것'이다. 아무리 일을 잘하고 능력이 있는 사람이라 하더라도 뇌물죄에 걸리면 공직을 떠나야 하고 사회적으로 매장되기 십상이다. 그러기에 공직자에게 '청렴성'은 '능력'보다도 앞서는 덕목인 것이다. 나와 함께 일했던 동료들 중에서 능력은 출중하지만 청렴성 때문에 중도하차(中途下車)한 사람들이 적지 않다.

나는 우리 공직사회가 싱가포르의 예와 같이 소수정예화했으면 좋겠다는 생각을 한다. 능력본위로 엘리트(elite)를 엄선하여 다른 생각을 하지 않도록 파격적인 대우를 해주고 그 대신 부정을 저질렀을 때에는 엄한 처벌을 하도록 엄격히 관리하여 국가의 기강을 바로 세워야 한다고 본다.

전직 대통령과 관련된 뇌물수수 사건을 보면서 대통령 본인에게는 혐의가 벗겨지기를 기대해 본다. 대통령 본인이 처벌 받는 사태가 된다면 그것은 본인 개인에게도 큰 불명예이지만 그보다도 중요한 것은 국가적으로도 명예스럽지 못한 일이 되기 때문이다. 제발 국제적인 가십(gossip)거리가 되지 않기를 바란다. 그러기에 대통령은 참으로 처신하기 어려운 자리인 것이다.

(jego.net, 2009. 4. 13)

공직사회의 개혁

내가 정부에 있을 때 국제적인 회의나 협상 테이블에 우리나라를 대표하여 나간 적이 여러 번 있었다. 이러한 회의에 나가 보면 다른 나라, 특히 선진국들은 회의대표가 거의 바뀌지 않고 매번 같은 사람이 나오는 것이 보통인데, 우리 측은 회의대표가 자주 바뀌어, 상대 측의 대표가 "지난번에 나왔던 모(某)씨는 어디로 갔느냐?"고 묻는 경우가 많았다.

요즈음 진행 중인 '북핵 6자회담'의 경우를 보더라도 핵심 당사국인 미국과 북한의 대표는 한 사람이 계속하다가 최근에 오바마 정부가 들어서면서 미국 측의 대표만 바뀌었는데, 우리나라 대표는 그동안 네 차례나 바뀌었다. 물론 그동안 정권이 바뀌고 또한 외교부의 고위직 인사관리의 필요성도 있었기 때문이라고 하겠지만, 우리나라는 이처럼 공무원의 인사이동이 잦고 따라서 전문성도 살리지 못하고 있는 것이다.

정부의 장관(長官) 자리를 보더라도, 미국의 경우에는 장관을 한

번 임명하면 특별한 사유가 없는 한 대통령과 임기를 같이 하는 게 보통인데, 우리나라는 보통 1년 길어야 2년 정도이니 장관은 임명되어 업무파악 하다가 끝나는 경우가 많아 전문성도 없고 장기적인 안목에서 소신 있게 업무를 추진할 수도 없게 되어 있다.

그러니 장관은 누구나 다 할 수 있는 것으로 알고 너도 나도 장관을 하자고 덤비니 장관이 지나치게 양산(量産)되고 장관의 권위도 없는 것이다. 인사권자도 장관 자리를 마치 '떡 나누어 주는 자리'로 생각해서는 아니 되며 현 시점에서 국가 장래를 위해 꼭 필요한 인재가 누구인가 심사숙고하는 자세가 필요한 것이다.

이제 우리나라도 중진국을 넘어 선진국이 되고자 한다면 국가의 운명과 장래를 책임지는 중요한 자리인 공직을 이런 식으로 운영하는 구태(舊態)를 계속하고 있어서는 아니 된다.

우리나라의 공무원제도는 원래 계급제(階級制)로 시작하였다. 계급은 1~9급의 9단계로 되어 있다. 그리고 직무의 종류에 따라 직렬(職列)이 구분되어, 예를 들면 행정, 세무, 사회복지, 공업, 농업, 시설 등으로 구분된다. 즉, 계급과 직렬을 합하여 직급제(職級制)로 운영하고 있다. 같은 직급에 해당하는 자리는 정부 내에서 어느 자리든지 갈 수 있게 되어 있다. 예를 들면 행정직 5급(행정사무관)의 직급을 가진 사람은 이 직급으로 보직할 수 있는 자리는 어느 자리에라도 임명할 수 있는 것이다.

이렇게 되면 공무원 본인도 자기가 원하는 자리에 갈 수 있는 기회가 주어지게 되고 인사권자의 입장에서도 인사의 재량권이 매우 커지는 장점이 있다. 그러나 반면에 배경이 좋은 사람은 능력과 적성을 불문하고 얼마든지 소위 '좋은 자리'에 갈 수 있고 인사권자도 지나친 정실인사로 흐를 우려가 있는 것이다.

우리나라는 예로부터 시행된 과거제(科擧制)의 영향으로 특정 분야의 전문성보다는 머리 좋고 폭넓은 관리능력을 갖춘 인재를 선호하는 경향이 있어 왔다. 오늘날 시행되고 있는 국가고시인 고등고시는 이 과거제의 영향을 받은 것이다. 이처럼 일반적인 관리능력을 가진 인재를 폭넓게 활용하는 데에는 계급제가 편한 제도이다. 이러한 계급제는 과거에 공직의 전문성이 별로 중요시되지 않던 농업사회나 초기 산업사회에서는 그런대로 좋은 제도이나 오늘날 고도의 전문성이 요구되는 후기 산업사회에서는 적절치 않은 제도인 것이다.

공직의 전문화 문제는 과거 박정희 정권 시절에 검토된 바 있었다. 혁명정부는 1963년에 직위분류법(職位分類法)을 제정하였다. 직위분류제는 공직의 개개 직위를 세부적으로 분석하여 일의 종류, 난이도, 중요도, 책임도 등을 기초로 그 직위에 요구되는 자격, 경력 등을 미리 정해 놓고 이러한 자격, 경력 등을 갖춘 자를 채용하는 방식이다. 즉, 전문성에 기초한 인사관리를 하기 위한 제도이다.

이는 산업화된 나라인 미국, 영국, 호주 그리고 스웨덴, 노르웨이 등 북구제국 등에서 시행하고 있는 제도이다. 공직에 공석(空席)이 생기면 그 직위에 요구되는 자격, 경력 등을 정부 내외에 공고한다. 그러면 정부 내에서는 물론 민간으로부터도 응모가 가능하다. 자격, 경력 등을 증명하는 서류와 함께 추천서를 첨부하여 응모하게 된다. 추천서는 보통 세 매가 필요한데 종전 직장의 상사나 지도교수 등이 작성하여 직접 응모처로 보내진다. 신뢰사회가 되려면 이 추천서의 내용이 매우 중요함은 물론이다.

이렇게 해서 후보자가 보통 3배수로 추천되는데 인사권자는 이 중에서 최종적으로 1인을 선택하게 된다. 이 방식에 의하면 기본적으로 그 직위에 필요한 자격과 경력 등을 갖춘 자가 채용되기 때문에 취임 후 업무파악에 장시간이 소요되지 않고 바로 업무를 수행할 수 있게 된다.

우리나라의 이 직위분류법은 1960년대 후반까지 충분한 검토와 준비를 거쳐 1970년대에 시행될 예정이었으나 제대로 시행되지 못하고 1973년에 법 자체마저 폐지되고 말았다. 폐지 이유는 우리나라가 아직 이 제도를 시행할 만한 여건이 되어 있지 않다는 것이었다. 그러나 진짜 이유는 너무 전문화된 인사관리제도를 실시하면 인사권자의 인사재량권이 제약되어 마음대로 인사를 할 수 없게 되고, 또한 공무원이 너무 전문화되어 고집이 세지면 마음대로 부려먹기 어려워진다는 이유였을 것으로 본다. 여하튼 공직의 전문화를 위한 본격적인 제도는 오늘날까지 실시되지 않고 있다.

2000년부터 정부에서 '개방형 직위제'가 일부 실시되고 있다. 이는 1~3급의 고위직 직위에 대하여 정원의 20% 범위 내에서 계약직 공무원으로 5년 이내의 기간 동안 임용하는 제도이다. 공직사회와 민간인의 교류를 통하여 행정의 전문성을 높여 보자는 취지이다. 그러나 5년 이내의 계약직으로는 실효를 거두기 어렵고 실제로도 유명무실한 제도가 되고 있다.

한편 노무현 정부에서 '고위공무원단'이라는 새로운 제도가 도입되었다. 국장급(3급) 이상의 고위직 중에서 국가정책결정 과정에 영향력이 있는 직위에 대하여는 계급이나 직렬 구분에 관계없이 내부공모를 통해 적격자를 충원할 수 있도록 하는 제도이다. 이는 일정 범위 내에서 능력에 따른 발탁인사를 통하여 공직사회에 활력을 불어 넣겠다는 발상이나, 소위 코드(code) 인사의 우려가 있으며 공직의 전문화에는 오히려 역행하는 제도이다.

우리나라는 그동안 공무원은 한 자리에 오래 두면 썩는다는 부정적인 인식이 있어 왔다. 한 자리에 오래 있으면 민간업계와의 유착으로 공정한 업무처리가 되지 않는다고 보았던 것이다. 또한 공직의 업무는 그리 전문적으로 깊이 알고 있지 않아도 되는 것으로 생각하여 일을 어느 정도 알 만하면 다른 자리로 전보되어 요령만 뛰어난 비전문가(generalist)만 양산하고 있는 것이다.

그러나 오늘날 치열한 국제경쟁에서 살아남기 위해서는 비전문가로는 되지 않는다. 오늘날의 고도 산업사회에서는 정부의 대부분의 업무는 국제화되고 있고 국제적인 기준에 의하여 업무를 처리해야 하는 것이다. 과거의 농업사회에서처럼 이제는 단순히 국내적인 문제로 머물러 있는 업무는 많지 않다. 설사 국내에 국한된 업무라고 하더라도 이제는 전문화된 업무처리가 필요한 것이다.

이처럼 치열한 국제경쟁체제 하에서는 분야별로 전문적인 능력을 갖춘 인재를 국가 전체적으로 활용하는 시스템을 갖추어야 한다. 현재의 계급제는 폐쇄적인 인사관리 시스템으로서 공무원 사회에 아성(牙城)을 쌓음으로써 민간의 유능한 인재를 두루 활용할 수 없게 되어 있다. 이 아성을 허물어 분야별로 국가적으로 필요한 인재를 정부 내(內)나 민간기관을 망라하여 활용할 수 있도록 해야 한다. 필요에 따라 민간 분야에서 일하다가 정부에 가서 일할 수도 있고 그 반대로 정부에서 일하다가 민간에 가서 일할 수 있게 되어야 한다. 이렇게 개방형의 인사제도가 실시되어야 한정된 인력을 효율적으로 활용할 수 있는 것이다.

이렇게 하기 위해서는 정부에서도 보수체계를 개편하여 공무원에게 그 자격과 능력에 상응한 처우를 해주어야 한다. 이제 공무원제도를 개편하여 직위분류제나 또는 이와 유사한 공직을 전문화할 수 있는 인사제도를 실시할 때가 된 것이다. 이렇게 능력본위의 인사제도가 실시되면 비전문가는 공직사회에서 살아남기 어렵게 되어 공무원의 숫자를 대폭 줄이고 소수 정예화할 수 있을 것이다.

인사권자도 이제는 정실인사의 재량권을 양보하고 다소 불편하더라도 공직의 전문성을 살리는 범위 내에서 주어진 재량권을 합리적으로 행사하는 체제로 전환되어야 한다. 그리고 보다 중요한 것은 아무리 이상적인 제도를 도입하더라도 대상자를 미리 정해 놓고 그 제도에 꿰어 맞추는 식의 정실인사를 용납하지 않는 사회적인 분위기가 조성되어야 한다.

이제 공직사회에 투철한 국가관과 사명감을 갖춘 능력 있는 전문가가 필요한 시기가 된 것이다. 이제는 정부 업무도 분야별로 고도의 전문화가 요구되고 있다. 이것이 우리나라가 선진국으로 가기 위한 필수조건이 되고 있는 것이다.

(jego.net, 2009. 3. 12)

남미 농업이민 조사 여행기

　나는 1975년 보건사회부에 해외이주국이 신설되면서 총무처에서 보건사회부의 과장으로 승진되어 부처를 옮기게 되었다. 첫 부임으로 남미이주 담당과장을 맡게 되었다.

　우리나라는 1962년 해외이주법이 제정된 후 인구분산 정책의 일환으로 농업이민을 장려하면서 민간 차원에서 남미지역에 농업이민이 시작되었다. 그러나 민간차원의 농업이민은 대부분 실패했고 불법이민을 알선하는 브로커 등이 판치는 등 여러 가지 문제점이 발생하자 1970년대 중반부터 이를 규제하면서 정부주도로 농업이민을 추진하기 위해 해외이주국이 신설된 것이다.

　이웃 나라 일본은 그 당시 이미 100여 년 전부터 남미지역(특히 브라질)에 계획적인 농업이민을 대대적으로 추진하여 남미지역에 교두보를 확보하고 있었으며, 일본인 및 그 후손들은 남미 국가들로부터 정직·성실·근면한 국민으로 신망을 받고 있었다. 이에 뒤늦게나마 우리나라도 남미지역에 거점을 확보할 필요를 느꼈던 것이다.

부임하여 첫 임무는 남미에 농업이민 조사를 나가는 것이었다. 그 당시 국무총리(김종필)의 지시에 따라 남미 농업이민 조사단이 구성되었다. 보건사회부, 농림부, 외무부, 중앙정보부 등 관계부처 과장급 여덟 명으로 조사단이 구성되었다. 조사단의 임무는 농업이민의 타당성을 조사하고 이민후보지를 물색하는 것이었으며, 특히 그동안 매입이 추진되었던 브라질에 있는 후보지(땅)의 매입을 매듭짓는 것이었다. 조사대상국은 브라질, 아르헨티나, 우루과이, 파라과이의 4개국으로 2개월간 장기 출장을 하게 되었다.

조사단은 먼저 우루과이로 향했다. 공항에 도착하니 우리나라의 시골공항 같은 느낌이 들었다. 수도 몬테비데오(Montevideo), '산 그림자'라는 멋진 이름에 이끌려 시내에 들어서니 건물은 비교적 웅장한데 제대로 닦지도 않은 듯 우중충한 느낌이었다. 1960년대 초 내가 중학교 때 학교에서 배웠던 선진 농업국가의 이미지는 어디로 갔단 말인가. 나는 의아하지 않을 수 없었다.

내가 뒤에 사회복지를 공부하면서 알게 된 일이지만, 우루과이는 세계 최초로 1838년에 공무원을 위한 연금제도를 실시한 나라로 기록되고 있다. 그러나 우루과이는 경제적인 능력에 맞지 않게 과도하게 복지확대를 추진함으로써 성장 동력을 상실한 대표적인 나라로 알려져 있다.

예를 들면 연금제도는 집단별로 매우 분립(分立)된 형태를 취하여, 사회적으로 세력이 있는 집단인 군인, 공무원, 전문직, 노동조합에 가입된 근로자 등은 각기 별개의 제도에 가입하고 있고 급여혜택도 높은 반면, 자영자, 농어민, 임시·일용직 등은 제도에도 가입하지 못하고 있다. 선거 때만 되면 정치인들은 집단별로 표를 얻기 위해 경쟁적으로 급여수준 인상을 공약하여 소위 '복지확대 경쟁'이 일어나게 되었던 것이다. 이는 우리나라가 복지정책을 추진하는 데 있어 타산지석(他山之石)으로 삼아야 할 교훈인 것이다.

그 다음으로 조사단은 아르헨티나로 넘어갔다. 아르헨티나는 나라가 커서 경비행기 1대를 대절하여 타고 다녔다. 수도 브에노스 아이레스(Buenos Aires)를 중심으로 지름 1,300킬로미터에 달하는 팜파스(pampas) 대초원은 경비행기로 몇 시간을 날아도 작은 산 하나도 보이지 않는 대평원이었다.

이 지역에는 우리 국민이 1960년대에 집단으로 농업이민을 와서 성공적으로 정착한 대규모 농장이 하나 있었다. 이곳 리오 네그로(Rio Negro) 지역에 있는 농장에 약 15가구가 거주하고 있었는데, 이분들도 대부분 노년에 접어들고 있어 장래 문제를 걱정하고 있었다. 가구별로 농장규모가 커서 이웃집에 갈 때에도 자동차로 가야 한다고 하였다.

이곳에서는 향수(鄕愁)를 달래기 위해 몇 사람이 공동으로 가끔 견공(犬公)을 잡아먹는데 현지인인 머슴들 모르게 멀리 가서 잡아먹고 입을 씻고 나온다고 하였다. 머슴들이 "개가 없어졌다."고 걱정을 해도, "어, 개가 왜 없어졌지." 하고 짐짓 모른 체 한다고 하였다. 주인이 개 잡아 먹는 걸 알면 그들로부터 존경을 받을 수 없기 때문이다.

수도 부에노스 아이레스에서는 그 나라 정부 공무원들과 오찬도 함께 하였는데, 점심식사인데도 1인당 와인 한 병씩 거뜬히 마시고 두툼하고 소프트한 스테이크를 먹으며 담소를 즐기는데 식사시간은 보통 2시간 정도 걸린다. 이곳은 스페인 계통이므로 식사 후 차를 몰고 집으로가 시에스타(siesta), 즉 낮잠을 즐긴다. 그 후 좀 부지런한 사람은 2차 출근을 하던지 다른 부업을 하는 사람도 있지만 대부분은 그냥 쉰다고 한다. 그러니 오늘 못하면 내일하지, 바쁜 일이 없는 것이다.

다음에는 파라과이로 들어갔다. 파라과이는 우리가 여행하는 남미 4개국 중 국민소득이 가장 낮은 나라이다. 그러나 한국인의 남미 이민은 주로 이 파라과이를 통하여 이루어져 왔다. 그 당시 이 나라에는 군사정권이 장기집권하고 있었는데 농업이민을 명목으로 은밀하게 이민허가서를 팔아먹는 장사를 하고 있었다. 한국의 이민알선 브로커들이 이 허가서를 입수하여 매우 많은 수의 우리 국민이 파라과이로 들어갈 수 있었던 것이다.

명목은 농업이민이지만 실제로 농업에 종사하는 사람은 별로 없고 대부분 도시에서 행상 등으로 생활하였고, 그들 중 많은 수는 이웃 브라질로 불법 입국하여 외교문제로까지 비화되고 있었다. 브라질로 넘어간 이민자 중 상당수는 나중에 다시 미국으로 이주하여 오늘날 미국 교민 중에는 이렇게 남미를 통하여 들어간 사람들이 꽤 많다. 그러니 파라과이는 비록 정당한 방법은 아니었으나 우리 국민의 남·북미 이민의 루트가 되었던 것이다.

파라과이 국민 중 상당수는 유럽인 계통(스페인)과 원주민인 인디언의 혼혈이다. 특히 이 혼혈인 여성들은 동서양의 혼합형으로 체형이 아담하고 얼굴이 아주 예쁘장하게 생긴 미인형이 많았다. 이들 혼혈인은 궁둥이에 몽고반점이 나타나고 있어 원주민인 인디언은 북미 대륙을 통하여 남미까지 내려간 몽골리언으로 보고 있다.

파라과이 여행을 마치고 우리는 이과수(Iguazu) 폭포가 있는 지역을 통하여 브라질에 입국하였다. 이 폭포는 브라질과 아르헨티나의 국경지역에 있는 폭포로 물이 쏟아지는 폭이 세계에서 가장 넓은 폭포이다. 275개의 크고 작은 폭포의 전체 길이가 2.7킬로미터에 달하며 평균낙차는 64미터, 최고는 '악마의 목구멍(Devil's Throat)'으로 82미터이다. 이 이과수 폭포를 제대로 보기 위해 배를 타고 폭포에 접근하면 나를 둘러싼 3면(270도)에서 거대한 물줄기가 나를 향해 쏟아지고 있어 그야말로 장관이다. 나는 평생에 이 폭포를 볼 기회가 주어진 데 대해 행운으로 생각하고 있다.

그 당시 브라질은 한국인의 불법입국에 대해 신경질적인 반응을 보이고 있었으며, 심지어 우리 조사단 일행의 입국에 대하여도 매우 까다롭게 굴었다. 현지의 우리 대사관도 불법이민 문제로 외교적으로 골머리를 앓고 있었다. 그러니 우리 일행에 대하여도 별로 반겨하는 눈치가 아니었다.

심지어 우리나라 공무원 신분인 브라질 대사(大使)는 그 당시 우리 정부에서 매입을 추진하고 있었던 후보지(땅)의 현지 확인을 하려는 나에게 '그곳에 가지 말 것'을 요구하였다. 그러나 나의 남미 출장의 주 임무 중 하나는 현지 확인을 통해 이를 매듭짓는 일이었으니 아무리 대사가 막아도 그곳에 가지 않으면 안 되는 입장이었다. 나는 대사관의 참사관을 설득하여 그와 함께 장거리를 달려 현지에 가보니 안타깝게도 그 땅은 이미 제3자에게 팔려 허탕을 치고 말았다.

브라질도 국토가 넓어 우리는 경비행기 1대를 대절하여 타고 다녔다. 수도 브라질리아로부터 남쪽으로 몇 시간을 날아 리우데자네이루(Rio de Janeiro)에 도착하였다. 멀리 북쪽으로부터 해발 700미터가 넘는 고원지대가 계속되다가 이 도시에 다다라 갑자기 툭 떨어져버린 곳에 형성된 아름다운 도시, 이름 그대로 '1월의 강(River of January)'

이라는 미항(美港)이다. 포르투갈인들이 이곳을 처음 발견했을 때 1월이었고 좁은 바다를 강으로 알고 그렇게 불렀다고 한다.

시가지 바로 뒤 700미터의 코르코바도 암봉(岩峰) 꼭대기에 있는 예수 그리스도상(像) 밑에 서면 도시 전체와 곳곳에 펼쳐진 아름다운 해변 비치들이 한눈에 내려다보이고, 멀리 오른쪽 끝에 럭비공을 3분의 2 정도 엎어 놓은 듯한 팡데아수카르 산(영어로 sugarloaf 산, 396미터)이 아름다움의 백미(白眉)가 되고 있다. 나는 코파카바나(Copacabana) 비치에 몸을 담그고 멀리 고향을 생각했다.

이와 같이 남미 4개국을 여행하면서 농업이민 후보지를 여러 군데 직접 조사하고 또한 정부의 관계기관을 방문하여 공무원들을 면담하고 필요한 자료들을 입수하였다. 그러나 현지에서 입수한 자료들은 주로 포르투갈어(브라질의 경우) 또는 스페인어(기타 3국의 경우)로 되어 있어 국내에서 활용하려면 다시 번역을 거쳐야 하는 불편함이 예상되었다.

일본은 이미 남미 농업이민을 추진한지 100여 년이 지났으니 귀로에 일본에 들르면 좋은 자료를 구할 수 있을 것으로 생각되었다. 과연 그랬다. 도쿄에 있는 남미연구소(사단법인)를 찾았다. 5층 정도 건물의 조그마한 민간연구소에 초로(初老)의 연구원들이 연구에 몰두하고 있었다.

아마도 젊은 시절의 경험을 살려 은퇴 후 연구에 종사하고 있는 듯했다. 연구실적물들이 가득히 책으로 인쇄되어 유가(有價)로 판매되고 있어 나의 남은 출장비를 모두 털어 여러 권을 구입하였다. 내가 남미에서 구하고 싶었던 자료들을 그곳에서 고스란히 구할 수 있었다. '이렇게 좋은 자료가 있다니!' 나는 일본인들의 치밀함과 자료

정리 능력에 놀라지 않을 수 없었다.

남미 현지와 일본에서 입수한 이 자료들은 귀국 후 내가 업무를 수행하는 데 많은 도움이 되었음은 물론이다. 그 다음 해에 나는 다른 자리로 옮기게 되어 남미이민 업무에서 손을 떼게 되었다. 자리를 떠나면서 나는 이 자료들을 출장비를 털어서 산 것이므로 그대로 남겨 놓고 떠났다. 물론 내가 남미농업이민 조사차 출장 중에 입수한 것임을 명기해 놓았다.

그 후 이 일을 잊고 지내고 있었는데 몇 년이 지난 어느 날, 뒤에 해외이주국장을 맡았던 선배로부터, "당신이 남겨 놓고 간 그 자료들이 업무에 큰 도움이 되었다."는 치하와 감사의 말을 들었다. 주인은 떠나도 남겨 놓은 자료가 일을 한 셈이다.*

(jego.net, 2010. 1. 25)

---

* 이러한 농업이민 조사에 기초하여 정부는 그 후 브라질, 아르헨티나, 파라과이 등 5개소에 땅을 구입하여 집단 농업이민을 추진하였다. 그러나 정부주도의 농업이민은 해당 지역의 영농 부적합, 이주자의 이탈, 해당국의 이민정책의 변화 등으로 성공을 거두지 못하였다. 그 후 해외이주 업무는 1983년에 보건사회부로부터 외무부로 이관되면서 남미 농업이민도 중단되고 말았다.

5

고향 그리고 나의 인생

후리질

　며칠 전부터 큰아버지께서 후리질을 가자고 벼르시더니 드디어 오늘 저녁에 가자고 말씀하셨다. 큰아버지, 기배 당숙, 형, 나 그리고 사촌 여동생 이렇게 다섯이서 이른 저녁을 먹고 필요한 도구를 챙겨 지게에 지고 집을 나섰다.

　나의 고향마을은 말굽쇠처럼 굽은 커다란 포구로 되어 있고 서해 바다에 있는 섬마을이라 만조 시에는 마을 앞까지 바닷물이 들어오지만 간조 시에는 포구 밖에까지 물이 빠지게 된다. 이 간조 시에 그물을 가지고 포구 밖에 나가서 고기를 잡는 것이다. 우리 형제들은 방학 때만 되면 한 달씩 고향집에 와서 지내며 가끔 후리질을 하러 간다.

　마을에서 포구까지는 사오십 분 정도 개펄로 걸어 나가야 한다. 실제 거리는 그렇게 멀지 않지만 발목까지 빠지는 개펄로 걸어야 하기 때문이다. 집을 나설 때는 아직 주위가 훤한 편이었으나 걷는 동안에 점차 어두워지기 시작, 랜턴을 켜들고 현장에 도착하니 둥근달

이 동쪽 산 위로 떠오르고 있었다. 주위를 둘러보니 포구 쪽만 빼놓고는 검은 산으로 빙 둘러싸여 있어 마치 검은 용이 꿈틀거리고 있는 모습이었다.

우리는 현장에 도착하자마자 바로 작업을 시작하였다. 시간적으로 보아 물이 가장 많이 빠졌을 때에 바다 깊은 곳에 있는 고기를 잡을 수 있기 때문에 그 시간에 맞추어 현장에 나왔고 머지않아 다시물이 들어오기 시작하므로 작업을 서둘러야 한다. 그 시간은 보통 한두 시간 정도밖에 되지 않는다. 그곳 바다 밑은 비교적 굳은 모래밭으로 되어 있어 발이 빠지지 않고 작업하기에 편하게 되어 있다.

그물 양쪽 끝에 막대기(갯대)를 묶어 그물을 끌기 좋게 만들어 한쪽에 두 사람씩 편을 짜서 갯대를 잡고 함께 물속으로 걸어 들어가가슴 정도 되는 곳에서 두 편으로 갈리어 그물을 편다. 그물이 완전히 펴지면 갯대의 한쪽 끝을 땅에 댄 채 모래밭 쪽으로 그물을 끌고나오면서 물고기를 훑어내는 것이다.

이렇게 해서 잡히는 어종은 매우 다양한데 주로 우럭, 농어, 바닷장어, 꽃게 등이 많이 잡히나 깊은 바다가 아니기 때문에 대체로크기는 작은 편이다. 또한 복쟁이(복어)가 많이 잡히는데 독이 있기 때문에 버리는 것이 보통이다. 그래서 우리는 오늘도 장난기가 발동해복쟁이의 입에 바람을 불어넣어 배를 부풀려 축구공처럼 만들어 차기도 하고 발뒤꿈치로 밟아 터트리기도 했다.

잡은 고기들은 구멍이 숭숭 뚫린 구럭에 넣어 보관하는데 이 중바닷장어는 구럭의 틈새로 빠져 나오는 경우가 있다. 그래서 오른손가운뎃손가락에 끼어 갯대에다 몇 번 후려쳐서 쭉 뻗게 하여 구럭에넣는다.

이렇게 다섯 탕을 후리질을 하고 나자 우리는 몸도 지치고 구럭도 어느 정도 차게 되어 작업을 마쳤다. 오늘은 시간이 좀 남아 바다에 들어가 수영을 했다. 밤에 하는 수영은 낮과는 좀 다른 맛이 있다. 달빛이 물 위에 비치는데 양팔로 개구리헤엄을 치면 물 위에 비친 달이 하얗게 부서진다. 겁도 나고 어둡기 때문에 깊은 물에는 들어가지 않고 잠시 하다가 나왔다.

　　그러는 사이에 어느덧 물이 들어오기 시작했다. 우리는 서둘러 짐을 챙겨 지게에 싣고 걷기 시작했다. 아까 나올 때보다 그물도 젖고 고기 무게도 있고 또 몸도 지쳐 있어 걸음걸이가 늦은 것 같다. 물이 들어오는 속도가 어찌나 빠른지 우리 뒤를 졸졸 따라 오는 것 같다.

　　한참 걷다 보니 지게 밑으로 뱀 같은 것이 축 늘어져 흔들거린다. 아까 잡아넣은 바닷장어가 구럭 틈새로 빠져 나온 것이다. '저놈은 아직도 도망가고 싶은가 보다.' 하고 잡아 빼서 다시 구럭 속에 집어넣었다. 나올 때보다 발이 더 개펄 속으로 빠지는 것 같다. 그러나 우리는 기분이 좋아 휘파람도 불고 이야기도 하면서 걸었다. 기배 당숙이 "가련다 떠나련다, 어린 아들 손을 잡고…." 멋지게 한 가락을 내 뽑는다. 그래도 사촌 여동생은 어두워서 무섭다고 내 팔짱을 끼고 든다.

　　집에 도착하니 어느덧 자정 가까이 된 것 같다. 잡아 온 꽃게를 삶아 내와 마당에 자리를 깔고 온 식구가 맛있게 먹었다. 배불리 먹고 누워 하늘을 보니 밤하늘에 가득한 별들이 우리 집 마당으로 쏟아지고 있었다. 참으로 행복한 한 여름밤의 꿈이었다.

(인천중 · 제물포고 교지 春秋, 1960)

고향집

　나의 고향은 덕적(德積)이다. 인천에서 남서쪽으로 70여 킬로미터 떨어져 있는 섬이다. 인천 앞바다에서 서쪽으로 제일 바깥쪽에 남북으로 길게 누워 있는 비교적 큰 섬으로 인천항을 멀리서 호위하고 있다. 예로부터 군사상의 요충지로서 나당(羅唐)연합군의 소정방(蘇定方)이, 근세에는 인천상륙작전의 맥아더(MacArther)가 본토를 공격하기 위한 전진기지로 진을 쳤던 곳이다.

　나의 고향이 덕적이 된 경위는 이러하다. 우리 인(印)씨는 원래 AD 297년 중국에서 나왔다. 삼국지에 나오는 조조의 위(魏) 나라가 삼국을 통일하였으나 오래가지 못하고 정권은 사마(司馬)씨로 넘어가 진(晉) 나라가 되었다. 이 진나라의 대부(大夫)였던 우리 선조 한 분이 신라(新羅) 유례왕(儒禮王) 때 사신으로 나왔다가 조정에서 벼슬을 하면서 귀화하여 교동백(喬桐伯), 즉 교동군수를 하셔서 교동이 본관(本貫)이 되었다. 교동은 강화도와 북의 황해도 연백군 사이에 있는 비교적 큰 섬이다.

우리 조상이 덕적에 들어온 것은 나로부터 역산하여 9대 째이니 지금부터 약 300년 전이라고 본다. 조선 중기 임진왜란 후 왜구가 물러가고 해상이 평정되자 덕적도는 교동에 본부를 둔 수사(水使)의 관할 하에 들어가게 되고 이곳 덕적도에는 진(鎭)이 설치되어 첨사(僉使)가 주재하게 되었다. 이러한 연유로 나의 선조 한 분이 교동으로부터 이곳 덕적도에 관속(官屬), 즉 공직자로 오시어 정착하게 되었다.

우리 마을은 '벗개'라고 하는데, 섬의 서북쪽에 있고 마을 뒷산은 국수봉(國壽峰)으로 이 섬에서 제일 높은 봉우리(314미터)이며, 마을은 남서향으로 비교적 큰 마을이다. 주민은 약 100호(戶) 정도가 살고 있다. 마을 앞에 큰 포구가 있고 간만의 차이가 커서 예전에 염전이 있었다고 한다. 염전에서 소금 굽는 가마를 '벗'이라고 하는데, '벗개'란 '벗이 있는 갯마을'이라는 뜻의 순수한 우리말인 것이다. 그래서 언제부터인가 나의 아호가 '우포(友浦)'로 불리게 되었다.

예전에는 약간의 농토와 어업이 있었던 가난한 마을이었으나 마을 주민들이 자력으로 포구에 둑을 막아 약 70정보의 간척지가 생겼고 이제는 부자마을이 되었다. 가톨릭 구제회 등의 양곡지원을 받아 이를 노임으로 해서 20여 년 넘게 우공이산(愚公移山) 식으로 둑을 막은 것이다. 이 사업을 나의 가친(家親)께서 나서서 주선하셨다.

나의 고향집은 선조들이 대대로 살아온 집이다. 원래는 초가집이었으나 초가는 몇 년에 한 번씩 이엉을 갈아 얹어야 하므로 번거로워 뒤에 기와로 바꾸었다. 안채는 기역자(ㄱ)로, 바깥채는 한일자(ㅡ)로 되어 있어 전체적으로는 앞이 터진 디귿자(ㄷ) 구조이며, 마당은 타작하기 편하게 시멘트 바닥으로 되어 있다. 이집은 나의 조부가 새로 지으셨으니 지은지 100년도 훨씬 넘는 고옥이다. 집의 앞과 옆에는 오래된 감나무가 두 그루 있고 뒤꼍에는 대나무가 군생(群生)하고 있다.

나는 해방되던 해에 이집에서 태어났고 해방 직후 부친을 따라 인천으로 올라왔다. 6·25가 터져 1·4후퇴 때 이집으로 피난을 했고 종전 후 사회가 안정될 때까지 조부모님과 함께 이집에서 살았다. 초등학교 1학년 첫 학기를 마치고 부모님이 계신 인천으로 전학하였다.

고등학교 때까지 방학만 되면 여름이고 겨울이고 한 달씩 고향 집에 가서 지내다 오곤 했다. 그러나 학교를 인천에서 다닌 관계로 고향에 가도 가까운 친구는 별로 없는 편이어서 주로 대소댁(大小宅)의 형제들과 어울려 놀았다. 그때 고향집에는 큰아버님 내외분이 농사를 지으면서 사셨으므로 때로는 어른들의 농사일을 거들거나 산에 나무하러 따라 다니기도 했다.

큰아버님은 집에 찬거리가 떨어질 만하면 후리질을 가자고 하셨다. 후리질에는 주로 꽃게, 우럭, 바닷장어 등이 많이 잡혔다. 후리질 갔다온 날 밤에는 안마당에 돗자리를 깔고 푸짐한 해물(찜과 탕) 파티가 열린다. 파티가 끝난 후 돗자리에 누워 부른 배를 두드리며 하늘을 보면 밤하늘에 가득한 별들이 우리 집 마당으로 쏟아져 들어온다. 바다에서 보는 밤하늘은 유난히도 별들이 선명하고 가깝게 보이기 마련이다.

시골집에는 큰어머니께서 항시 농주(農酒)를 담가 놓으신다. 농사 때 쓰기도 하지만 조부님이 약주를 좋아하셔서 술이 떨어지면 안된다. 나는 여름날 어른들이 농사일 나가시고 안 계실 때 광에 들어가 몰래 농주를 두어 대접 퍼마시고 바깥채 시원한 방에 누워 낮잠을 즐기곤 했다. 후에 내가 사회에 나가 술을 제대로 배운 후에도 결코 그때 마셨던 농주의 맛보다 나은 것은 없었던 것 같다.

고향집에 가면 나는 항상 사랑방에서 할머니 곁에서 잠을 자고는 했다. 나는 깊은 잠이 들어 몰랐지만, 이튿날 아침 할머니가 아버지께, "얘가 보기보다는 뼈가 굵어 튼튼하게 생겼다."고 하시던 말씀이 생각난다. 아마도 내가 잠든 사이에 몰래 손자의 팔다리를 만져보셨던 모양이다. 지금도 시골집 생각을 하면 할머니의 따스한 정이 느껴진다.

대학 졸업 후 1년간 덕적에 가서 친구와 둘이서 고시공부를 한 적이 있었다. 고향집 바깥채가 시원하고 조용하여 공부하기에 적소(適所)이나 어른들이 농사일로 바쁜데 젊은 놈이 공부한다고 방에 앉아 있을 수 없어, 이웃 동네 서포리(西浦里)에 가서 기식(寄食)하였다. 친구가 서울 자기 집에 다니러 갈 때에는 나도 고향집에 와서 며칠씩 있다가 돌아가곤 했다.

이 고향집은 지금은 십 오륙 년째 폐가가 되어 있다. 큰아버님 내외분이 돌아가신 후 아무도 살지 않고 방치되게 된 것이다. 아버님도 돌아가시고 나의 형제들도 여럿 있지만 모두 도시에 나와 살고 있으니 누구도 거기에 내려갈 생각을 안 하는 것이다.

집은 사람이 살지 않고 비어 두면 얼마 안 가서 못쓰게 되는가 보다. 뒤꼍의 대나무들은 밭을 이루었고 일부는 구들장 밑을 뚫고 앞마당까지 뻗어 나왔다. 마당에는 시멘트 바닥인데도 잡초가 산더미를 이루고 있고 심지어 뽕나무까지 자라고 있다. 가끔 고향에 갈 때마다 낫질로 정리를 해보지만, 갈 때마다 새로 자라 있으니 이제는 아예 포기한 상태다.

작년에 가보니 대청마루 지붕이 일부 무너져 하늘이 드러났다. 이제는 눈비까지 들이치고 있는 것이다. 그러나 이 집은 조상님들이 대대로 사시던 집이고 아직도 사랑방에는 조부모님의 사진도 그대로 걸려 있으니 그분들의 혼이라도 머물고 있는 듯싶다. 선산에 성묘차 고향에 가더라도 고향집이 없어지고 나면 고향 같은 느낌이 들지 않을 것 같아 선뜻 허물어 정리해야 겠다는 마음을 먹지 못하고 있다.

남들은 형제들이 십시일반으로 현대식으로 새로 지어 별장으로 쓰지 그러느냐고 하지만, 이제는 모두 도시의 문화생활에 젖어 시골 갈 생각을 안 하는 것 같다. 요즈음은 뱃길로 1시간이면 갈 수 있는 거리지만 뱃길은 날씨의 영향이 크고, 이제는 모두 노년에 들어서고 있으니 의료문제도 큰 고려요소이다. 더욱 중요한 것은 도시출신 내자(內子)들의 의견도 고려해야 한다는 점이다.

지난해 친구들과 함께 고향집에 들렀을 때 옆에 있던 소정(素井)의 조용한 탄식이, "나는 언제나 고향에 가보나."이었으니(그의 고향은 황해도 연백), 찾아갈 고향집이 있는 나는 행복한 사람이 아닌가. 그렇다. 고향집은 우리를 행복하게 한다. 그러나 그것은 찾아 뵈오면 반갑게 맞아 줄 어른들이 계실 때의 이야기이고, 이제는 그저 어릴 적의 아름다운 추억으로만 남아 있을 뿐이니 아쉬울 따름이다.

(jego.net, 2009. 1. 6)

둑이 되기까지

우리 집안은 대대로 고향 덕적도에서 농사를 짓고 살았다. 할아버지가 돌아가시자 아버지는 인천에서 다니시던 직장에 사표를 내고 가족들을 인천에 남겨둔 채 혼자서 고향으로 낙향을 하셨다. 고향에 있는 농토, 임야 등을 돌보기 위해서였다.

나의 고향마을 '벗개'는 말굽쇠처럼 U자 형태로 굽은 큰 포구로 되어 있고 포구 안쪽으로 논, 밭 등 농토가 좀 있는 그리 풍족치 못한 조용한 마을이었다. 작은 배를 가지고 어업을 하는 집도 몇 집 있었지만 농사가 주가 되어 있었다. 이 농사도 바닷가에 둑을 막아 논을 만들어 짓고 있었으므로 사리 때 태풍이라도 불어 닥치면 둑이 터져 농사를 망치는 일이 종종 있었다.

아버지는 낙향 후 이 문제를 어떻게 하면 해결할 수 있을까 곰곰이 궁리를 하시다가, 포구 중간쯤에 큰 둑을 막으면 안쪽의 기존 농토도 보호하고 새로운 간척지가 생겨 동네 영세민들에게 살 길도 생길 것에 착안하게 되었다.

이 아이디어를 가지고 여러 군데 수소문 끝에 마침내 가톨릭 구제회의 지원을 받는 길을 뚫으셨다. 그 당시 마을에 약 100호(戶) 정도가 살고 있었으므로 미국 구호양곡(밀가루 또는 옥수수가루)을 매월 100포씩 지원 받게 되었다. 동네 주민들로 매립조합을 구성하여 조합원에게 매월 1포씩 노임으로 배분키로 하고 주민 노력 동원으로 둑 막는 사업을 시작하였다.

1960년 4월 21일에 사업을 시작하였는데 마침 그해에 일어난 4·19 학생데모 소식을 들으며 공사에 착공하였다고 한다. 그러니 그 후에 정부가 새마을 사업을 본격적으로 시작하기 훨씬 전에 주민 자력으로 스스로 새마을 사업을 시작한 셈이다.

막게 될 둑의 길이는 직선으로 약 650미터나 되었으며 만조 시에는 물이 깊어 난공사가 될 것으로 예상되었다. 그 당시에는 마을 주민들이 자금도 없고 기술도 없어 중장비를 동원할 수 없었으므로 그저 원시적인 방법으로 공사를 할 수밖에 없는 상황이었다. 그래서 양쪽에 있는 돌산에 다이너마이트를 터뜨려 나온 돌 덩어리들을 리어카에 실어 나르는 방식으로 포구의 양쪽 끝에서부터 둑을 막아 들어가기 시작하였다. 정말로 우공이산(愚公移山)의 심정으로 사업을 시작하였다.

이렇게 가톨릭 구제회의 지원을 받게 되자 자연스럽게 가톨릭 신자들이 늘게 되어 섬의 중심지에 해당하는 서포리(西浦里)에 성당이 생기고 미국인 신부가 부임하게 되었다. 뒤이어 가톨릭 대학 부속병원 분원이 들어오고 자가발전기를 돌려 전력을 생산하여 각 가정에 전기가 들어오고 간이상수도도 설치되었다.

그러니 이 둑 막는 사업을 시작한 덕으로 1960년대에 이런 벽지 섬마을에 병원, 전기, 수도가 들어오는 문화적인 혜택을 누리게 되었으니 정말로 꿈같은 일이 아닐 수 없었다. 또한 배분된 구호양곡은 가난했던 그 시절 마을 주민들의 식량 문제를 해결하는 데에도 큰 도움이 되었다.

공사의 진도는 매우 느렸다. 애당초 이런 원시적인 방법으로 성과를 기대할 수는 없었다. 양곡지원은 당초 3년을 약속하였으나 그 후 수차례 연장되어 1972년까지 13년간이나 계속되었다. 1970년대에 들어와 우리나라 경제가 어느 정도 성장하게 되어 미국의 외원양곡 지원도 점차 줄게 되자 가톨릭 구제회의 양곡지원도 끝나게 된 것이다. 그러나 공사는 절반 정도밖에 진척되지 못하였다.

여기서 포기할 수는 없는 노릇이었다. 공사를 중단하고 그대로 방치한다면 그동안 막은 둑은 그저 흉물로 남을 뿐이었다. 아버지는 또 다시 궁리 끝에 청와대에 박정희 대통령에게 직접 편지를 쓰기로 했다. 그동안의 경위를 소상하게 적고 두툼한 도면을 첨부하여 도움을 요청하는 진정서를 올린 것이다. 이 편지를 대통령이 직접 보았는지, 경기도에 지시가 되어 1973년부터 정부의 구호양곡이 매월 100포씩 지원되게 되었다.

'하늘은 스스로 돕는 자를 돕는다.'는 말은 이런 경우를 두고 하는 말이다. 생면부지의 촌로(村老)를 돕다니. 아버지는, "밑바닥 서민들의 어려움에 귀기울이는 진짜 대통령다운 대통령은 박정희뿐이다."라고 늘 말씀하셨다.

이렇게 해서 공사는 계속되었다. 문제는 마지막 약 30미터 남은 물막이 공사였다. 조수(潮水)가 들어오고 나갈 때의 물살이 너무 세기 때문에 단시간에 이를 틀어막아야 하는데 이에 필요한 기술과 장비가 없었던 것이다. 그래서 공사는 3년간이나 방치되고 미완공 사업장으로 남게 되었다. 주민들의 염원이 무산되는 위기에 처하게 된 것이다. 그러나 하늘은 뜻을 저버리지 않았다. 마침내 1980년에 옹진군청에서 예산을 편성, 정부사업으로 책정하여 중장비를 동원하여 물막이 공사를 해 준 것이다.

그러니 공사를 시작한 지 꼭 20년 만에 꿈에 그리던 둑막이 사업이 완성된 것이다. 그러나 매립된 땅의 소유권은 정부로 넘어가게 되었다. 주민 스스로 공사를 끝내지 못하고 정부가 막아 주었기 때문이다. 4년간의 소금기(鹽氣)를 빼는 기간이 지난 후 정부가 그동안의 주민들의 노력과 공로를 인정하였고, 염가로 주민들에게 불하가 이루어졌다.

매립된 땅은 총 70정보였다. 1정보는 3,000평이니 21만 평의 금싸라기 같은 땅이 조성된 것이다. 평당 600~700원으로 한 집에 0.5~1정보씩 배분되었다. 그 당시 마을 주민 총 86세대 중 50세대가 분양에 참여했으며 많이 산 집은 3정보까지 산 경우도 있으니 동네 사람들은 이제 모두 부자가 된 것이다. 아버지도 조합원의 한 사람으로 1정보를 분양받으셨다.

원래 간척지 땅은 농사가 잘되는 것으로 유명하다. 매년 풍년이 들어 이 간척지에서 생산된 쌀은 마을 주민은 물론 섬 주민 전체가 먹고도 남아 매년 외지로 반출되고 있다. 아버지 몫으로 배분된 땅에서 생산된 쌀이 매년 우리 형제들에게 조금씩이나마 올라올 때마다 이미 고인이 되신 아버지를 다시 생각하게 된다.

나는 가끔 고향에 갈 때 마다 널따란 간척지 들판을 바라보며 뿌듯한 감회에 젖고는 한다. 이 둑은 한 사람의 아이디어가 세상을 어

떻게 변화시킬 수 있는지 보여주는 살아있는 사례가 되었다. 아버지
는 그 공을 마을 주민들 모두에게 돌리고 계셨다.[*]

(덕우회보, 1985)

---

[*] 이 글은 아버지께서 덕적도 출신들의 모임인 덕우회(德友會) 회보에 쓰셨던 것을 재구성한 것
이다.

외삼촌과 네다바이

    나의 어머니는 나의 고향 마을 '벗개'에서 재를 하나 넘어 있는 마을 '서포리(西浦里)'에서 우리 집으로 시집오셨다. 서포리는 백사장이 크고 모래가 고우며 해변의 소나무들이 아름다운, 서해안에서 이름난 해수욕장이 있는 마을이다. 어머니는 무남독녀 외딸이셨다. 나의 외할아버지는 딸이 보고 싶으시면 자주 재를 넘어 우리 집에 오시고는 했다.

    어느 날 외할아버지는 재를 넘다가 크고 넓적한 바윗돌을 발견하여 그 돌을 어깨에 메고 오셔서 우리 집 앞 시냇가에 돌다리로 놓으셨다. 딸네 집에 오실 때마다 집 앞 돌다리가 부실한 것을 보시고 딸을 생각해 튼튼한 다리로 고쳐 놓으신 것이다. 지금은 도로가 포장되어 이 돌다리는 없어졌지만, 내 어릴 적 기억으로는 길이는 2미터, 폭은 1미터는 족히 될 정도로 장정 네 명이 목도질을 해야 옮길 수 있을 정도의 제법 큰 돌이었다. 그러니 외할아버지는 기골이 장대하고 힘이 장사셨던 모양이다. 나를 비롯하여 나의 형제들이 키가 큰 것은 아마도 외할아버지의 영향으로 외탁했기 때문이 아닌가 생각한다. 그러나 외할아버지는 장수하지 못하고 일찍 돌아가셨다. 그 당시로 는 드문 일이지만, 외할머니는 다른 집으로 개가(改嫁)를 하셨다.

그러니 나는 진짜 외삼촌이 한 분도 안 계신 상황이 된 것이다. 어릴 때 내가 '외삼촌'이라고 부른 분들은 어머니의 4촌 형제들인 외 당숙들이 몇 분 계셨고, 외할머니가 개가하여 낳은 어머니와 성(姓)이 다른 형제가 두 분 계셨다. 그러니 어린 나에게 '외삼촌'은 참으로 헷 갈리는 호칭이었다. 나는 어려서부터 인천에 나와 살게 되었으니 이 분들을 자주 뵐 기회도 없었고 나에게 외삼촌은 그저 어렴풋한 존 재들이었다.

아마도 내가 초등학교 상급학년(4·5학년) 시절이었던 것 같다. 어 느 날 고모 집에 심부름을 갔다가 집으로 돌아오던 길이었다. 웬 중 년의 신사가 나에게 다가오더니, "애! 너 어디 갔다 오니. 내가 네 외 삼촌인데. 참 오래간만이구나." 하고 반갑게 내 손을 잡는 것이다. 그 러고는 인근 빵집으로 데리고 들어가, 그 당시에는 좀처럼 먹기 힘든 빵, 과자, 사이다 등을 잔뜩 사주는 것이다. 나는 그때 '아마도 이분이 바로 어머니와 성이 다른 형제 중 한 분인 모양이구나.' 생각했다.

이 외삼촌은 나를 데리고 이곳저곳을 다니다가 어느 한옥 앞에 이르러, "이 집이 우리 집이다. 요 앞 가게에 가서 무얼 좀 사가지고 다시 오자." 하면서, 나를 데리고 인근 어느 상점으로 들어갔다. 그는 이것저것 값나가는 물건들을 골라 두 개의 보따리를 만들게 했다. 그 중 큰 보따리는 자기가 가져갈 것이고, 작은 보따리는 나더러 '어머 니께 갖다 드리라는 것'이었다.

그는 상점 주인에게 "얘가 내 조카인데, 마침 내가 돈지갑을 안 가지고 와서 요 뒤에 있는 우리 집에 갔다 올 테니 잠깐만 기다려 달라."고 양해를 구하고는 나를 맡겨놓고 큰 보따리를 가지고 나갔다.

그 후 30분, 1시간이 되어도 소식이 없자 상점 주인은 나를 데리고 그 집을 찾아 나섰다. 그 집에 가서 물어보니, "그런 사람 모른다."는 것이다. 그러니 감쪽같이 사기를 당한 것이다.

나는 곧바로 그 동네 파출소(인천 시내 경동 사거리 소재)에 넘겨졌다. 어린 나는 난생 처음으로 파출소 유치장에 사기죄의 공범으로 갇히게 된 것이다. 나는 그 안에서 몇 시간을 두려움에 떨었다. 마침 겨울철이라 난방도 안 된 방은 나를 더욱 떨리게 했다.

밤이 되자 연락을 받고 아버지께서 파출소에 오셨다. 아버지는 자초지종을 자세히 들으시고 한탄을 하시면서, "네가 외삼촌이라는 게 분명치 않아 그렇게 된 것이니, 네게는 아무 잘못 없다."고 나를 안심시키셨다.

아버지는 이 사기꾼을 잡아야 한다고 버티면 어린 내가 고통을 당하게 될 것을 염려하여 상점 주인과 타협을 하기로 작정하셨다. 그래서 상점 주인에게 "당신도 잘못이 없지 않으니 피차간에 손재수(損財數)가 있었던 셈치고 절반씩 부담합시다." 하고 제안하셨다. 그 당시 그 돈은 아마도 지금 돈으로 치면 몇십만 원은 족히 될 정도였으니, 나는 몸값으로 거금(巨金)을 물어주고 풀려나게 되었다.

나는 이처럼 외삼촌이 누군지도 제대로 모르고 또 잘 알지도 못하는 사람을 그냥 따라나서는 순진하고 어리숙한 아이였다. 아마도 나는 그 후에도 이렇게 어수룩하고 고지식하게 오늘날까지 살아온 게 아닌가 지난날을 되돌아보게 된다.

(jego.net, 2010. 10. 14)

선택의 순간들

인생을 살아가는 과정에서 우리는 크든 작든 많은 선택을 하게 된다. 이러한 선택 중에는 우리의 인생행로를 근본적으로 바꾸어 놓는 삶의 기로(岐路), 즉 갈림길에 해당하는 중요한 선택들이 있게 마련이다.

나는 어려서부터 아버지께서 판·검사가 되기를 바라셨다. 아버지의 절친한 친구분 중에 인천지방법원 판사분이 계셨는데 그게 부러우셨던 듯하다. 아버지의 뜻이 그러하니, 어린 나의 생각도 법과대학을 가는 것을 당연한 것으로 알고 지냈다.

그러던 중, 고등학교 3학년에 올라가기 직전에 정작 대학 진학을 위해 문과반과 이과반 중에서 선택을 해야 하는 순간에 문제가 생겼다. 아버지께서 '집안에 의사가 한 사람 필요하니 의과대학을 가는 게 좋겠다.'고 마음이 변하신 것이다. 나의 형님들 중에서 의사가 나오기를 기대했으나 그게 뜻대로 되지 않으셨던 것이다.

그러니 나는 고민에 빠지게 되었다. 어릴 때부터 법조인이 되는 꿈을 가지고 그 방향으로 준비하고 있었는데, 이제 와서 의사가 되라니. 고민 끝에 나는 2학년 담임 선생님께 상담을 하러 갔다. 선생님은 "너는 법과대학을 가도 되고 의과대학을 가도 되니, 네 마음대로 선택을 해라." 하고 오히려 내게 선택을 밀어 버리셨다. 앞으로 학생의 생애에 영향을 미칠 중대한 결정이니 나중에 책임질 말씀을 안 하시겠다는 뜻이리라.

나는 부모의 결정을 따르기로 마음을 먹었다. 어릴 때 인생진로의 선택은, 본인에게 특별한 장기(長技)가 따로 없다면, 대체로 부모의 뜻에 따르게 마련이다. 나는 어릴 때의 순수한 마음에 '이 다음에 슈바이처 같은 훌륭한 의사가 되리라.'고 진로 변경을 정당화하며 이과반을 선택하기로 마음을 정했다.

이 소식을 들었는지, 며칠 후 서울에 사는 큰형님이 인천 집에 내려 왔다. 형님은 아버지께, "집안에 힘 있는 사람이 필요합니다. 집안에 의사도 필요하지만, 세상을 살아 보니까 도처에서 어려움을 당하는데 집안에 기둥이 될 사람이 필요합니다." 하고 밤새도록 아버지를 설득하였다. 형님은 공과대학을 나와 사회생활의 어려움을 체험하고 있었던 것이다. 그러니 아버지의 마음이 변하지 않을 수 없었고 나는 다시 법과대학으로 진로를 정하게 되었다. 그때 우리 형님이 나서지 않았더라면 나는 평생 의사로 살았을 것이 분명하다. 이것이 내 인생의 첫 번째 기로인 셈이다.

법과대학에 다닐 때 교수 분 중에 인천중학 선배 한 분이 계셨다. 지금은 작고하셨지만, 그 당시 독일 유학에서 돌아와 장래가 촉망되던 C 교수님이 계셨다. 법과대학에서 인천 출신은 가뭄에 콩 나듯 하던 시절이었으니 후배사랑이 각별하였다. 가끔 연구실에 들르면, "고시공부에만 매달리지 말고 진짜 공부를 좀 해봐." 하고 몇 차례 말씀 하셨다. 법학을 학문으로 연구하여 본인처럼 법과대학 교수가 되라 고 권하는 말씀이었다.

　　나는 사법시험을 보는 것을 당연한 것으로 생각하고 있었고 교 수가 되려면 독일 유학을 가야 되는데 당시로는 엄두가 나지 않는 일 이었다. 그러니 감히 그 선택을 할 생각은 할 수 없었다. 지금 생각해 보면 그 당시 그 선택을 했더라면 독일 유학의 길은 어떻게든 열릴 수 있었을 것으로 보며 평생을 법과대학 교수로 살았을 것이다.

　　대학을 다니면서 나는 사법시험을 준비하였다. 그러나 대학을 졸업할 때까지 이 시험에 합격하지 못하였다. 그 당시 이 시험은 자 격시험으로 매년 20~50명 정도밖에 합격되지 않는 매우 어려운 시 험이었다. 졸업 후 실업자 신세가 되자 나는 1년간 그야말로 치열하 게 준비하였다. 그러나 너무 무리한 탓에 시험기간 중에 심한 독감에 걸려 감기약 중독으로 시험을 중도에 포기하고 말았다. 그 당시는 의 약분업이 되기 전이라 동네 약국에서 직접 조제한 약이 허약한 몸에 맞지 않게 지나치게 독했던 것이다.

　　이렇게 사법시험에 낙방한 후 1년 후를 기약하면서 쉬고 있는 나에게 아버지는 "행정고시를 한 번 봐 보지 그러느냐."고 넌지시 권 하셨다. 나는 "두 마리 토끼 잡다가는 아무 것도 안 됩니다." 하고 잡 아뗐지만, 생각해 보니 1년을 기다릴 일이 아득하였다. 물론 시험과 목은 조금 달랐다. 처음에는 별 뜻 없이 '어디 한 번 해볼까.' 하고 시 작한 일이 시일이 가면서 점점 빠져들고 말았다. 그렇게 시작한 일이 그해 9월 행정고시에 최종 합격하게 된 것이다. 이것이 내 인생의 진 짜 행로를 결정해 버린 중요한 선택이 된 것이다.

그 후 다시 다음 해 2월에 있을 사법시험을 준비하고 있었다. 시험을 1주일 남겨 놓은 시점에 총무처(현 행정안전부) 총무과장에게서 출두하라는 통지가 왔다. 가서 만나보니 그는 법과대학 선배(후에 상공부 장관을 지낸 K씨)였다. 그는 "총무처 인사국에 발령할 테니, 그리 알고 있으라."고 말했다. 나는 "총무처가 뭐 하는 곳인지도 모르고, 며칠 후 사법시험이 있으니 시험이나 끝난 후에 다시 얘기하시지요." 하고 일어서려는 순간, "여보게, 선배가 다 생각해서 하는 얘기인데, 그대로 발령할 테니 그리 알게." 하는 것이다.

　　나는 머릿속에 며칠 앞으로 다가온 시험 생각밖에 없었고 그 자리에서 강하게 "노(No)" 할 수도 없었다. 그리하여 시험이 끝난 후 총무처 사무관(중앙부처 계장급)으로 근무하게 된 것이다. 행정부에서 일하게 되는 부처 선택을 이렇게 엉겁결에 해버리고 만 것이다. 이것이 내 인생에 세 번째 기로가 된 것이다.

　　이렇게 공직생활을 시작한 후에도 나는 양과(兩科) 합격의 미련을 버리지 못해 사법시험에 두 번 더 응시하였다. 행정부에 들어와 보니 '행정부의 일이 나라를 직접 움직이는 보다 적극적인 일'로 생각되어 사법부로 가고 싶은 생각은 별로 없어졌다. 그러나 나중에 공직을 그만둔 후 변호사라도 해야 할 것 아닌가 하는 보험드는 심정으로 계속 응시하였으나, 이미 시험에만 집중할 수 없고 또 맡은 직무에도 최선을 다해야 하므로 마침내 포기하게 되었다.

　　총무처는 정부 각 부처의 인사관리를 총괄하는 부서이므로 기회가 되면 다른 부처로 전출해 나갈 수 있는 곳이다. 사무관으로 5년여를 근무하고 있는데 보건사회부(현 보건복지부)에서 과장으로 승진시켜 줄 테니 오겠느냐는 제의가 들어왔다. 주위 사람들의 의견을 들어

보니, 일부에서는 '보건사회부가 사건 · 사고가 많은 험한 부처이니 가지 말라.'는 의견도 많았다.

그러나 생각해 보니 '앞으로 우리나라가 좀 더 잘 살게 되면 복지국가가 될 것이 틀림없는데, 지금 내가 가서 그 일을 준비해야 할 것 아닌가.' 하는 희망과 함께 무엇보다 과장시켜 주겠다는 제의에 끌려 보건사회부로 가게 되었다. 이것이 내가 오늘날까지 평생을 바쳐 복지 분야에 일하게 된 네 번째의 기로인 것이다.

보건사회부에 와서 약 20여 년을 근무하면서 여러 분야의 일들을 맡아서 하였지만, 그중에서도 국민연금과 의료보험제도의 도입과 정착에 노력하였다. 사회보장제도는 소득보장과 의료보장이 양대(兩大) 축을 이루는 제도인데 국민연금과 의료보험은 바로 이를 위한 제도이다. 특히 양 제도의 시행에 있어 가장 어려운 과제인 농어민과 자영자에게 적용을 확대하여 전 국민 적용을 이룩하는 일에 심혈을 기울였다.

이 일을 하는 과정에서 업무상의 필요에서 학문적 연구도 병행하게 되어 사회복지 분야의 최종학위도 받게 되었다. 그러다 보니 계급도 승진이 되어 차관보급인 사회복지정책실장이 되었다. 사회복지 분야를 총괄하는 총책임자가 된 셈이다.

실장으로 1년 반 쯤 근무한 어느 날 개각에 따라 새로 장관이 부임해 왔다. 장관(경기도 남양주 출신 L씨)은 부임 며칠 후 나에게 "고위공직자 중 흔치 않은 경기 · 인천 출신을 만나 반가운 마음에 당신을 차관으로 점찍고 있었는데, 총리실에 차관보급으로 있는 친구가 차관으로 오기 위해 국무총리와 청와대 수석비서관을 통해 압력을 넣고 있어 견딜 수 없으니, 부득이 당신이 그 친구와 자리를 바꿔 총리실로 가야겠다.”는 것이다. 그러면서 “당신이 총리실에 가서 일해 보면 보다 넓은 시야를 갖게 될 테니 앞으로 당신의 장래에도 큰 도움이 될 것이오.” 하고 적극 권하였다.

나는 “총리실이 어떤 곳인지 모르니 생각할 시간을 좀 주십시오.” 하고 요청하였다. 장관은 “이미 총리와 그렇게 하기로 합의하였으니 이해해 달라.”고 오히려 사정을 하는 것이다. 나는 마음속으로 ‘정부의 1급 공무원은 신분보장이 되지 않고 장관이 그만두라고 하면 그만두어야 하는 자리인데, 할 수 없는 일이지.’ 하고 그 자리에서 수락할 수밖에 없었다. 그리하여 나는 국무총리실 사회문화조정관으로 가게 되었다. 이 자리는 정부의 사회 · 문화 분야의 정책을 총괄하고 조정하는 자리이다. 이것이 나의 다섯 번째의 선택인 것이다.

국무총리는 정부 내에서 제2인자라고는 하나 우리나라의 권력 구조상 실권이 별로 없는 자리이다. 그기에 ‘대독(代讀) 총리’라는 말이 있는 것이다. 인사문제에 있어서는 더욱 그러하다. 고위공직자에 대한 인사권은 대통령이 전권(全權)을 행사하고 있다. 단 하나의 예외가 장관 인사에 대하여 총리의 의견을 듣도록 헌법상 보장되어 있을 뿐이다. 이 장관 인사도 청와대에서 대상자를 인선하여 총리에게 보여주며 의견을 듣는 정도에 그치는 경우가 보통이다. 그러니 차관급 이하의 인사에 대하여는 총리가 법적으로나 실질적으로 아무런 권한이 없는 것이다.

각 부처의 차관급 인사는 해당 부처의 차관보급(실장급) 공무원 중에서 승진시키는 것이 부처의 인사 숨통을 틔우고 직원들의 사기를 진작시킨다는 차원에서 관례로 되어 있으니 총리실은 이런 면에서도 불리한 것이다. 그러니 총리실은 소문 안 난 ‘인사의 사각지대’

인 셈이다.

나는 총리실에 4년을 근무하였으나 매번 후보로만 거론될 뿐 실제로 낙점(落點)되지 못하였다. 여기서 나는 더 이상 기다려 보았자 전망이 없다고 판단하게 되었고, 마침 국민연금공단 이사장 자리가 공석이 되어 총리(김종필 씨)에게 건의하여 이 자리에 가게 되었다. 이것이 나의 여섯 번째 선택인 것이다.

국민연금은 내가 입안한 제도이고 또한 학위도 이 주제로 받은 나의 전문분야이므로 이 제도를 전국민에게 적용하는 사업을 내 손으로 마무리하고 싶은 욕심이 있었던 것이다. 이 공단은 모든 국민의 노후 소득보장을 위해 평생(취업 시작부터 은퇴 후 사망 시까지)을 관리하는 중요한 기관으로 이사장은 주로 정부의 장·차관을 지낸 인사들이 임명(대통령이 임명)되고 있다. 나는 이 자리에 가서 3년의 임기 동안 농어민과 자영자에 대한 국민연금 확대사업을 정착시키고 32년간에 걸친 공직에의 봉사를 마무리하게 되었다.

공직을 마친 후 이제 나의 전공분야를 살려 대학에서 학생들을 가르치고 있다. 그동안의 나의 경험과 연구를 젊은이들에게 전해주는 데에서 나름대로 보람을 느끼고 있다. 또한 학생들에게 강의하는 내용을 묶어 복지 분야의 전문서도 두 권(『한국 복지국가의 이상과 현실』, 『복지국가로 가는 길』)을 출간하였다. 아마도 이것이 나의 커리어(career)에서 마지막 선택이 될 듯하다.

이처럼 나는 생의 과정에서 많은 선택을 하며 살아왔다. 때로는 부모의 선택에 따라, 때로는 자의반·타의반으로, 때로는 순전히 나의 독자적인 판단에 따라 선택을 하였다. 그 선택에 대해 지금 아무런 후회도 없다. 또 후회할 필요도 없는 일이다. 어쩌면 나의 인생행로는 이 길로 가도록 운명지어져 있었으며 내가 바꾸려 해도 바꿀 수 없는 길이 아니었나 생각된다.

인생이 이 세상에 오는 것과 이 세상을 떠나게 되는 것은 인간이 선택하는 것이 아니라 신이 선택하는 것이라는 말이 있다. 이 아름다운 세상에 와서 찬란하고 밝은 빛을 볼 수 있게 된 것만으로도 인간은 신의 커다란 축복을 받은 것이며, 신이 허락한 짧은 시한(時限)의 범위 안에서 이런 저런 선택을 하며 한 세상 살다 가는 것이 인간이 아니겠는가. 그러기에 내가 했던 작은 선택들에 대해 일희일비(一喜一悲) 할 일은 아닌 듯하다.

나는 내가 선택한 이 일을 함에 있어 항상 원칙을 지키며 정도를 걸으려고 노력했다. 무릇 공직의 일이란 사심을 가져서는 아니 되며 일이 어렵더라도 편법을 써 가지고는 결코 성공하기 어려운 것이다. 이 세상에 와서 내가 걸은 이 길이 그저 국리민복을 위해 조금이라도 보탬이 될 수 있는 길이었다면 그것을 보람으로 여길 뿐이다.

(2002. 12. 30)

의약분업과 인생행로

　나는 대학에서 법학을 공부하였으므로 대부분의 법과대학생들이 하는 것처럼 판·검사가 되는 것을 목표로 사법시험을 준비하였다. 그러나 재학 중에 합격이 되지 못하여 졸업 후 첫 해 1년 동안은 정말로 열심히 공부하였다. 졸업 후 실업자 신세를 면치 못했다는 점도 있고 재학 중에 의탁하고 있었던 형님 집에 계속 눌러 있기가 미안하기도 하여 건강에 무리가 되는 줄 알면서도 이번에 꼭 합격해야겠다는 일념으로 매진하였다.

　그 당시 사법시험은 매년 겨울에 치렀고 하루에 두 과목씩 연 4일간 계속 되었으므로 시험기간은 수험생들에게 그야말로 고난의 기간이었다. 특히 그해 겨울(1969. 2)은 유난히도 추웠고 눈도 많이 왔다.

　시험 시작 며칠 전부터 몸의 컨디션이 별로 좋은 편은 아니었으나 극도의 과로와 수면부족으로 시험 둘째 날에 심한 독감에 걸리고 말았다. 고열과 기침은 견디기 어려운 지경이었다. 옆에서 보다 못한 형수님이 그날 저녁 동네 약국으로 달려가 약을 지어 오셨다. 특별히 잘 지어달라고 부탁하여 약을 조제해 왔다고 하셨다.

나는 무심코 박카스 병에 담겨 있는 조제된 물약과 알약 몇 알을 삼켰다. 약을 먹은지 30분쯤 지났을까. 머리가 빙빙 도는 것 같은 느낌이 들었다. 시간이 갈수록 이 증세는 점점 심해져 나중에는 완전히 술에 취한 것 같은 상태가 되었다.

사법시험은 평소에 법에 대하여 충분한 이해가 되어 있어야 하지만 암기해서 쓰는 부분이 많기 때문에 시험 전날 해당 과목을 다시 한 번 훑어보고 가야 자신 있게 답안을 작성할 수 있다. 그러나 술에 취한 것 같은 머리로는 책을 볼 수가 없었다. 낭패였다. 할 수 없이 마음속으로 자위를 했다. '평소에 열심히 해놓았으니 오늘 밤에 좀 안 보았다고 큰 지장은 없겠지.' 하고. 그리고 몸이 피곤하니 일찍 자야겠다 생각하고 자리에 누웠다.

그러나 자리에 누우니 잠은 오지 않고•오히려 눈만 말똥말똥 해지고 머리는 더 아파 왔다. 몇 시간을 헤매도 잠이 안 와 할 수 없이 다시 일어나 책상에 앉으니 머리는 빙빙 돌고, 그야말로 안절부절 못하는 불면의 밤을 꼬박 새웠다.

다음날 시험장에 앉으니 다소 졸음이 오는 기분이었다. 형법시험 시간이었다. 시험문제는 두 문제였는데 그 시제(試題)는 지금도 잊히지 않는다.

첫 번째 문제는 '합동범에 대하여 논하라.'였다. 그러나 머리는 제대로 돌지 않았다. 합동범의 정의를 쓰는데 약 10분간 신고(辛苦)하였으나 제대로 되지 않았다. 이제 틀렸구나 하는 생각이 들었다. 두 문제 중 한 문제만 조금 잘못 써도 과락이 나오는 것이 사법시험이었다.

두 번째 문제는 형사 사례에 관한 것이었으나 문제의 내용을 파악하는 데에만 약 10분이 걸렸다. 머리는 뻐개질 듯이 아파 왔다. 그리고 '사법시험 공부하다가 폐인되는 경우가 있다더니 이런 경우가 아니겠는가.' 하는 생각이 들었다.

나는 시험관의 허락을 받아 시험지를 덮어 놓고 중도에 나오지 않을 수 없었다. 시험장 밖에 나오니 눈물이 앞을 가렸다. 그 고생을 하면서 노력한 결과가 이렇단 말인가. 단시일에 끝내 버리려는 지나친 욕심에 건강도 돌보지 않고 무리한 것이 원인이었다.

이렇게 그해 시험에 실패한 후 나는 1년 후에 있게 될 사법시험을 다시 기약하면서 형님 집에서 빈둥거리며 지내고 있었다. 그러던 중 4월 어느 날 아버님께서 오시더니 "사법시험에만 집착하지 말고 행정고시에 한번 응시해 보라."고 권하셨다.

나는 처음에는 "두 토끼를 잡으려다가는 아무 것도 안 됩니다." 하고 소극적인 반응을 보였으나, 생각해 보니 1년을 기다릴 일이 아득하였다. 시간도 충분하니 소일도 할 겸 행정고시 공부를 하기 시작했다. 물론 시험과목은 조금 달랐다. 이렇게 처음에는 대수롭지 않게 시작한 것이 그해 9월 행정고시에 최종 합격하여 오늘날까지 행정부에서 일하게 된 것이다.

그 후 행정, 사법 양과 합격의 미련을 버리지 못해 두 차례 사법시험에 계속 응시하였으나 운명의 여신은 나의 인생행로를 이미 확고하게 결정, 더 이상 문을 열어 주지 않았다.

우리나라는 아직 선진국처럼 의약분업(醫藥分業)이 되어 있지 않다. 의약분업이 되면, 의사가 환자를 진료만 한 후 처방전을 발급해 주면 환자는 이 처방전을 가지고 약국에 가서 약을 조제 받게 되는 것이다. 환자는 전문치료약의 경우에는 반드시 의사의 처방전이 있어야만 약국에서 약을 살 수 있으나 경미한 경우에 쓰이는 해열제, 기침약 등 일반약의 경우에는 처방전이 없어도 살 수 있다.

선진국의 경우 이렇게 의약분업을 하고 있는 이유는, 의사와 약사 간의 업무상 전문영역을 인정하여 불필요한 약의 오·남용을 막고 환자를 약화(藥禍)사고로부터 보호하기 위한 것이며, 이미 오래 전부터 의약분업이 관행적으로 시행되어 오고 있다.

우리나라는 무슨 약이든지 약국에서 마음대로 사 먹을 수 있기 때문에 국민들이 불필요하게 약을 많이 먹고 있다. 의료보험의 경우를 보더라도 약값으로 지출되는 비용이 선진국의 경우에는 총 의료비의 10% 미만인데 비하여 우리나라는 30% 수준에 달하고 있다. 따라서 우리나라도 하루 빨리 의약분업을 실시하여야 한다.

지난날 나의 경우도 의약분업이 되어 있었더라면 약물중독으로 시험을 중도에 포기하는 일은 없었을 것이다. 어쨌든 이 사건이 나의 인생행로를 바꾸는 하나의 계기가 되었다고 볼 수 있다. 아니면 나의 인생행로가 이미 이 길로 정해져 있었는지도 모를 일이다.

그러나 지금까지 살아오는 동안 나의 인생행로가 이 길로 정해진 데 대하여 조금도 후회해 본 적은 없다. 그리고 매일매일 생활에 충실해 왔고 앞으로도 그럴 것이다. 우리나라도 하루 빨리 선진적인 의약분업제도가 실시되기를 고대해 본다.*

(제물포고 8회 졸업 30주년 기념문집 星座, 1994. 7)

---

* 이 글은 우리나라에 의약분업이 실시되기 전에 쓴 글이다. 의약분업은 2000년부터 실시되었다.

비행기삯 100만 원

나의 아버지는 덕적도 섬마을 가난한 농가의 둘째 아들로 태어나셨다. 어려서 동네 서당에서 한문을 배우고 그 후 보통학교(초등학교)를 마친 후 집에서 농사일을 거들게 되었다. 그 당시는 일제 치하였으며 이 섬에는 더 이상의 상급학교가 없어 공부를 더 하려면 인천 등 육지로 나가야 했다. 그러나 가난한 농가 형편으로는 도시에 나가 공부할 수 있도록 학비와 체재비를 감당할 능력이 되지 못했다. 그래서 아버지는 혼자 서울로 올라가 고학으로 실업학교(지금의 고등학교 수준) 상과를 마치고 '금융조합'에 취직을 하셨다.

일제 시의 금융조합은 농민, 중소상공업자 등을 위한 서민금융기관으로서 비교적 안정된 직장이었으나, 아버지는 이에 만족하지 못하고 더 큰 포부를 품고 미국 유학을 꿈꾸게 되었다. 그러나 이 뜻을 시골에 계신 부친(즉, 나의 조부)에게 말씀드려 봐야 반대할 것이 분명하므로 말씀도 드리지 못하고 속만 태울 수밖에 없었다. 시골 촌부이셨던 나의 조부는 '미국이란 먼 나라에 가면 그 험한 세상에서 자식이 살아 돌아오기 어렵고 또 네가 가면 어려운 가정형편은 누가 돌보느냐.'고 결사반대할 것이 뻔하였기 때문이었다.

그렇지만 미국 유학의 꿈은 버릴 수 없었다. 그러던 어느 날 아버지는 부친의 허락도 없이 출국을 결행키로 하고 만주(滿洲)행 열차에 몸을 실었다. 만주 신경(新京)에 머물면서 유럽을 거쳐 미국으로 건너갈 길을 모색하였다. 한 달쯤 지난 후 곰곰이 생각해 보니 시골에 계신 부모님께 말씀도 드리지 않고 출국을 결행했으니 '불효막심'이요, 특히 부친의 안부가 걱정이 되어 장문(長文)의 서신을 부친께 올렸던 것이다. '이러이러한 큰 뜻을 품고 미국에 가서 공부 잘하고 돌아올 테니 아무 걱정하지 마시라.'는 내용이었다.

얼마 후 돌아온 부친의 회신에는, '그래, 너는 출세 잘 하거라. 나는 식음 전폐하고 병석에 누운지 한 달째니 나를 다시 보기는 어려울 것이다.'는 내용이었다. 이런 회신을 받고 그대로 도미(渡美)를 결행할 수는 없는 것이 아닌가. 부친의 성격을 잘 아는 아버지로서는, '그래, 귀국하여 부친을 살리는 게 급선무요, 그 연후에 다시 잘 말씀드리면 허락해 주시지 않겠나.' 마음을 고쳐먹고 고향에 돌아와 보니, 과연 부친은 돌아가시기 직전. 아들이 돌아온 것을 보고 비로소 마음을 드시기 시작, 건강을 회복하셨다.

이렇게 귀국하여 다시 직장에 복귀, 출국의 기회를 엿보았으나 어느덧 돌보아야 할 자식들도 여럿 생기고 하루하루의 일상에 쫓기다 보니 다시 기회를 잡지 못하고 주저앉고 말았다.

나는 이 일이 있은 후 태어났으니 만일 나의 아버지가 그대로 유학을 결행했더라면 나는 이 세상의 빛을 보지 못했을 뻔 했던 것이다. 그러니 나의 조부의 기우(?)의 덕으로 이 세상에 오는 행운을 잡게 된 것이다.

이 일이 있었던 것이 1930년대 후반이었으니 아버지가 미국 유학을 하셨더라면 해방 후 귀국하여 새로 수립된 정부에서 아마도 중요한 역할을 하셨을 것이다. 그러나 내 입장에서 보면, 내가 없는 세상이란 아무 의미가 없는 것이 아닌가. 그저 조부의 혜안(?)에 감사할 따름이다.

재작년에 우리 고교 동문모임(제인문화탐방회)의 주선으로 백두산을 여행하는 길에 만주 길림성에 있는 장춘(長春)에 잠깐 들렸었다. 장춘은 옛 신경(新京)인 것이다. 나는 여기서 마치 고향에 돌아온 것 같은 감회를 느꼈다. 아마도 나의 아버지가 이 도시 어느 곳에서 미국행을 모색했을 것이고, 이 도시가 아니었더라면 내가 태어나지 않았을 지도 모를 일이 아닌가. 같이 간 동문들에게 "여기가 내 고향이다." 했더니 모두들 의아한 눈치였다.

내가 정부에서 일하게 된 후 보건복지부의 과장으로 있을 때 1970년대 말에 정부장학금으로 미국에 유학을 가게 되었다. 그 당시에는 정부재정 형편이 넉넉치 못하여 체재비로 월 700불을 받았다. 나의 아내와 자녀 둘을 데리고 갔으니 그 비용은 내가 부담해야 했다. 다행히 국내에서 기본봉급은 그대로 나오고 있어 이를 모두 가져다 쓰고도 생활이 빠듯한 형편이었다.

그때 나의 큰 딸이 그곳 초등학교 1학년에 전학하여 다니게 되었다. 어느 날 딸의 담임선생님에게서 연락이 왔다. 학교에 가 보니 우선 학교 사회복지사(social worker)를 만나 보라는 것이다. 그를 만났더니, 대뜸, "당신 월 소득이 얼마냐?"고 묻기에, "월 700불"이라고 했더니, "그러면 당신은 생활보호대상자에 해당되고, 당신 딸은 무료

식사(free meal)와 무료 우유(free milk)를 먹을 수 있으니, 신청하겠느냐?"는 거였다. 물론 "예스"였다. 이 사실은 다른 학생들에게는 비밀이었으니 나의 딸은 공짜 식사와 공짜 우유를 먹으면서도 의기양양했다. 한국 정부의 과장이 미국의 생활보호대상자라니 아이러니가 아닐 수 없었다.

그래도 업무에 대한 부담 없이 그저 좋아하는(?) 공부만 하면 되었으니 얼마나 행복한 일인가. 비록 생활은 가난했지만 마음만은 행복했다. 이때가 나의 인생에서 제일 황금기였던 것 같다.

공부를 모두 마치고 귀국하고자 하니 가족 3인의 비행기삯 100만 원이 없었다. 정부에서는 유학생 본인의 항공료만 지원할 뿐이고, 그동안에 내 재산은 집만 남겨 놓고 모두 다 끌어다 썼으니 돈이 남아 있을리 없었다. 그렇다고 형제들에게 손을 벌리기는 싫었다. 궁리 끝에 아버지에게 청(請)을 넣기로 마음을 먹었다.

아버지는 내가 미국으로 떠날 때, "너는 내 대신 이번에 미국 유학을 가는 것이니, 공부 잘하고 오거라." 하고 격려하시던 말씀이 생각난 것이다. 아버지께 서신을 올렸더니, 즉각 일금 100만 원을 송금해 주신 것이다. 아버지는 그 당시 지금의 내 나이(60대 중반)이셨고 나의 조부가 돌아가시자 50대 초반에 일찍 퇴직하여 시골에서 농사를 돌보고 계셨으니 경제적으로 여유가 없으셨다. 그 당시로는 100만 원은 그리 적은 돈은 아니었다. 나는 성인이 되어 사회에 나온 후 유학자금으로 100만 원을 받아 쓴 것이다.

이 돈 100만 원은, 그 금액의 많고 적음을 떠나, 아버지의 젊은 시절의 꿈과 자식에 대한 기대와 사랑이 담긴 상징적인 돈이었다. 나는 귀국 후 이 돈을 갚을 생각을 하지 못했다. 직접적으로 갚아 드리지는 못하더라도 다른 방법으로라도 보답해 드릴 생각도 하지 못하였다. 생활에 여유도 없었지만 마음으로도 여유가 없었던 것이다.

지금 생각해 보면, 사람과 사람 간의 관계는 비록 형제간이라도 주고받는 거래관계이지만, 부모 · 자식 간의 관계는 그냥 주는 것이지 주고받는 거래관계가 아니기 때문이었을까. 이제 나는 내 자식에게 어떻게 하고 있나, 그리고 내가 살아온 지난 인생이 과연 아버지의 기대에 다소라도 보답이 되었던 것인가 되돌아보게 된다.

(jego.net, 2009. 2. 1)

키가 커서 생긴 일들

나는 중학교 2학년 때까지는 키가 그리 크지 않았다. 학급에서 약 4분의 3 수준 정도였다고나 할까. 그런데 중학교 3학년, 고등학교 1학년을 거치는 2년 동안에 무려 20센티미터나 커 버렸다. 그러니 평균 잡아 한 달에 약 1센티미터씩 늘어난 것이다. 고등학교 1학년을 마치니 키가 183센티미터였다.

그 당시에 국어 선생님으로 '코보' 선생님이 계셨다. 키가 크고 코가 커서 그런 별명으로 불린 분으로 학생들에게 사랑과 관심이 많으셨다. 일주일에 한 번씩 열리는 학생 전체의 조회시간이면 매주 내게 오셔서 나와 키를 대보며, "얘! 일주일 동안 또 컸구나." 하며 웃으시곤 했다. 아마도 키 크는 게 눈에 보이는 듯한 모양이었다. 조회시간에는 키순으로 앞에서부터 정렬했으니 나는 매주 뒤로 물러나는 형국이었다. 이렇게 무섭게 키가 자랐다.

이렇게 키가 컸으면 농구, 배구 등 운동선수로 뽑힐 만도 한데 그렇게 되지 못하였다. 학교에서 운동선수는 중학교 1학년 때부터

키 큰 학생들 중에서 뽑는 게 보통인데, 나는 키가 나중에 컷을 뿐더러 중3 때는 이미 공부 좀 하는 축에 들어 있었으므로 선생님들도 나를 운동선수로 키울 생각은 하지 않으셨던 것 같다.

나는 운동선수가 되지 못했으니 키 큰 장점을 제대로 살리지 못한 셈이다. 지금 와서 좀 후회되는 것은 그렇게 키가 쑥쑥 자랄 때 운동도 좀하고 역도(力道)도 좀 해서 좀 더 건장한 몸을 만들었으면 좋았을 텐데 하는 것이다. 어린 생각에 세상을 너무 몰랐던 것 같다.

이렇게 키가 크게 된 원인은, 추측컨대, 외탁의 영향인 듯하다. 나의 아버지는 평균 키셨고 어머니는 165센티미터 정도 되셨으니 예전 분으로는 키가 크신 편이었다. 외할아버지가 키가 크고 건장하셨다고 한다. 나의 형제들이 평균 180센티미터 정도는 되니 나만 돌연변이는 아닌 셈이다.

어릴 때 해산물을 많이 먹은 것도 한 원인이 될 수 있을 것으로 본다. 아버지께서 어업조합(오늘날의 수산업 협동조합)에 다니셨으니 해산물은 실컷 먹을 수 있었다. 그 당시는 해산물이 풍부한 시절이라 때가 되면 조기, 민어, 홍어 등을 한 가마니씩 집으로 가지고 오셔서 회를 쳐서 먹고 끓여 먹고 말려서 먹고 했다. 모두 어려웠던 그 시절로서는 큰 복이 아닐 수 없었다.

대학에 들어간 후 1년간 인천에서 통학을 했다. 서울역에서 내려서 종로구 동숭동에 있는 학교까지 가는 데는 버스로 약 30분이 걸렸다. 요즈음은 버스 천장이 높아졌지만, 그 당시는 천장이 대부분 높지 않아 내가 타면 고개를 조금 구부려야 하는 경우가 많았다. 천장에 나 있는 공기통에 머리를 넣을 수는 있지만 남 보기도 좋지 않을 뿐더러 만원 버스에서 밀리면 머리나 목을 다칠 우려가 있으니 그리할 수도 없는 노릇이고. 참으로 딱한 상황이었다.

그러니 수업이 시작되는 시간에 조금이라도 여유가 있으면 높은 버스를 골라 타기 위해 버스를 몇 대씩 그냥 보내는 경우도 많았다. 그러나 급하면 그냥 올라 탈 수밖에 없었다. 한번은 만원 버스에 타서 고개를 구부리고 있는데, 그 모양이 보기 딱했던지 어여쁜 여학생이 자리를 양보하며 앉으라고 한다. 어찌나 고맙던지. 중도에 대한극장 앞에서 내리는 걸로 보아 동국대 학생이었던 것 같다. 수업은 좀 빼 먹어도 되는데, 나도 따라 내려 차라도 한 잔 하자고 할 걸, 후회되었다.

대학 졸업 후 직장에 들어 온 후로는 외국에 나갈 기회가 많았다. 외국에 나가면 내 세상인 양 활개를 치고 다닐 수 있다. 서양 사람들도 나보다 키가 큰 사람이 별로 많지 않다. 평균키가 우리보다 클 뿐이다. 미국 유학 시절 미국인 학생이 나더러 "한국 사람이 다 그렇게 큰 건 아니죠?" 한다. 나는 짐짓 "내가 조금 큰 편에 속하죠." 하고 대꾸한다.

내 경험으로는 스웨덴 사람들이 키가 크다. 호텔에 들어가서 앉으니 소파, 의자, 침대 등이 내 체격에 딱 들어맞는다. 키를 비교하는 방법은 서로 마주 섰을 때 눈높이를 비교해 보면 안다. 나보다 눈이 위에 있는 사람들이 꽤 많았고 바이킹의 후예들이라 골격도 꽤 굵어 보였다. 여성들도 키가 보통 175센티미터는 되어 보였고 대부분 미인형 이어서 호감이 갔다.

한 번은 미국의 아버지 부시(Bush) 대통령을 서울 신라 호텔 영빈관에서 만난 적이 있었다. 그 분이 은퇴 후 미국의 모 금융기관에 고문을 할 때였는데, 우리나라 국민연금기금의 투자유치에 관심이 있어 나를 만나고자 했다. 악수할 때 눈을 보니 나와 같은 높이였다.

부시가 나에게, "당신은 어떻게 몸 관리를 그렇게 잘 했느냐?"고 묻는다. 내가 키가 크고 날씬하며 또 연금공단 이사장으로 돈도 많이 가지고 있으니 나의 호감을 사려는 의도였으리라. 나는 "요즈음도 테니스도 치고 골프도 쳐서 그런가 보다." 하고 대꾸한 후, "당신 골프 잘 친다는 소문이 있던데, 핸디가 얼마요?" 하고 물었다. 그는 "요즈음 잘 안 맞는데, 25이다."라고 답한다. 그 당시에 그는 70대 후반이었을 텐데 그 나이에 핸디 25면 꽤 잘 치는 편이다.

나는 "당신 집안은 어떻게 된 집안인데, 아버지도 대통령을 하고 아들도 대통령을 하고, 참으로 대단한 집안이다." 하고 칭찬을 했더니, 그가 대꾸하는 말이, "응. 우리 집도 별거 아냐. 걔, 내 아들인데, 아침이면 밥 먹고 화장실가고 다 똑 같은 사람이야. 대단한 거 없어." 한다. 사실인즉 맞는 말이다.

매년 연초가 되면 청와대에서 모든 부처의 1급 이상 공무원들이 한꺼번에 모여 대통령에게 인사를 드리는 신년하례를 한다. 영빈관의 큰 홀에서 일렬종대로 죽 한 줄로 서서 대통령에게 차례로 인사를 한 후 악수를 하는 행사이다. 김영삼 대통령 시절이다. 내 차례가 되어 인사를 한 후 악수를 하는데 대통령이 나에게 다가서더니, "야! 키 차~암 크다." 하시는 것이다. 나는 그냥 웃을 수밖에 없었다. 대통령의 등 뒤에는 키가 나보다 더 큰 총무수석 비서관 H씨가 서서 빙그레 웃고 있었다.

이 광경을 멀리서 보고 있던 나의 고등학교 동기로 정보통신부에 근무하는 J형이 내게 다가오더니, "어이, 대통령하고 무슨 귓속말을 그렇게 다정하게 하나?"는 것이다. 나는 "대통령과의 밀약을 어떻게 누설할 수 있냐."고 응수했다. YS는 이렇게 인간적이고 정이 있는 분이었던 것 같다.

한번은 장관과 함께 대통령께 업무보고를 하러 청와대 집무실에 들어간 적이 있다. 인사를 하고 자리에 앉자 YS는 대뜸 나에게, "자유당 시절에 인○○ 씨라고 재무부장관을 한 분이 계신데, 인 실장하고 잘 아는 사이요? 인씨가 참 희성(稀姓)인데 전국적으로 얼마나 돼요?" 하고 묻는다. 나는 "그분은 충남 당진 분인데 제가 어릴 때라 한 번도 뵙지 못했습니다. 우리 인씨는 원래 신라시대에 중국에서 나왔는데 지금 약 2만 명 정도되는 걸로 알고 있습니다."라고 답변했다.

이와는 대조적으로 김대중 대통령은 매우 냉철한 분으로 기억된다. 언젠가 청와대 오찬에서 헤드 테이블에 대통령 바로 옆자리에 앉게 되었다. DJ는 내게 한마디도 건네지 않아, 어색함을 면하기 위해, 나는 업무에 관한 얘기만 한참 하다가 나왔다. 그러니 밥이 어디로 들어갔는지.

나는 키가 커서 남의 눈에 잘 띠므로 어디 가서 나쁜 짓은 하지 못한다. 나를 한 번 본 사람은, 내가 설사 그 사람을 기억하지 못하더라도, 대부분 나를 기억하기 때문에 내가 그 사람을 알아보지 못하고 실수를 하는 경우가 종종 있다. 나는 가톨릭 신자인데, 일요일에 성당에 가면 미사 중에 일어서는 경우가 많고 다른 사람보다 머리 하나는 더 크므로 제대 위에서 신부가 대뜸 알아보게 되어 있다.

요즈음은 키 큰 젊은이들이 많아져서 옷을 사 입기 좋아졌지만, 예전에는 나의 경우 국내에서 맞는 기성복을 구하는 게 쉽지 않았다. 그래서 늘 옷을 주문복으로 맞추어 입어야 했다. 양복을 맞출 경우 옷감이 많이 들기 때문에 값을 깎을 생각은 아예 하지 않는다. 외국에 출장을 나갈 때 시간이 좀 있으면 나는 옷을 사러 다닌다. 그래서 나는 외제 옷이 많은 편이다.

키가 큰 만큼 문의 높이가 낮은 집에 들어갈 때나 등산 시에 낮은 나뭇가지 등에 부딪치는 일이 많아 가능하면 모자를 쓰고 다닌다. 조심하지 않으면 머리에 상처를 입기 쉽기 때문이다.

키가 커서 좋은 장점도 꽤 많지만 그것은 얘기하지 않아도 짐작할 테니 추측에 맡기고, 여하튼 나는 보통 사람보다 20센티미터 위에 있는 신선한 공기를 마시며 산다는 점에 자위하며 살고 있다.

(jego.net, 2011. 2. 14)

미시간 호반 산책길에서

여기는 시카고 북쪽 교외에 있는 작은 도시 에번스턴(Evanston). 나는 지금 여름방학을 이용하여 이곳에 와 있다. 이 도시는 미시간 호(湖)에 면해 있어 나는 요사이 날마다 호반(湖畔)으로 산책을 나간다. 나의 딸이 호수에서 걸어서 5분 거리에 살고 있어 혼자서 또는 외손자를 데리고 무작정 호수로 나간다. 말이 호수지 이건 바다이다. 건너편 육지가 육안으로는 도저히 보이지 않는 망망 대해(大海)인 것이다.

호수는 잔잔한 편이며 물은 맑고 투명하여 물놀이 하기에 좋다. 곳곳에 산재한 비치에는 안전요원(lifeguard)이 지키고 있어 사람들이 마음 놓고 수영을 즐기고 있다. 간간히 모터보트와 하얀 요트들이 물살을 가르며 지나가고 있다. 저녁 무렵에는 직장에서 일찍 퇴근한 사람들이 비치발리볼을 즐기고 있다. 호수에 바로 접(接)해 있는 집들은 마치 비치와 호수가 자기 집 안마당이나 되는 양 쓰고 있다.

이 도시 에번스턴은 1850년대에 감리교도들(Methodists)들이 노스웨스턴(Northwestern) 대학을 세우면서 개발되기 시작하였다고 한다. 도시의 이름도 대학설립자의 한 사람인 에번스(Evans)의 이름을 따서 지어졌다고 하니 이 대학으로 생긴 도시인 셈이다.

도시 전체가 100년 이상 된 거목(巨木)들의 숲에 싸여 있는 전원(田園)도시이다. 주택들은 대부분 3층의 전통적인 저택형으로 삼각형의 박풍(gable) 지붕을 가진 집들이 많다. 저녁식사 후 산책길에 나서면 도시에선 보기 드물게 반딧불이가 여기저기서 반짝이며 마치 길안내를 하는 듯하다. 그러니 이곳 사람들은 바다 같은 호수를 곁에 두고 울창한 숲속에서 쾌적하게 살고 있는 것이다. 이것이 자연 속에서의 아름다운 삶이 아니겠는가.

미(美)는 그 진가를 감상하는 사람이 소유한다고 한다. 아름다운 자연환경은 내가 바라보고 있는 순간 모두 나의 것이 된다. 내 마음 한 구석에 간직되어 나의 소유물이 되는 것이다. 나는 이곳에 와서 콧속이 시원하게 확 뚫리고 머리가 맑아짐을 느낄 수 있다. 더군다나 요즈음 이곳의 날씨는 예년의 7월답지 않게 가을 날씨 같이 선선하여, 마치 서울의 장마 속 무더위를 피해 온 듯 다소 미안한 느낌이 들 정도이다.

이곳의 쾌적한 환경을 보면서 우리의 삭막한 주위환경을 되돌아보게 된다. 우리나라가 이 정도 나마 경제적으로 풍요롭게 살 수 있게 된 것은 그동안 개발의 덕이라고 할 수 있기는 하나, 이제는 개발 위주보다는 친환경적인 인간다운 삶을 생각할 때가 되었다고 본다. 이제 인간다운 삶의 요소로서 물질적인 풍요 만으로는 충분치 않으며 쾌적하고 안락한 환경 속에서 여가를 즐기면서 여유롭게 사는 것이 보다 중요해지고 있다.

미국은 여러 인종으로 구성된 이민(移民)의 나라이기는 하나 어디까지나 백인종(白人種)의 나라라는 생각이 든다. 이곳 에번스턴만 하더라도 백인 62%, 흑인 23%, 히스패닉·라틴계 6%, 아시안 6% 등으로 되어 있으니, 동양인은 결국 남의 나라에 더부살이를 하고 있는 셈이다. 이 마이너리티(minority)의 한계를 극복하기 위해서는 이곳의 주인 격인 백인들, 그리고 이들에 의해 마지못해 동반자로 인정받고 있는 흑인들보다도 훨씬 남다른 노력이 필요하다고 본다.

미국은 선진국 중에서도 자본주의적 특성이 가장 강한 능력 본위의 사회이다. 동양인이라도 어느 분야건 그 분야에서 탁월한 재능이나 업적이 인정될 경우 마이너리티의 한계를 극복하고 이 사회의 일류(一流)로 진입할 수 있는 기회의 나라이기도 하다. 그러나 이 길은 결코 쉬운 길이 아닌 것이며, 여기에 동양인에게 어려움이 있는 것이다.

서해 섬마을에 뿌리를 두고 인천, 서울을 거쳐 그중 한 가지가 이곳 미국에까지 뻗어 왔으니, 언젠가 텔레비전에서 인기리에 방송되었던 알렉스 헤일리의 소설 '루트(root)'가 생각난다. 이 연약한 가지가 줄기가 되어 무성하게 뻗어나가 이곳에 제대로 뿌리 내리기를 기원한다.

그러기 위해서는 철저한 미국인이 되어야 한다. 오히려 이 사회의 주류인 백인보다도 훨씬 더 미국적이어야 할 것으로 본다. 그렇지만 동양적인 배경은 타고난 조건이기에 오히려 이를 십분(十分) 활용하여야 한다. 이는 바로 동양적인 특성을 지닌 철저한 미국인이 되어야 함을 의미한다. 이것이 이 나라에 기여하는 길이 될 것이다.

한국인의 특성을 유지하는 데에는 언어가 중요하다. 한국 문화를 이어 주는 것은 바로 '말'인 것이다. 한국말을 유창하게 하는 미국인이 되었으면 하고 바라는 것은 손자와 격의 없이 소통하고 싶은 할

아버지의 지나친 욕심 때문일까.

　조상은 어디까지나 뿌리로 남는 것. 결국에 내가 귀거래(歸去來) 할 곳은 조용한 고향마을 뒷동산이 아닐까. 그리고 자손들이 이 새로운 땅에서 잘 뻗어 나가도록 기도하고 정신적으로나마 지원하는 게 나의 남은 역할이 아니겠는가. 우리는 어느새 그런 세대가 된 것이다. 나는 오늘도 이런 생각을 하면서 미시간 호반을 걷고 있다.

(jego.net, 2009. 7. 21)

65세의 아침에

　며칠 전 노인교통카드를 발급 받으러 내가 사는 지역의 동사무소에 갔더니, "생일이 지나신 후 농협에 가서 신청하세요." 한다. '왜 동사무소에서 안 해주고 농협으로 가라고 하나?' 조금 의아했는데, '아마도 후불교통카드 식으로 전산이 연결된 금융기관에 위탁한 모양이구나.' 생각했다. 65세가 다가오니 노인교통카드 먼저 챙기다니! 이게 무슨 노인증명서라도 되는 걸까. 공짜 좋아하는 심리가 발동한 것 같아 속으로 실소를 금치 못했다. 이것도 요즈음 존폐논란이 있는 걸 보니 세상에는 야박한 사람들도 꽤 있구나 하는 생각이 든다. 우리나라에서 유일한 노인을 위한 보편적 복지(?)제도인데.

　65세! 어찌 보면 꽤 오래 산 셈이다. 옛날 같으면 이미 이 세상 사람이 아닐 가능성이 많은데. 우리나라에서 법(노인복지법)에 의해 공식적으로 노인으로 인정된 것이다. 그러니 이제 나는 누가 뭐래도 노인이 아니라고 우길 수가 없게 되었다. 체력은 예전만 좀 못하지만 마음은 아직 동심인데 세상은 나더러 뒤로 좀 물러나라고 한다. 그러니 좀 서운하기도 하다.

지나온 세월을 가만히 되돌아본다. 나는 이 길을 걷도록 운명지어졌던 것이 아닐까 하는 생각이 든다. 생의 순간순간마다 많은 선택을 하였고 내가 선택한 길에서 최선을 다 했지만, 지금 와서 보면 한두 가지 후회되는 면이 없지는 않다. 그러나 그 당시에는 그런 선택을 할 수밖에 없지 않았나. 인생에 다시라는 건 없지만, 다시 살아보라면 좀 더 자유분방하고 화려한 삶을 살아보고 싶은 생각도 있다.

젊은 나이에 공직에 들어와 과장 때까지는 매우 어려웠다. 당시에는 우리나라가 경제적으로 어려웠던 시절이니 공직자의 삶도 어렵기는 마찬가지였다. 과장이 일찍된 반면에 과장을 꽤 오래 10년 넘게 했다. 어렵게 생활을 꾸리는 삶(live from hand to mouth)을 다소나마 면하게 된 것은 국장급이 된 후부터였다.

중앙부처의 국장은 공직의 꽃이다. 모든 중요한 정책결정은 실질적으로 국장이 최종 책임자인 셈이다. 그 위로 장·차관이 있지만 그들은 형식적으로 기관을 대표할 뿐이다. 그러니 국장은 권한이 큰 만큼 그 책임도 막중한 것이다.

정부에 들어와 국민복지를 위해 일한 것은 큰 보람이었다. 특히 국민의 복지 중 가장 기본이 되는 의료보험과 국민연금의 도입과 정착을 위해 일한 것은 행운이었다. 가장 어려웠던 시기는 의료보험국장 시절이었다. 80년대 말 우리나라 복지정책의 핵심이 되는 난제는 의료보험을 농어민과 도시자영자에게 확대하는 것이었고 의료보험의 통합논쟁에 휘말려 있는 시기였다. 자칫하면 실무 국장에게도 정치적으로 책임을 지울 수 있는 국정의 중요과제였다. 그때 스트레스를 이기는 데에는 신앙(종교)이 크게 도움이 되었다.

중견 국장이 된 이후부터 나의 인생의 황금기로 본다면 그 기간을 별로 길지 않았다. 그저 10년 남짓의 기간이었다고나 할까. 거기까지 오는 데 걸린 시간과 노력에 비해 그 황금기는 빠르게 지나간 느낌이고 그 후의 내리막길은 더욱 빨랐다. 그러니 인생무상이란 말이 실감난다.

나의 지인(知人) 중 어떤 이는 나에게 좀 더 큰 일을 할 기회가 주어지지 않은 데 대해 아쉬움을 표하는 이가 있으나, 그게 내 뜻대로 되는 일도 아니고 영겁(永劫)의 세월 속에서 본다면 별로 의미 있는 것도 아니지 않은가.

공직 은퇴 후 대학에서 젊은이들을 지도하며 학문과 인생을 논할 기회가 주어지고 있음을 보람으로 여긴다. 그것도 어느덧 10년 세월이 흘렀고 여기서도 공식적으로는 은퇴할 때가 온 것이다.

나의 고향은 덕적도(德積島)이다. 인천에서 남서쪽으로 70여 킬로미터 떨어진 조그마한(면적 20여 평방킬로미터) 섬이다. 멀리 서해에 외롭게 떠 있는 섬이지만 이 섬은 나에게 원초적인 운명의 섬이다. 이 섬이 없었더라면 나는 이 세상의 빛을 보지 못했을 것이다. 그러기에 나는 이 섬을 사랑한다.

인천은 나의 육신과 정신이 형성된 곳이다. 한국적인 상황에서 이곳은 나에게 지역적인 기반이 된 곳이면서 동시에 한계로 작용한 곳이기도 하다. 나는 여기서 일생을 같이 할 소중한 친구들을 만났다. 세상에 사람은 수도 없이 많지만 한 평생을 같이 살아가는 친구는 많지 않은 것이다. 젊은 시절 삶을 찾아 흩어졌던 죽마고우들이 노년이 되자 하나둘씩 모여들고 있다. 이들과 노년을 함께 할 수 있음을 큰 행복으로 여긴다.

어찌 보면 요즈음이 진짜 황금기가 아닐까. 아무 부담 없이 하루하루를 내 의지대로 즐기며 살 수 있는 시기이기 때문이다. 이 기간을 길게 하고 보람 있게 지내는 게 중요하다. 이를 위해 건강수명을 길게 하는 노력을 해야 한다. 우리 국민의 평균수명이 길어졌다고 하지만 노년의 기간이 긴 것이 좋은 것이 아니라 건강하게 사는 기간이 길어야 좋은 것이다.

다음 학기에도 몇 대학에서 나와 달라고 하고 작년부터 나가는 경기복지재단에도 때때로 자문을 하게 되어 있으니 자원봉사 하는 기분으로 최선을 다하고자 한다. 요즈음은 내세의 영적 구원과 가족의 건강과 안녕을 위해 기도하는 것이 일상이 되었다.

인생은 여행이다. 참으로 긴 여행길이다. 이제 65세를 맞아 그동안 살아온 나의 '인생 제1막'을 마무리하고, 다시 새로운 출발을 하고자 한다. 어찌 보면 덤으로 사는 인생길이니 이제 아무런 부담 없이 그저 훨훨 날 것 같은 홀가분한 기분으로 길을 나선다. 앞으로 가는 인생길이 어떻게 전개될지, 얼마나 갈지 알 수 없으나, 바라기는 지금까지 살아왔던 길과는 아주 다른 색다른 길을 걷고 싶다. 65세의 생일날 아침에 이런 저런 상념에 젖어 본다.

(jego.net , 2011. 1. 6)